PAULO COELHO s-a născut la Rio de Janeiro în 1947. Este unul dintre cei mai de succes romancieri ai lumii, cărțile sale traduse în 80 de limbi și editate în peste 170 de țări atingând, până în prezent, vânzări de peste 165 de milioane de exemplare în întreaga lume, iar în România, de peste un milion de exemplare. Înainte să devină un adevărat fenomen literar, a fost un hippie rebel, apoi autor dramatic, director de teatru, jurnalist, poet. În 1986 face pelerinajul la Santiago de Compostela, eveniment care i-a marcat viața și cariera. Deși profund atașat de Brazilia natală, romanele lui dezvoltă drame universale, ceea ce explică primirea entuziastă de care se bucură pe toate meridianele. Paulo Coelho este scriitorul cu cea mai mare comunitate online, având peste 30 de milioane de fani pe rețelele de socializare. În 2009, a intrat în Guinness Book drept autorul celei mai traduse cărți (romanul *Alchimistul*).
I s-au decernat numeroase premii (printre care premiul german Bambi 2001, acordat personalității culturale a anului, premiul italian Fregene pentru literatură) și importante distincții (Cavaler al Legiunii de Onoare, Franța, 1999; Comandor al Ordinului Rio Branco, Brazilia, 1998 etc.). Este membru al Academiei Braziliene de Litere din 2002.

Cărți traduse în română: *Jurnalul unui Mag* (1987); *Alchimistul* (1988); *Brida* (1990); *Walkiriile* (1992); *La râul Piedra am șezut și-am plâns* (1994); *Al cincilea munte* (1996); *Manualul războinicului luminii* (1997); *Veronika se hotărăște să moară* (1998); *Diavolul și domnișoara Prym* (2000); *Unsprezece minute* (2003); *Zahir* (2005); *Vrăjitoarea din Portobello* (2006); *Ca un râu care curge* (2006); *Învingătorul este întotdeauna singur* (2008); *Aleph* (2010); *Manuscrisul găsit la Accra* (2012); *Adulter* (2014).

PAULO COELHO

Adulter

Traducere din portugheză de
MICAELA GHIȚESCU

HUMANITAS
fiction

Redactor: Raluca Popescu
Coperta: Angela Rotaru
Tehnoredactor: Manuela Măxineanu
Corector: Cristina Jelescu
DTP: Florina Vasiliu, Carmen Petrescu

Tipărit la Monitorul Oficial R.A.

Paulo Coelho
Adultério

Descrierea CIP a Bibliotecii Naționale a României
Coelho, Paulo
Adulter/ Paulo Coelho; trad.: Micaela Ghițescu. –
București: Humanitas Fiction, 2014
ISBN 978-973-689-759-7
I. Ghițescu, Micaela (trad.)
821.134.3(81)-31=135.1

EDITURA HUMANITAS FICTION
Piața Presei Libere 1, 013701 București, România
tel. 021 408 83 50, fax 021 408 83 51
www.humanitas.ro

Comenzi online: www.libhumanitas.ro
Comenzi prin e-mail: vanzari@libhumanitas.ro
Comenzi telefonice: 0372 743 382, 0723 684 194

O, Marie, cea zămislită fără de prihană,
roagă-te pentru noi,
cei care ne îndreptăm către Tine.
Amin.

„Mână la adânc."

Luca 5, 4

În fiecare dimineață, când deschid ochii spre ceea ce se cheamă „o nouă zi", îmi vine să-i închid la loc și să nu mă scol din pat. Dar trebuie.

Am un soț minunat, îndrăgostit nebunește de mine, patron al unui respectabil fond de investiții și care anual – chiar împotriva voinței sale – figurează pe lista celor mai bogate 300 de persoane din Elveția, conform revistei *Bilan*.

Am doi copii care sunt „rațiunea mea de a trăi" (cum spun prietenele mele). Dimineața devreme trebuie să le pregătesc micul dejun și să-i duc la școală – la cinci minute pe jos de casă – unde stau până după-amiaza, ceea ce îmi permite să lucrez și să-mi ocup timpul. După ore, o bonă filipineză are grijă de ei până ce eu și soțul meu ne întoarcem acasă.

Îmi place serviciul meu. Sunt o jurnalistă cunoscută și lucrez la un ziar respectabil care se găsește în mai toate chioșcurile din Geneva, unde locuim.

O dată pe an plec în călătorie cu toată familia, în general în locuri paradiziace, cu plaje minunate, în orașe „exotice" locuite de oameni sărmani, care ne fac să ne simțim și mai bogați, privilegiați și recunoscători pentru binecuvântările pe care ni le-a oferit viața.

Încă nu m-am prezentat. Îmi pare bine, mă cheamă Linda. Am 31 de ani, 1,75 m înălțime, 68 de kilograme și mă îmbrac cu cele mai bune haine pe care banii le pot cumpăra (grație generozității fără limite a soțului meu). Bărbații mă doresc, iar femeile mă invidiază.

Și totuși, în fiecare dimineață, când deschid ochii în lumea asta ideală la care visează toți și în care puțini reușesc să trăiască, știu că ziua mea va fi un dezastru. La începutul acestui an nu-mi puneam nici o întrebare, îmi vedeam doar de viață, deși din când în când mă simțeam vinovată că am mai mult decât merit. Într-o zi, în timp ce pregăteam micul dejun pentru toți (mi-aduc aminte că era deja primăvară și florile începeau să înmugurească în grădină) m-am întrebat: „Vasăzică asta e?"

Nu trebuia să-mi pun această întrebare. Dar a fost vina unui scriitor pe care îl intervievasem în ajun și care, la un moment dat, îmi spusese:

— Nu mă interesează câtuși de puțin să fiu fericit. Prefer să trăiesc cu pasiune, ceea ce implică un risc, pentru că nu știm niciodată peste ce vom da mai târziu.

Atunci mi-am spus: Sărmanul. Nu e niciodată mulțumit. O să moară trist și frustrat.

A doua zi mi-am dat seama că eu nu riscam nimic.

Știu peste ce voi da mai târziu: o altă zi exact la fel cu cea anterioară. Pasiune? Păi, îmi iubesc soțul, ceea ce e o garanție că nu am să fac o depresie fiindcă sunt obligată să trăiesc cu cineva numai din motive financiare, pentru copii și pentru aparențe.

Locuiesc în țara cea mai sigură din lume, totul în viața mea e bine orânduit, sunt o mamă și o soție bună. Am primit o educație protestantă rigidă și intenționez să-mi educ așa și copiii. Nu fac nici un pas greșit, fiindcă știu că pot strica totul. Fac toate lucrurile cu o maximă eficiență și o minimă implicare personală. Când eram mai tânără, am suferit din cauza unor iubiri neîmpărtășite, ca orice om normal.

Dar de când m-am măritat timpul s-a oprit în loc.

Până ce l-am întâlnit pe blestematul acela de scriitor cu răspunsul lui. La urma urmei, ce este greșit în privința rutinei și a plictiselii?

Sinceră să fiu, absolut nimic. Doar...

...doar teroarea secretă ca totul să nu se schimbe de la o oră la alta, luându-mă pe nepregătite.

Din clipa când am avut acest gând nefast într-o dimineață minunată, a început să-mi fie frică. Oare aș fi în stare să înfrunt lumea singură dacă soțul meu ar muri? Da, mi-am răspuns mie însămi, deoarece moștenirea de la el ar fi suficientă ca să susțină mai multe generații. Dar, dacă aș muri eu, cine va avea grijă de copii? Soțul meu drag. Dar el se va recăsători până la urmă, fiindcă e bogat, fermecător și inteligent. Copiii mei ar rămâne oare pe mâini bune?

Primul pas a fost să încerc să răspund la toate îndoielile mele. Și, cu cât răspundeam mai mult, cu atât apăreau mai multe întrebări. Oare își va găsi o amantă când voi fi bătrână? Oare are deja pe altcineva, pentru că nu mai facem dragoste ca înainte? Oare crede că eu am pe altcineva, fiindcă nu am mai manifestat mult interes în ultimii trei ani?

Niciodată nu ne-am certat din gelozie, ceea ce mi se părea minunat, dar din dimineața aceea de primăvară am început să bănuiesc că nu era vorba decât de o totală lipsă de iubire de ambele părți.

Am făcut tot posibilul să nu mă mai gândesc la asta.

Timp de o săptămână, de câte ori plecam de la serviciu mă duceam să cumpăr câte ceva în Rue du Rhône. Nu mă interesa nimic în mod deosebit, dar cel puțin simțeam că sunt pe cale – să spunem – să schimb ceva având nevoie de un obiect de care nu aveam nevoie înainte, descoperind un aparat electrocasnic pe care nu îl cunoșteam, deși e foarte greu să apară ceva nou în împărăția electrocasnicelor. Nu intram în magazinele pentru copii, ca să nu-i răsfăț pe ai mei cu daruri zilnice. La fel, nu intram în magazinele cu articole pentru bărbați, ca soțul meu să nu înceapă să devină bănuitor din cauza generozității mele excesive.

Când ajungeam acasă și intram în regatul fermecat al vieții mele personale, totul părea minunat preț de trei, patru ore, până ce mergeau toți la culcare. Atunci, încetul cu încetul, se instala coșmarul.

Îmi închipui că pasiunea e pentru tineri, iar lipsa ei trebuie să fie normală la vârsta mea. Nu asta mă înspăimântă.

Azi, după câteva luni, sunt o femeie sfâșiată între teroarea că totul se va schimba și teroarea că totul va continua la fel pentru tot restul zilelor mele. Se spune că, pe măsură ce se apropie vara, începem să avem idei destul de ciudate, ne simțim mai mici pentru că petrecem mai mult timp în aer liber și asta ne arată dimensiunea lumii. Orizontul se îndepărtează, dincolo de nori și de pereții casei noastre.

Tot ce se poate. Dar nu mai reușesc să dorm cum trebuie și asta nu din cauza căldurii. Când vine noaptea și nu vede nimeni, mi-e teamă de orice: de viață; de moarte; de dragoste și de lipsa ei; de faptul că toate lucrurile noi devin obiceiuri; de faptul că pierd cei mai buni ani din viață într-o rutină care se va repeta până la moarte; și de ideea de a înfrunta necunoscutul, oricât de surescitant și de aventuros ar fi.

Firește, caut să mă consolez cu suferința celuilalt.

Dau drumul la televizor, urmăresc un telejurnal oarecare. Văd o infinitate de știri dspre accidente, oameni rămași fără locuință din cauza unor fenomene ale naturii, refugiați. Câți bolnavi or fi existând pe planetă în clipa asta? Câți suferă, în tăcere sau urlând, nedreptăți și trădări? Câți săraci, șomeri și prizonieri există?

Schimb canalul. Văd o telenovelă ori un film care mă distrage pentru câteva minute sau ore. Mor de frică să nu se trezească bărbatul meu și să mă întrebe: „Ce se întâmplă, dragostea mea?“ Fiindcă ar trebui să răspund că totul e în regulă. Mai rău ar fi – cum s-a întâmplat deja de două, trei ori luna trecută – dacă, de îndată ce ne-am culca, s-ar decidă să-și așeze mâna pe coapsa mea, să urce încetișor și să înceapă să mă atingă. Pot să mă prefac că am orgasm – am făcut-o de multe ori –, dar pur și simplu nu mai am chef să mă umezesc.

Ar trebui să spun că sunt foarte obosită, iar el, fără să mărturisească niciodată că e enervat, mi-ar da un sărut, s-ar întoarce cu spatele, ar privi ultimele știri pe tabletă și ar aștepta ziua următoare. Și atunci m-aș ruga să fie el obosit, foarte obosit.

Dar nu e întotdeauna așa. Din când în când trebuie să iau eu inițiativa. Nu pot să-l resping două nopți la rând, altfel ar sfârși prin a-și căuta o amantă, și nu vreau să-l pierd. Cu un pic de masturbare reușesc să mă umezesc înainte, și totul revine la normal.

„Totul revine la normal“ înseamnă: nimic nu va fi ca înainte, ca pe timpul când încă mai eram un mister unul pentru celălalt.

Să menții aceeași flacără după zece ani de căsnicie mi se pare o aberație. Și, de câte ori mă prefac a găsi plăcere în sex, mor puțin pe dinăuntru. Puțin? Parcă mă golesc mai repede decât credeam.

Prietenele mele zic că am noroc – fiindcă le mint spunând că facem dragoste des, așa cum ele mă mint spunând că nu știu cum reușesc soții lor să-și mai mențină interesul. Afirmă că sexul în căsnicie nu e interesant decât în primii cinci ani, după care e nevoie de puțină „fantezie“. Să închizi ochii și să-ți imaginezi că întins peste tine se află vecinul tău, făcând lucruri pe care soțul niciodată nu le-ar îndrăzni. Să te închipui posedată de el și de soțul tău în același timp, toate perversitățile și toate jocurile interzise.

Astăzi, când am ieșit să-mi duc copiii la școală, m-am uitat la vecinul meu. Niciodată nu mi l-am imaginat întins peste mine – prefer să mă gândesc la un reporter tânăr care lucrează cu mine și care pare mereu copleșit de suferință și singurătate. Nu l-am văzut niciodată încercând să seducă pe cineva și tocmai în asta stă farmecul lui. Toate femeile din redacție au comentat deja la un moment dat că „le-ar plăcea să aibă grijă de el, sărăcuțul". Cred că e conștient de asta și se mulțumește să fie un simplu obiect al dorinței, atâta tot. Poate simte același lucru ca mine: o frică teribilă de a face un pas înainte stricând totul – slujba, familia, viața sa trecută și viitoare.

Dar în fine... L-am urmărit pe vecinul meu de dimineață și mi-a venit să plâng. Își spăla mașina și mi-am spus: „Încă unul la fel ca soțul meu și ca mine. Într-o zi o să facem același lucru. Copiii vor fi crescut și se vor fi mutat în alt oraș, noi vom fi pensionari și ne vom spăla mașinile – chiar dacă am putea pune pe cineva să facă asta pentru noi. Totuși, după o anumită vârstă, e important să facem lucruri irelevante ca să treacă timpul, să le arătăm celorlalți că încă ne funcționează bine corpurile, că nu am pierdut noțiunea banilor și continuă să executăm unele munci modeste".

O mașină curată nu reprezintă mare lucru. Dar în dimineața aceea era singurul lucru care conta pentru vecinul meu. Mi-a urat o zi excelentă, a zâmbit și s-a întors la treaba lui, ca și cum ar fi fost vorba de o sculptură de Rodin.

Îmi las mașina în parcare – „Folosește transportul în comun până în centru! Nu polua!" –, iau autobuzul de totdeauna și privesc aceleași lucruri pe drumul spre serviciu. Geneva pare să nu se fi schimbat deloc de când eram copil: vechile case senioriale se încăpățânează să dăinuie printre clădirile construite de câte un primar nebun care a descoperit „arhitectura nouă" în anii 1950.

De câte ori călătoresc îmi lipsesc toate astea. Prostul-gust, absența turnurilor mari din sticlă și oțel și a șoselelor expres, rădăcinile copacilor străpungând asfaltul trotuarelor și făcându-ne să ne împiedicăm la tot pasul, grădinile publice cu misterioasele gărdulețe de lemn sub care se ivesc tot felul de ierburi, pentru că „așa e natura"... Un oraș diferit de toate celelalte care s-au modernizat și și-au pierdut farmecul.

Aici încă mai spunem „bună ziua" când ne încrucișăm pașii cu un necunoscut pe drum și „la revedere" când ieșim dintr-un magazin de unde am cumpărat o sticlă de apă minerală, chiar dacă nu avem intenția să mai revenim vreodată. Încă mai intrăm în vorbă cu străinii în autobuz, chiar dacă restul lumii crede că elvețienii sunt discreți și rezervați.

Ce idee greșită! Dar e bine că gândesc asta despre noi, fiindcă în felul acesta ne vom păstra stilul de viață și peste cinci sau șase secole, înainte ca năvălirile barbare să traverseze Alpii cu minunatele lor gadgeturi electronice, apartamentele cu dormitoare mici și saloane mari ca să impresioneze musafirii, femeile machiate strident, bărbații care vorbesc foarte tare și îi deranjează pe vecini și adolescenții care se îmbracă rebel dar mor de frică de ce vor spune tata și mama.

Lasă-i să creadă că nu creștem decât vaci și nu producem decât brânză, ciocolată și ceasuri. Să creadă că există o bancă la fiecare colț de stradă al Genevei. Nu suntem câtuși de puțin interesați să le schimbăm percepția. Suntem fericiți fără invaziile barbare. Suntem toți înarmați până în dinți – serviciul militar e obligatoriu, așa că fiecare elvețian are în casă o pușcă –, dar rar se aude despre cineva care s-ar fi hotărât să tragă în altul. Suntem fericiți fără să schimbăm nimic de secole. Suntem mândri că am rămas neutri când Europa și-a trimis fiii în războaie fără nici un rost. Ne bucurăm să nu avem de dat nimănui socoteală despre înfățișarea puțin atractivă a Genevei, cu cafenelele ei de la sfârșitul secolului al XIX-lea și doamne în vârstă umblând prin oraș.

„Suntem fericiți" poate că este o afirmație falsă. Toți sunt fericiți, mai puțin eu, care în clipa asta mă duc la serviciu întrebându-mă ce nu e în regulă cu mine.

Încă o zi și din nou redacția se străduiește să găsească știri interesante dincolo de obișnuitul accident de automobil, atacul (nearmat) și incendiul (unde se deplasează zeci de mașini cu personal de înaltă calificare, care inundă un apartament vechi pentru că fumul unei fripturi uitate în cuptor a speriat pe toată lumea).

Încă o revenire acasă, plăcerea gătitului, masa pusă și familia reunită în jurul ei, aducând mulțumiri lui Dumnezeu pentru hrana pe care o primim. Încă o noapte în care, după cină, fiecare se duce în colțul său – tatăl o să-i ajute pe copii cu temele pentru acasă, mama o să lase bucătăria lună, casa orânduită, banii pentru servitoarea care va veni mâine de dimineață foarte devreme.

În lunile acestea au fost momente când m-am simțit foarte bine. Găsesc că viața mea are un rost, că ăsta e rolul unui om pe lume. Copiii înțeleg că mama e împăcată, soțul e drăguț și atent, iar întreaga casă pare să aibă o lumină proprie. Suntem un exemplu de fericire pentru restul străzii, orașului, statului – pe care aici îl numim canton –, al țării.

Și deodată, fără nici o explicație rațională, intru sub duș și izbucnesc în plâns. Plâng în baie pentru că așa nimeni nu poate să-mi audă suspinele și să-mi pună întrebarea pe care detest să o aud: „E totul în regulă?“

Da, de ce nu ar fi? Voi vedeți ceva greșit în viața mea?

Nimic.

Doar noaptea care mă înspăimântă.

Ziua care nu-mi inspiră nici un entuziasm. Imaginile fericite din trecut și lucrurile care ar fi putut să fie și nu au fost.

Dorința de aventură niciodată împlinită.

Teroarea de a nu ști ce li se va întâmpla copiilor.

Și atunci gândul începe să se învârtă în jurul lucrurilor negative, mereu același, ca și cum un demon ar sta la pândă în colțul camerei, gata să sară pe mine și să spună că ce numeam „fericire“ era doar o stare trecătoare, care nu putea să dureze mult. Dar am știut asta dintotdeauna, nu-i așa?

Vreau să mă schimb. Trebuie să mă schimb. Astăzi la lucru am fost mai nervoasă decât de obicei, numai pentru că un stagiar nu mi-a găsit imediat materialul cerut. Nu sunt așa, dar încetul cu încetul pierd contactul cu mine însămi.

E o prostie să-l scot vinovat pe scriitorul care mi-a acordat interviul. Asta s-a întâmplat cu mai multe luni în urmă. El doar a destupat gura unui vulcan care poate începe să erupă în orice moment, semănând moarte și distrugere în jur. Dacă nu era el, ar fi fost un film, o carte, cineva cu care am schimbat două sau trei cuvinte. Îmi închipui că unii petrec ani lăsând presiunea să se acumuleze în ei, fără să-și dea seama, și într-o bună zi își pierd capul dintr-un fleac.

Atunci spun: „Ajunge. Nu mai vreau asta“.

Unii se sinucid. Alții divorțează. Mai sunt și cei care se duc în zonele sărace din Africa încercând să salveze lumea.

Dar eu mă cunosc. Știu că singura mea reacție va fi să înăbuș ce simt, până ce un cancer mă va roade pe dinăuntru. Deoarece chiar cred că o mare parte din boli sunt rezultatul unor emoții reprimate.

Mă trezesc la două dimineața și stau cu ochii în tavan, chiar dacă știu că trebuie să mă scol devreme – lucru pe care nu pot să-l sufăr. În loc să mă gândesc la ceva productiv, cum ar fi „ce se întâmplă cu mine", nu reușesc să-mi controlez gândurile. Uneori – slavă Domnului că rar – încep să mă întreb dacă nu ar trebui să mă duc la un spital psihiatric ca să caut ajutor. Ceea ce mă împiedică să o fac nu e slujba sau soțul meu, ci copiii. Ei nu trebuie să afle ce simt, în nici un caz.

Totul e mai intens. Mă gândesc iar la o căsnicie – a mea – în care gelozia nu a fost niciodată subiect de discuție. Dar noi, femeile, avem un al șaselea simț. Poate că bărbatul meu o fi cunoscut pe altcineva și eu simt asta inconștient. Și totuși nu există nici un motiv să-l bănuiesc.

Nu e ceva absurd? Oare, dintre toți bărbații din lume, m-am măritat cu singurul care e absolut perfect? Nu bea, nu iese serile, nu are o zi în care să vrea să fie singur cu prietenii. Viața lui se rezumă la familie.

Ar fi un vis dacă nu ar fi un coșmar. Fiindcă responsabilitatea mea de a-i corespunde e uriașă.

Atunci îmi dau seama că noțiunile de „optimism" și „speranță", pe care le întâlnim în toate cărțile care încearcă să ne asigure și să ne pregătească pentru viață, nu-s decât niște cuvinte. Înțelepții care le-au rostit poate că erau în căutarea unui sens pentru ele și ne-au folosit drept cobai, să vadă cum am reacționa la stimul.

Adevărul e că am obosit să duc o viață fericită și perfectă. Și asta nu poate fi decât un semn de boală mintală.

Adorm cu gândul ăsta. Cine știe dacă nu am cumva o problemă serioasă?

O să iau prânzul cu o prietenă.

Mi-a propus să ne întâlnim într-un restaurant japonez de care n-am auzit niciodată – ciudat lucru, pentru că îmi place foarte mult mâncarea japoneză. M-a asigurat că e un local excelent, deși puțin cam departe de biroul meu.

Am ajuns greu. A trebuit să iau două autobuze și să găsesc pe cineva care să-mi indice galeria unde se află acel „restaurant excelent". Totul mi se pare oribil – amenajarea, mesele cu fețe de masă de hârtie, priveliștea. Dar are dreptate. E una dintre cele mai bune mâncăruri pe care le-am gustat în Geneva.

— Întotdeauna luam masa la același restaurant, care era rezonabil, dar nu avea nimic special, spune ea. Un prieten care lucrează la Ambasada Japoniei mi l-a recomandat pe ăsta. Locul mi s-a părut oribil, cum trebuie să ți se fi părut și ție. Dar chiar patronii se ocupă de restaurant, și asta contează.

Eu merg întotdeauna la aceleași restaurante și comand aceleași feluri de mâncare, îmi spun. Nici în privința asta nu mai sunt capabilă să risc.

Prietena mea ia antidepresive. Ultimul lucru pe care-l doresc e să vorbesc cu ea pe tema asta, fiindcă azi am ajuns la concluzia că sunt pe punctul de a mă îmbolnăvi și nu vreau să accept.

Și, tocmai pentru că mi-am spus că ăsta e ultimul lucru pe care aș vrea să-l fac, exact asta fac prima oară. Tragedia celuilalt ne ajută întotdeauna să ne micșorăm suferința.

O întreb cum se simte.

— Mult mai bine. Deși medicamentele și-au făcut efectul târziu, odată ce încep să acționeze în organism îți regăsești interesul pentru lucruri, care își recapătă culoarea și savoarea.

Cu alte cuvinte, suferința s-a transformat în încă o sursă de câștig pentru industria farmaceutică. Ești trist? Ia pilula asta și problemele tale vor înceta.

Cu delicatețe, o întreb dacă ar fi interesată să colaboreze la ziar cu un articol despre depresie.

— Nu merită. Oamenii acum își împărtășesc tot ce știu pe Internet. Și există medicamente.

Despre ce se discută pe Internet?

— Despre efectele secundare ale medicamentelor. Nimeni nu e interesat de simptomele celorlalți, fiindcă e ceva contagios. Brusc putem să începem să simțim ceva ce nu simțeam înainte.

Asta-i tot?

— Despre exercițiile de meditație. Dar nu cred să dea rezultate. Le-am încercat deja pe toate, și nu m-am simțit mai bine decât când m-am hotărât să accept că am o problemă.

Dar să știi că nu ești singură nu ajută? Să discuți ce simți din cauza depresiei nu e benefic pentru toată lumea?

— Nici gând. Cine a ieșit din infern nu are nici cel mai mic interes să știe cum continuă viața înăuntru.

De ce ai stat atâția ani în starea asta?

— Fiindcă nu credeam că pot fi depresivă. Și fiindcă, atunci când comentam cu tine sau cu alte prietene, toate spuneau că e o prostie, că persoanele care chiar au probleme n-au timp să se simtă depresive.

E adevărat; așa am spus.

Insist: cred că un articol sau o postare pe un blog poate să-i ajute pe unii să-și suporte boala și să caute ajutor. Din moment ce eu nu știu cum e – accentuez –, ar putea ea să-mi vorbească puțin pe această temă?

Ezită. Dar este prietena mea și poate că bănuiește ceva.

— E ca și cum ai fi prinsă într-o capcană. Știi că ești prinsă, dar nu reușești...

Exact asta îmi spusesem și eu cu câteva zile în urmă.

Începe să-mi înșire o serie de lucruri pe care le au în comun toți cei care au vizitat deja acel „infern", cum îi spune ea. Lipsa dorinței de a te scula din pat. Treburile cele mai simple se transformă în eforturi herculeene. Sentimentul de vină pentru că nu ai nici un motiv să te simți așa, în timp ce atâția oameni pe lume suferă cu adevărat.

Încerc să mă concentrez asupra mâncării excelente, care acum a început să-și piardă din gust. Prietena mea continuă:

— Apatie. Te prefaci că ești veselă, te prefaci că ai orgasm, te prefaci că te distrezi, te prefaci că ai dormit bine, te prefaci că trăiești. Vine un moment când apare o linie roșie imaginară și înțelegi că, dacă o depășești, nu va mai exista cale de întoarcere. Atunci încetezi să te mai plângi, pentru că a te plânge înseamnă că în același timp lupți contra a ceva. Accepți starea vegetativă și cauți să o ascunzi de toată lumea. Ceea ce implică un mare efort.

Și ce ți-a provocat depresia?

— Nimic special. Dar de ce atâtea întrebări? Simți ceva?

Sigur că nu!

Mai bine să schimbăm subiectul.

Vorbim despre politicianul pe care am să-l intervievez peste două zile: un fost admirator de-al meu din liceu care poate nici nu-și amintește că am schimbat câteva săruturi și mi-a atins sânii care încă nu erau complet formați.

Prietena mea devine euforică. Eu încerc doar să nu mă gândesc la nimic – reacțiile mele sunt puse pe pilot automat.

Apatie. Încă n-am ajuns în starea asta, mă plâng de ce mi se întâmplă, dar îmi închipui că peste puțin timp – chestiune de luni, zile sau ore – totala lipsă de interes pentru orice se poate instala, și va fi foarte greu să o îndepărtez.

Sufletul parcă îmi părăsește încet corpul și pleacă într-un loc necunoscut, un loc „sigur", unde nu trebuie să mă suport pe mine și terorile mele nocturne. Ca și cum n-aș fi într-un restaurant japonez urât, dar cu o mâncare delicioasă, și tot ce trăiesc e doar o scenă dintr-un film la care asist, fără să vreau – sau să pot – să intervin.

Mă trezesc și repet același ritual de totdeauna – mă spăl pe dinți, mă pregătesc pentru serviciu, mă duc în camera copiilor ca să-i scol, prepar micul dejun pentru toți, zâmbesc, spun că viața e frumoasă. În fiecare minut și în fiecare gest simt o greutate pe care nu reușesc să o identific, așa cum animalul nu înțelege exact cum a fost prins într-o capcană.

Mâncarea n-are nici un gust, zâmbetul, în schimb, se lărgește și mai mult (ca nimeni să nu bănuiască nimic), nevoia de a plânge e înăbușită, lumina pare cenușă.

Discuția de ieri nu mi-a făcut bine: încep să cred că am încetat să mă mai revolt și că înaintez rapid spre apatie.

Oare nimeni nu observă asta? Sigur că nu. În fond, aș fi ultima persoană din lume care să admită că are nevoie de ajutor.

Asta e problema mea: vulcanul a erupt și nu mai lasă lava să se retragă înăuntru, plantele nu mai pot să crească, iarba nu mai poate fi cosită și nici oițele nu mai pot să pască acolo.

Nu meritam asta. Întotdeauna am încercat să fiu la dispoziția tuturor. Dar s-a întâmplat și nu pot să fac nimic, decât să iau medicamente. Poate o să inventez chiar azi o scuză ca să scriu un material despre psihiatrie și asigurările sociale (le-ar plăcea foarte mult) și să dau peste un psihiatru bun căruia să-i cer ajutor, chiar dacă asta nu ar fi etic. Dar nu orice este etic.

Nu am nici o obsesie care să mă țină ocupată – cum să slăbesc, de exemplu. Sau mania de a face ordine, găsind veșnic cusururi menajerei, care vine la opt dimineața și pleacă la cinci după-masa, după ce a spălat și a călcat rufe, a dereticat în casă și din când în când se duce la supermarket. Nu-mi pot descărca frustrările căutând să fiu o supermamă, deoarece copiii ar trage ponoasele pe tot restul vieții.

Mă duc la slujbă și-l văd din nou pe vecin lustruindu-și mașina. N-a făcut asta și ieri?

Fără să mă pot reține, mă apropii și întreb de ce.

A mai rămas câte ceva, răspunde el, după ce mi-a spus bună ziua, m-a întrebat de familie și a comentat că am o rochie frumoasă.

Mă uit la mașină, un Audi (Genevei i se mai spune și Audiland). Mi se pare perfectă. El îmi arată câte un detaliu sau altul care încă nu strălucește cum ar trebui.

Schimb puțin discuția și întreb ce crede că-și doresc oamenii de la viață.

— E simplu. Să-și plătească facturile. Să cumpere o casă ca a dumneavoastră sau a mea. Să aibă o grădină cu copaci, să-și primească fiii și nepoții duminica la prânz. Să călătorească prin lume după ieșirea la pensie.

Asta își doresc oamenii de la viață? Chiar asta? Ceva e foarte greșit pe lume, și nu-i vorba de războaiele din Asia sau din Orientul Mijlociu.

Înainte de a merge la redacție trebuie să-l intervievez pe Jacob, fostul meu prieten din liceu. Nici asta nu mă însuflețește – chiar că-mi pierd interesul pentru orice.

Ascult informații pe care nu le-am cerut despre programele guvernamentale. Pun întrebări ca să-l constrâng, dar el se eschivează cu eleganță. E cu un an mai tânăr decât mine, deci trebuie să aibă 30 de ani, chiar dacă pare de 35. Păstrez această observație pentru mine.

Sigur că mi-a făcut plăcere să-l revăd, deși până în acest moment nu m-a întrebat ce s-a întâmplat în viața mea de când și-a văzut fiecare de drumul său după absolvire. E concentrat asupra persoanei sale, a carierei, a viitorului, în timp ce eu mă agăț prostește de trecut, ca și cum aș mai fi încă adolescenta cu aparat dentar și chiar și așa invidiată de celelalte fete.

După un timp încetez să-l mai ascult și pun pe pilot automat. Veșnic același parcurs, aceleași teme – reducerea impozitelor, combaterea criminalității, mai buna controlare a intrării francezilor (numiți „frontieriști") care ocupă locurile de muncă disponibile care ar trebui să le revină elvețienilor. An după an, subiectele sunt aceleași iar problemele rămân nesoluționate, pentru că nimeni nu se interesează cu adevărat de asta.

După douăzeci de minute de conversație încep să mă întreb dacă un asemenea dezinteres e consecința stării mele ciudate. Dar nu. Nu există nimic mai plicticos decât să intervievezi un om politic. Mai bine m-ar fi trimis să scriu un reportaj despre o crimă. Asasinii sunt mult mai autentici.

Și, comparați cu reprezentanții poporului din orice alt loc de pe planetă, ai noștri sunt cei mai puțin interesanți și mai insipizi. Nimeni nu vrea să știe nimic despre viețile lor private. Doar două lucruri pot duce la un scandal: corupția și drogurile. Atunci cazul dobândește proporții uriașe și se discută mai mult decât ar trebui, din lipsa absolută de subiecte ale jurnalelor.

Dar cine vrea să știe dacă au amante, frecventează bordeluri sau au decis să-și asume homosexualitatea? Nimeni. Continuă să-și facă treburile pentru care au fost aleși, nu delapidează bugetul public și trăim toți în bună pace.

Președintele țării se schimbă anual (chiar așa, *anual*) și nu e ales de popor, ci de Consiliul Federal, entitate formată din șapte miniștri care exercită conducerea de stat a Elveției. Pe de altă parte, de câte ori trec prin fața Muzeului de Arte Frumoase, văd afișe de propagandă pentru noi referendumuri.

Populația adoră să decidă în toate – culoarea sacilor de gunoi (au câștigat cei negri), permisul de port-armă (majoritatea zdrobitoare a aprobat, iar Elveția e țara cu cele mai multe arme pe cap de locuitor din lume), numărul minaretelor care pot să fie construite în toată țara (patru), acordarea azilului pentru expatriați (nu am urmărit, dar îmi închipui că legea a fost aprobată și a intrat deja în vigoare).

— Domnule Jacob König.

Am mai fost întrerupți o dată. Cu delicatețe el îi cere asistentului să amâne viitoarea întâlnire. Ziarul meu e cea mai importantă publicație din Elveția și interviul poate provoca împărțirea apelor la apropiatele alegeri.

Se preface că mă convinge și mă prefac că-l cred.

Dar sunt deja satisfăcută. Mă ridic, mulțumesc și spun că am acum tot materialul care îmi trebuie.

— Nu lipsește nimic?

Sigur că lipsește. Dar nu-i rolul meu să spun ce.

— Ce zici dacă ne-am întâlni după program?

Explic că trebuie să mă duc să iau copiii de la școală. Sper să fi văzut enorma verighetă de aur de pe degetul meu, spunând: „Ce-a fost a fost".

— Sigur, atunci am putea să luăm într-o zi masa de prânz împreună?

De acord. Mă înșel foarte ușor și-mi spun: cine știe dacă nu are ceva cu adevărat important să-mi spună, un secret de stat, ceva care va schimba politica țării și va face să fiu văzută cu alți ochi de redactorul-șef al ziarului?

Se duce las ușă, o încuie, vine lângă mine și mă sărută. Îi răspund, pentru că a trecut mult timp de când am făcut asta ultima oară. Jacob, pe care poate aș fi putut să-l iubesc într-o zi, acum e un bărbat cu familie, însurat cu o profesoară. Iar eu, o femeie cu familie, măritată cu un moștenitor bogat, dar muncitor.

Mă gândesc să-l împing și să spun că nu mai suntem copii, dar îmi place. Nu doar că am descoperit un nou restaurant japonez, dar fac și ceva greșit. Am reușit să trec peste reguli și lumea nu s-a prăbușit în capul meu! De mult timp nu m-am mai simțit atât de fericită.

Mă simt din ce în ce mai bine, mai curajoasă, mai liberă. Și fac ceva ce am visat întotdeauna să fac, încă de pe băncile școlii.

Îngenunchez, îi desfac fermoarul de la pantaloni și încep să-i ling sexul. El mă apucă de păr și controlează ritmul. Juisează în mai puțin de un minut.

— Ce bine a fost!

Nu răspund. Adevărul însă e că a fost mult mai bine pentru mine decât pentru el, care a ejaculat precoce.

După păcat, frica de a nu fi prinsă.

În drum spre redacție cumpăr periuță și pastă de dinți. Din jumătate în jumătate de oră mă duc la baie ca să văd dacă nu există vreo urmă pe față sau pe bluza Versace plină de broderii complicate, perfectă pentru a păstra indicii. Cu coada ochiului îmi observ colegii de serviciu, dar nici unul dintre ei (sau nici una dintre ele – femeile au totdeauna un soi de radar special pentru chestiile astea) nu și-a dat seama de nimic.

De ce s-a întâmplat asta? Parcă m-ar fi împins altcineva spre acea situație mecanică, ce nu avea nimic erotic. Oare să fi vrut să-i dovedesc lui Jacob că sunt o femeie independentă, liberă, stăpână pe ceea ce fac? Făcusem asta ca să-l impresionez sau ca să încerc să scap de ceea ce prietena mea numise „infern"?

Totul o să continue ca înainte. Nu sunt la o răscruce de drumuri. Știu încotro mă duc și sper ca, odată cu trecerea anilor, să reușesc să-mi conduc familia în așa fel încât să nu ajungem să credem că spălatul mașinii e ceva extraordinar. Marile schimbări se petrec în timp – și timp am suficient.

Cel puțin asta sper.

Ajung acasă căutând să nu manifest fericire și nici tristețe. Ceea ce le atrage imediat atenția copiilor.

— Mămico, ești cam ciudată astăzi.

Îmi vine să spun: da, fiindcă am făcut ceva ce nu ar fi trebuit și nu mă simt câtuși de puțin vinovată, doar că mi-e frică să nu fiu descoperită.

Bărbatul meu sosește și, ca întotdeauna, îmi dă o sărutare, mă întreabă ce am făcut peste zi și ce mâncăm la cină. Îi dau răspunsurile cu care e obișnuit. Dacă nu o să observe nimic diferit, nu va bănui că astăzi i-am făcut sex oral unui om politic.

Ceea ce, de altfel, nu mi-a produs nici cea mai mică plăcere fizică. Așa că acum sunt nebună de dorință, având nevoie de un bărbat, de multe sărutări, să simt durerea și plăcerea unui corp urcat peste al meu.

Când urcăm în cameră, sunt foarte excitată, înnebunită să fac amor cu soțul meu. Dar trebuie să-mi păstrez calmul – nici un fel de exagerare sau ar putea bănui ceva.

Fac duș, mă întind lângă el, îi iau tableta din mâini și o pun pe noptieră. Încep să-l mângâi pe piept și el se excită imediat. Facem dragoste cum n-am mai făcut de mult timp. Când gem puțin mai tare, mă roagă să mă controlez ca să nu trezim copiii, dar spun că nu am chef, că vreau să pot exprima ce simt.

Am mai multe orgasme. Dumnezeule, cât îl iubesc pe bărbatul ăsta de lângă mine! La sfârșit suntem epuizați și asudați, așa că mă duc din nou să fac un duș. El mă însoțește și glumește îndreptând jetul dușului spre sexul meu. Îi cer să înceteze, fiindcă sunt obosită, trebuie să dormim și în felul ăsta o să mă excite din nou.

În timp ce ne ștergem unul pe celălalt, încercînd să schimb cu orice preț modul meu de a înfrunta zilele, îl rog să mă ducă la o discotecă. Cred că în acest moment bănuiește că ceva s-a schimbat.

— Mâine?

Mâine nu pot, am cursul de yoga.

— Dacă tot veni vorba, pot să-ți pun o întrebare destul de directă?

Mi se oprește inima în loc. El continuă:

— Spune-mi, de ce ai neapărat nevoie să urmezi cursul de yoga? Ești o femeie atât de calmă, împăcată cu tine, știi foarte bine ce vrei. Nu ți se pare că îți pierzi timpul?

Inima reîncepe să-mi bată. Nu răspund. Mă mulțumesc să surâd și să-l mângâi pe obraz.

Cad pe pat, închid ochii și îmi spun înainte de a adormi: pesemne că traversez vreo criză tipică pentru cineva căsătorit de atâta timp. O să treacă.

Nu toată lumea trebuie să fie fericită mereu. De altfel, nimeni pe lume nu este. Trebuie să înveți să lupți cu realitatea vieții.

Dragă depresie, nu te apropia. Nu fi rea. Du-te după alții care au mai multe motive decât mine ca să se privească în oglindă și să spună: „Ce viață inutilă". Vrei, nu vrei, știu cum să te înfrâng.

Depresie, îți pierzi timpul cu mine.

Întâlnirea cu Jacob König se desfășoară exact cum mi-am imaginat. Mergem la La Perle du Lac, un restaurant scump pe malul lacului, care pe timpuri era foarte bun, dar acum e administrat de stat. A rămas scump, chiar dacă mâncarea e foarte proastă. Aș fi putut să-l surprind cu restaurantul japonez pe care tocmai îl descoperisem, dar știu că ar găsi că e ceva de prost-gust. Pentru unele persoane decorul contează mai mult decât mâncarea.

Și acum văd că am luat decizia potrivită. El încearcă să-mi arate că e un bun cunoscător de vinuri, evaluând „buchetul", „textura", „lacrima", acea urmă uleioasă care se scurge pe peretele paharului. Sau poate îmi spune că a crescut, nu mai e puștiul din timpul școlii, a învățat, a urcat în viață și acum cunoaște lumea, vinurile, politica, femeile și fostele iubite.

Câtă prostie! Ne naștem și murim bând vin. Știm să facem distincția dintre unul bun și unul prost, punct.

Dar, până să-l cunosc pe soțul meu, toți bărbații pe care i-am întâlnit – și care se credeau bine educați – considerau alegerea vinului momentul lor de glorie. Toți fac același lucru: cu o expresie foarte concentrată, miros dopul, citesc eticheta, lasă ospătarul să le toarne în pahar, îl rotesc, observă băutura în lumină, o miros, o degustă încet, o înghit și, până la urmă, dau din cap aprobator.

După ce am asistat la scena asta de nenumărate ori, m-am hotărât să mă reorientez, și am început să ies cu tocilarii, care nu aveau viață socială în facultate. Spre deosebire de degustătorii de vin previzibili și artificiali, tocilarii erau autentici și nu făceau nici cel mai mic efort ca să mă impresioneze. Vorbeau despre lucruri pe care nu le înțelegeam. Găseau, de exemplu, că sunt obligată să cunosc, cel puțin, denumirea *Intel*, „din moment ce este scrisă pe toate calculatoarele". Niciodată nu dădusem atenție.

Tocilarii mă făceau să mă simt proastă, o femeie total neatractivă, și se interesau mai mult de pirateria pe Internet decât de sânii și de picioarele mele. Până la urmă m-am reîntors la degustătorii de vinuri. Până ce am întâlnit un bărbat care nu încerca să mă impresioneze cu gustul lui sofisticat și nici nu mă făcea să mă simt o proastă în discuțiile despre planete misterioase, hobbiți și programe de calculator care șterg urmele paginilor vizitate. După câteva luni în care mi-a făcut curte și în timpul cărora am descoperit cel puțin 120 de sate în jurul lacului care scaldă Geneva, m-a cerut în căsătorie.

Am acceptat pe loc.

Îl întreb pe Jacob dacă știe de vreo discotecă, pentru că de ani de zile nu mai frecventez viața de noapte a Genevei („viața de noapte" e un fel de a spune) și am hotărât să ies ca să dansez și să beau. Ochii îi strălucesc.

— N-am timp de așa ceva. Sunt onorat de invitație, dar, cum știi, în afară de faptul că sunt însurat, nu pot să fiu văzut acolo cu o jurnalistă. O să se spună că știrile tale sunt...

Tendențioase.

— ...da, tendențioase.

Hotărăsc să merg mai departe cu acel mic joc al seducției care m-a distrat întotdeauna. Ce am de pierdut? Până la urmă, cunosc toate căile, ocolișurile, capcanele și obiectivele.

Îl rog să-mi vorbească mai mult despre el. Despre viața lui personală. În definitiv, nu sunt acolo ca jurnalistă, ci ca femeie și fosta lui iubită din adolescență.

Accentuez bine cuvântul *femeie*.

— N-am o viață personală, răspunde. Din nefericire, nu pot avea. Am ales o carieră care m-a transformat într-un automat. Tot ce spun e supravegheat, pus în discuție, publicat.

Nu e chiar așa, dar sinceritatea lui mă dezarmează. Știu că își cunoaște terenul, vrea să știe pe unde calcă și până unde poate merge cu mine. Insinuează că e „nefericit în căsnicie", cum fac toți bărbații maturi – după ce au degustat vinul și au explicat exhaustiv cât de puternici sunt.

— Ultimii doi ani au fost marcați de câteva luni de bucurie, altele de provocări, dar restul înseamnă doar să te agăți de sarcini și să încerci să le faci tuturor pe plac ca să fii reales. A trebuit să renunț la tot ce îmi făcea plăcere, cum ar fi să dansez cu tine săptămâna asta, de exemplu. Sau să ascult ore în șir muzică, să fumez ori să fac ceea ce alții socotesc inadecvat.

Este o exagerare! Nimeni nu se preocupă de viața lui personală.

— Poate o fi întoarcerea lui Saturn. La fiecare 29 de ani planeta asta revine în locul unde se afla la data nașterii noastre.

Întoarcerea lui Saturn?

Și-a dat seama că a vorbit mai mult decât trebuia, și mi-a sugerat că ar fi poate mai bine să ne întoarcem la lucru.

Nu. Întoarcerea lui Saturn pentru mine s-a petrecut deja, trebuie să știu exact ce înseamnă asta. Îmi ține o prelegere de astrologie: lui Saturn îi trebuie 29 de ani ca să revină în punctul unde se afla în momentul când ne-am născut. Până să se întâmple asta, găsim că orice e posibil, că visurile se vor realiza și că zidurile care ne înconjoară încă mai pot fi doborâte. Când Saturn își completează ciclul, romantismul dispare. Alegerile sunt definitive și schimbările de parcurs devin practic imposibile.

— Nu sunt specialist, evident. Dar viitoarea mea șansă va avea loc abia când o să împlinesc 58 de ani, la a doua întoarcere a lui Saturn.

Și pentru ce m-a invitat să luăm prânzul împreună, dacă Saturn spune că nu mai e posibil să alegi altă cale? Discutăm deja de aproape o oră.

— Ești fericită?

Ceee?

— Am observat ceva în ochii tăi... o tristețe inexplicabilă pentru o femeie atât de drăguță, cu o căsnicie fericită și cu o slujbă bună. Ca și cum aș fi văzut o oglindire a ochilor mei. Repet întrebarea: ești fericită?

În țara unde m-am născut, am fost crescută și acum îmi cresc copiii, nimeni nu pune acest gen de întrebare. Fericirea nu e o valoare care să poată fi măsurată cu precizie, discutată la referendum, analizată de specialiști. Nu întrebăm nici măcar ce marcă e automobilul celuilalt, cu atât mai mult ceva atât de intim și imposibil de definit.

— Nu trebuie să răspunzi. Tăcerea e suficientă.

Nu, tăcerea nu e suficientă. Ea nu e nici un fel de răspuns. Reflectă doar surprindere, perplexitate.

— Eu nu sunt fericit, spune el. Am tot ce-și poate dori un bărbat, dar nu sunt fericit.

Oare or fi pus ceva în apa din oraș? Oare vor să-mi distrugă țara cu vreo armă chimică în stare să provoace o frustrare profundă tuturor? Nu-i posibil ca toți cei cu care stau de vorbă să simtă același lucru.

Până aici n-am spus nimic. Dar sufletele nefericite au această incredibilă abilitate de a se recunoaște și a se apropia, multiplicându-și durerile.

De ce nu am înțeles? De ce mă fixasem pe superficialitatea cu care vorbise despre teme politice sau pe pedanteria cu care gustase vinul?

Întoarcerea lui Saturn. Nefericire. Lucruri despre care nu mă așteptasem niciodată să le aud din gura lui Jacob König.

Atunci, exact în acel moment – mă uit la ceas, 13:55 – mă îndrăgostesc iar de el. Nimeni, nici chiar minunatul meu soț, nu m-a întrebat vreodată dacă sunt fericită. Poate în copilărie părinții sau bunicii să fi căutat să afle dacă sunt veselă, doar atât.

— O să ne mai întâlnim?

Mă uit în fața mea și nu mai văd un fost iubit din adolescență, ci abisul de care mă apropii în mod voluntar, un abis din care nu vreau să scap pentru nimic în lume. Într-o fracțiune de secundă îmi închipui că nopțile de insomnie vor deveni mai greu de suportat ca niciodată, de vreme ce acum am cu adevărat o problemă concretă: o inimă îndrăgostită.

Toate luminițele roșii de „alarmă" care există în conștientul și inconștientul meu încep să clipească.

Dar îmi spun: ești doar o proastă, el nu vrea de fapt decât să se culce cu tine. Puțin îi pasă de fericirea ta.

Atunci, cu un gest aproape sinucigaș, sunt de acord. Cine știe dacă să mă culc cu cineva care abia mi-a atins sânii când mai eram încă adolescenți nu va fi benefic pentru căsnicia mea, cum s-a întâmplat ieri, când i-am făcut sex oral dimineață și am avut mai multe orgasme noaptea?

Încerc să revin la tema despre Saturn, dar el a cerut deja nota de plată și vorbește la telefonul mobil, anunțând că va întârzia cinci minute.

— Te rog, întreabă-i dacă nu vor apă și cafea.

Întreb cu cine a vorbit și spune că era soția lui. Directorul unei mari întreprinderi farmaceutice vrea să-l vadă și, posibil, să investească ceva bani în faza inițială a campaniei sale pentru Consiliul de Stat. Alegerile se apropie foarte repede.

Din nou îmi amintesc că e însurat. Că e nefericit. Că nu poate face nimic din ce-i place. Că sunt zvonuri despre el și soția lui – se pare că au o căsnicie deschisă. Trebuie să uit scânteia care m-a fulgerat la 13:55 și să înțeleg că el vrea doar să mă folosească.

Asta nu mă deranjează, atât timp cât lucrurile rămân clare. Și eu am nevoie de cineva cu care să mă culc.

Ne oprim pe trotuarul din fața restaurantului. El se uită în jur, ca și cum am fi o pereche absolut suspectă. După ce s-a încredințat că nu ne vede nimeni, își aprinde o țigară. Vasăzică de asta se temea să fie văzut: țigara.

— Cred că-ți amintești, eram considerat elevul cel mai promițător din clasă. Trebuia să demonstrez că așa e, pentru că toți simțim o imensă nevoie de iubire și de aprobare. Sacrificam întâlnirile cu prietenii ca să învăț și să corespund așteptărilor celorlalți. Am terminat liceul cu note excelente. De fapt, de ce ne-am despărțit noi doi?

Dacă el nu-și amintește, eu cu atât mai puțin. Cred că la vremea aceea toată lumea se cupla cu toată lumea și nimeni nu rămânea cu nimeni.

— Am terminat facultatea, am fost numit apărător din oficiu, am început să am de-a face cu bandiți și nevinovați, canalii și oameni cinstiți. Ceea ce trebuia să fie o slujbă temporară a devenit un drum în viață: puteam ajuta. Portofoliul meu de clienți creștea. Faima mea s-a răspândit prin oraș. Tata insista că venise momentul să las toate astea și să mă duc să lucrez în cabinetul de avocatură al unui prieten de-al lui. Dar eu eram tot mai entuziast cu fiecare cauză câștigată. Și din când în când mă loveam de câte o lege învechită, care nu mai era aplicabilă la momentul prezent. Trebuiau schimbate multe lucruri în administrație.

Toate astea sunt scrise în biografia sa oficială, dar era altceva să le aud din gura lui.

— La un moment dat mi-am spus că aș putea candida ca deputat. Am făcut o campanie aproape fără fonduri, fiindcă tata era contra. Însă clienții erau în favoarea mea. Am fost ales la mustață, dar am fost ales.

Se uită iar în jur. Și-a ascuns țigara la spate. Dar cum nu-l urmărea nimeni, a mai tras un fum. Avea ochii goi, ațintiți asupra trecutului.

— Când am început cariera politică, dormeam doar cinci ore pe zi și eram totdeauna plin de energie. Acum am chef să dorm optsprezece ore. S-a încheiat luna de miere cu rostul meu pe lume. A rămas doar nevoia să mă fac plăcut de toți, mai cu seamă de soția mea, care luptă ca o nebună ca să am un viitor mare. Marianne a sacrificat multe pentru asta și nu o pot dezamăgi.

E același bărbat care m-a invitat cu doar câteva minute înainte să mai ieșim împreună? Oare chiar asta vrea: să iasă și să stea de vorbă cu cineva care să-l poată înțelege, pentru că simte aceleași lucruri?

Am darul de a crea fantezii cu o viteză impresionantă. Mă și vedeam între cearșafuri de mătase într-o cabană din Alpi.

— Atunci, când ne mai putem întâlni?

Tu alegi.

Peste două zile, stabilește el. Îi spun că am ore de yoga. Îmi cere să lipsesc. Explic că tot lipsesc mereu și că îmi promisesem să fiu mai disciplinată.

Jacob pare resemnat. Sunt tentată să accept, dar nu vreau să par foarte nesigură și disponibilă.

Viața reîncepe să aibă haz, fiindcă apatia dinainte e înlocuită de teamă. Ce bucurie să-ți fie teamă să pierzi o ocazie!

Spun că e imposibil, mai bine să stabilim pentru vineri. Acceptă, îl cheamă pe asistent și-i cere să noteze în agendă. Își termină țigara și ne despărțim. Nu întreb de ce mi-a povestit atât de multe despre viața lui intimă și nici el nu adaugă ceva important la declarațiile făcute în restaurant.

Mi-ar plăcea să cred că s-a schimbat ceva în timpul acestui prânz. Unul din sutele de prânzuri profesionale pe care le-am avut, cu o mâncare cum nu se poate mai nesănătoasă și băutură pe care comesenii se prefac că o beau, dar care rămăsese practic neatinsă când am cerut cafeaua. Nu trebuie să lași niciodată garda jos, în ciuda scenetei cu degustarea.

Nevoia de a plăcea tuturor. Întoarcerea lui Saturn.

Nu sunt singură.

Jurnalismul nu are nimic din strălucirea pe care și-o imaginează oamenii – intervievezi persoane celebre, primești invitații pentru călătorii fantastice, ai contact cu puterea, banii, cu fascinanta lume interlopă.

Adevărul e că ne petrecem majoritatea timpului la birou, în cubicule, lipiți de telefon. Doar șefii au intimitate, în acvariile lor din sticlă transparentă, ale căror jaluzele se pot lăsa din când în când. Când fac asta, ei continuă să știe ce se petrece în partea din afară, în timp ce noi nu le mai urmărim buzele de pește care se mișcă.

Jurnalismul la Geneva, oraș cu 195 de mii de locuitori, e tot ce poate fi mai plicticos pe lume. Arunc o privire pe ediția de azi, deși știu dinainte ce conține – eternele întâlniri de demnitari străini la sediul Națiunilor Unite, deja banalele proteste împotriva abolirii secretului bancar și încă vreo câteva lucruri care merită să stea pe prima pagină, ca „obezitatea morbidă împiedică un bărbat să intre în avion", „lup decimează oi în împrejurimile orașului", „vestigii arheologice găsite la Saint-Georges" și, în fine, cu litere în evidență, „După restaurare, nava *Genève* revine pe lac mai frumoasă ca niciodată".

Sunt chemată într-un birou. Vor să știe dacă am aflat ceva exclusiv în timpul prânzului cu politicianul. Cum era de așteptat, fuseserăm văzuți împreună.

Nu, răspund. Nimic mai mult decât figurează în biografia oficială. Prânzul a avut mai curând rolul de a mă apropia de o „sursă", cum îi numim pe cei care ne dau informații importante. (Cu cât e mai mare rețeaua sa de informatori, cu atât e mai respectat jurnalistul.)

Șeful îmi spune că altă „sursă" garantează că, deși căsătorit, Jacob König a avut o legătură cu soția altui om politic. Simt o înțepătură în acel ungher întunecat al sufletului unde a bătut depresia iar eu am refuzat să-i deschid.

Mă întreabă dacă mă pot apropia mai mult de el. Nu sunt prea interesați de viața lui sexuală, dar acea „sursă" a sugerat că poate e victima vreunui șantaj. Un grup metalurgic străin vrea să șteargă urmele unor probleme fiscale în propria țară, dar nu are cum să ajungă la ministrul finanțelor. Are nevoie de „o intrare".

Directorul explică: deputatul Jacob König nu e ținta noastră, trebuie să-i denunțăm pe cei care încearcă să ne corupă sistemul politic.

— Nu va fi greu. E destul să spunem că suntem de partea lui.

Elveția e una dintre puținele țări din lume unde cuvântul este suficient. În majoritatea celorlalte locuri ar fi necesari avocați, martori, documente iscălite și amenințarea cu procese dacă secretul ar fi dezvăluit.

— Ne trebuie doar confirmare și fotografii.

Vasăzică trebuie să mă apropii de el.

— Nici asta nu va fi greu. Sursele noastre spun că ați fixat deja o întâlnire. E trecut în agenda lui oficială.

Vasăzică asta e țara secretelor bancare! Toată lumea știe tot.

— Urmează tactica obișnuită.

„Tactica obișnuită" e formată din patru puncte: 1. începe cu o întrebare despre o problemă oarecare despre care intervievatul are interesul să vorbească în public; 2. lasă-l să vorbească maximum de timp posibil, iar el va crede că jurnalul îi va dedica un spațiu mare; 3. la sfârșitul interviului, când va fi deja convins că e stăpân pe situație, pune întrebarea aceea, *singura* care interesează, pentru ca el să simtă că, dacă nu va răspunde, nu i se va acorda spațiul la care se așteaptă și astfel își va fi pierdut timpul; 4. dacă va răspunde evaziv, reformulează întrebarea. El va spune că așa ceva nu interesează pe nimeni. Dar e nevoie să obții cel puțin *o* declarație. În 99% din cazuri, intervievatul cade în cursă.

Asta e de-ajuns. Restul interviului îl arunci și folosești declarația în cauză într-un material care nu e despre intervievat, ci despre o temă importantă, conținând comentarii jurnalistice, informații oficiale, neoficiale, citând „surse" anonime etc.

— Dacă e reticent, spune-i că suntem de partea lui. Doar știi meseria. O să meargă...

Știu meseria. Cariera de jurnalist e la fel de scurtă ca a unui atlet. Dobândim repede glorie și putere, și apoi facem loc generației următoare. Sunt puțini cei care continuă și avansează. Ceilalți își văd standardul de viață coborând, devin critici ai presei, își fac bloguri, țin conferințe și petrec mult timp încercând să-și impresioneze prietenii. Nu există stadiu intermediar.

Eu încă mă mai aflu în zona „ziarist de viitor"... Dacă voi obține acele declarații, probabil că la anul încă nu voi auzi: „Trebuie să tăiem din costuri și tu, cu talentul și numele pe care le ai, sigur vei găsi altă slujbă".

Voi fi avansată? Voi putea decide ce să se publice pe prima pagină: problema lupului care devorează oițe, exodul bancherilor străini în Dubai și Singapore, sau penuria spațiilor de închiriat. Ce mod captivant de a petrece viitorii cinci ani...

Mă întorc la mine în birou, mai dau câteva telefoane fără importanță și citesc tot ce e interesant pe Internet. Lângă mine, colegii fac la fel, disperați să găsească vreo știre care să oprească declinul numărului de cititori. Cineva spune că au fost văzuți mistreți pe calea ferată care leagă Geneva de Zürich. Ar ieși un material?

Sigur că ar da. La fel ca din telefonul pe care tocmai l-am primit despre o femeie de 80 de ani care critică legea ce interzice fumatul în baruri.

Ea spune că vara nu sunt probleme, dar iarna vom avea mai multă lume care o să moară de pneumonie decât de cancer pulmonar, din moment ce toți vor fi obligați să fumeze afară.

De fapt, ce facem noi aici, în redacția unui ziar important?

Știu: suntem dedicați meseriei și vrem să salvăm lumea.

Așezată în postura lotusului, inspir mirosul de tămâie, ascult o muzică insuportabil de asemănătoare cu cea care se aude de obicei în ascensoare și încep „meditația". De câtva timp mă sfătuiau să experimentez. Asta când au descoperit că sunt „stresată". (Eram, într-adevăr, dar tot mai bine decât acest total dezinteres față de viață pe care îl simt acum.)

— Impuritățile rațiunii vă vor tulbura. Nu vă faceți griji. Acceptați gândurile care vor apărea. Nu luptați împotriva lor.

Perfect, asta și fac. Îndepărtez emoțiile toxice, cum ar fi orgoliul, deziluzia, gelozia, ingratitudinea, inutilitatea. Umplu spațiul rămas gol cu umilință, recunoștință, înțelegere, conștiență și har.

Cred că încep să mănânc mai mult zahăr decât ar trebui, iar asta face rău trupului și spiritului.

Las la o parte întunericul și disperarea și invoc forțele binelui și ale luminii.

Îmi amintesc de fiecare detaliu de la prânzul cu Jacob.

Recit o mantra împreună cu ceilalți discipoli.

Mă ntreb dacă redactorul-șef a spus adevărul. Oare Jacob chiar și-a înșelat nevasta? Oare a acceptat șantajul?

Profesoara ne cere să ne imaginăm un înveliș de lumină în jurul nostru.

Trebuie să trăim cu certitudinea că învelișul ăsta ne va ocroti de primejdii, și nu vom mai fi legați de dualitatea existenței. Trebuie să căutăm calea de mijloc, unde nu există nici bucurie, nici suferință, ci doar o pace deplină.

Încep să înțeleg de ce lipsesc atât de mult de la orele de yoga. Dualitatea existenței? Calea de mijloc? Asta îmi sună atât de nefiresc ca și menținerea nivelului de colesterol la 70, cum îmi pretinde medicul.

Imaginea învelișului rezistă doar câteva secunde, pe urmă acesta e spart în o mie de țăndări și înlocuit de certitudinea absolută că lui Jacob îi place orice femeie drăguță care-i iese în cale. Ce legătură am eu cu asta?

Exercițiile continuă. Schimbăm postura și profesoara insistă, ca la fiecare ședință, să încercăm, cel puțin pentru câteva secunde, „să ne golim mintea".

Golul e tocmai chestia de care mă tem cel mai mult și care m-a însoțit cel mai mult. Dacă ar ști ea ce îmi cere... În fine, nu am eu căderea să judec o tehnică ce există de milenii.

Ce caut eu aici?

Știu: mă „destresez".

Mă trezesc iar la miezul nopții. Mă duc în camera copiilor ca să văd dacă e totul în regulă – e ceva obsesiv, dar toți părinții îl fac din când în când.

Revin în pat și rămân cu ochii pironiți în tavan.

N-am puterea să spun ce vreau sau nu vreau să fac. De ce nu abandonez yoga o dată pentru totdeauna? De ce nu mă hotărăsc să merg imediat la un psihiatru și să încep să iau pilulele magice? De ce nu reușesc să mă controlez și să nu mă mai gândesc la Jacob? În fond, nu mi-a spus decât că vrea să aibă pe cineva cu care să vorbească despre Saturn și frustrările cu care, mai curând sau mai târziu, ajung să se confrunte adulții.

Nu mă mai suport. Viața mea pare un film care repetă la infinit aceeași scenă.

Am fost la niște cursuri de psihologie când eram la facultatea de jurnalism. La unul din ele, profesorul (un bărbat destul de interesant, atât la clasă, cât și la pat) a spus că există cinci stadii prin care va trece intervievatul: apărarea, lauda, încrederea în sine, confesiunea și încercarea de a îndrepta lucrurile.

În viața mea, am trecut direct din stadiul de încredere în mine în confesiune. Încep să-mi spun lucruri care ar fi mai bine să rămână ascunse.

De exemplu: lumea s-a oprit în loc.

Nu doar a mea, ci a tuturor celor care mă înconjoară. Când ne întâlnim între prieteni, discutăm mereu despre aceleași lucruri și persoane. Conversațiile par noi, dar totul nu-i decât o pierdere de timp și de energie. Încercăm să arătăm că viața continuă să fie interesantă.

Toți caută să-și controleze propria nefericire. Nu numai Jacob și cu mine, dar probabil și soțul meu. Doar că el nu arată nimic.

În periculosul stadiu al confesiunii în care mă aflu, lucrurile astea încep să se clarifice. Nu mă simt singură. Sunt înconjurată de oameni cu aceleași probleme și toți se prefac că viața continuă la fel ca înainte. Ca mine. Ca vecinul meu. Poate și ca șeful meu și bărbatul care doarme lângă mine.

După o anumită vârstă, începem să afișăm o mască de siguranță și certitudini. Cu timpul, masca asta se lipește de față și nu se mai poate desprinde.

În copilărie am învățat că, dacă plângem, primim afecțiune; dacă arătăm că suntem triști, primim consolare. Dacă nu reușim să convingem cu zâmbetul nostru, sigur vom convinge cu lacrimile.

Dar nu mai plângem – decât în baie, când nu ne aude nimeni –, nici nu zâmbim – decât copiilor noștri. Nu ne manifestăm sentimentele pentru ca ceilalți să nu ne considere vulnerabili și să profite de asta.

Cel mai bun remediu e somnul.

Mă întâlnesc cu Jacob în ziua fixată. Acum aleg eu localul, și sfârșim în foarte frumosul și neîngrijitul Parc des Eaux-Vives, unde există alt restaurant foarte prost administrat de primărie.

Odată am luat masa acolo cu un corespondent de la *Financial Times*. Am cerut Martini, iar chelnerul ne-a servit un Cinzano.

De astă dată, nu mâncăm acolo – luăm doar sandviciuri la iarbă verde. El poate să fumeze în voie, pentru că din acest loc vedem tot ce ne înconjoară. Putem observa cine vine și cine pleacă. Sosesc hotărâtă să fiu cinstită: după banalitățile obișnuite (vreme, serviciu, „cum a fost la discotecă?", „mă duc diseară"), primul lucru pe care îl întreb e dacă e șantajat din cauza, să spunem, unei relații extraconjugale.

Nu este surprins. Mă întreabă doar dacă stă de vorbă cu o ziaristă sau cu o prietenă.

Pentru moment, cu o ziaristă. Dacă va confirma, pot să-i dau cuvântul că ziarul îl va sprijini.

Nu vom publica nimic despre viața lui personală, dar îi vom ataca pe șantajiști.

— Da, am avut o legătură cu soția unui prieten, pe care îmi închipui că trebuie să-l cunoști din cauza profesiei. El a împins-o, fiindcă amândoi erau plictisiți în mariaj. Înțelegi ce vreau să spun?

Soțul a împins-o? Nu, nu înțeleg, dar dau din cap și îmi amintesc ce s-a întâmplat acum trei nopți, când am avut orgasm multiplu.

Și legătura continuă?

— Ne-am pierdut interesul. Soția mea știe deja. Sunt lucruri care nu se pot ascunde. Oamenii din Nigeria ne-au fotografiat și amenință să divulge imaginile, dar asta nu-i o noutate pentru nimeni.

În Nigeria se află acel concern metalurgic. Soția lui nu a amenințat că va cere divorțul?

— A fost supărată vreo două, trei zile, nu mai mult. Are planuri mari în legătură cu căsnicia noastră și îmi închipui că fidelitatea nu face neapărat parte din ele. A fost puțin geloasă, doar ca să-și dea importanță, dar e o actriță foarte proastă. La câteva ore după ce am mărturisit se luase cu altele.

După cât se pare, Jacob trăiește într-o lume complet diferită de a mea. Femeile nu sunt geloase, soții își împing nevestele să aibă aventuri. Oare pierd mult?

— Nu există nimic care să nu se rezolve cu timpul. Nu crezi?

Depinde. În multe cazuri timpul poate să agraveze problema. Asta se întâmplă cu mine. Dar am venit aici ca să iau un interviu, nu ca să fiu intervievată, de asta nu spun nimic. El continuă:

— Nigerienii nu știu nimic. Am stabilit cu Ministerul de Finanțe să le întind o cursă. Cu totul înregistrat, exact așa cum au făcut ei cu mine.

În clipa aceea văd cum mi se spulberă în aer materialul, cel care trebuia să fie marea mea șansă de a avansa într-o industrie tot mai decăzută. Nu e nimic interesant de relatat – nici adulter, nici șantaj, nici corupție. Totul urmează modelele elvețiene de calitate și excelență.

— Ai întrebat deja tot ce voiai? Putem să trecem la alt subiect?

Da, am întrebat tot. Și adevărul e că nu am alt subiect.

— Cred că ai uitat să întrebi de ce am vrut să te revăd? De ce am vrut să știu dacă ești fericită? Crezi că sunt interesat de tine ca femeie? Nu mai suntem adolescenți. Mărturisesc că am rămas surprins de atitudinea ta în cabinetul meu și mi-a plăcut foarte mult sexul oral, dar ăsta nu-i un motiv suficient ca să fim aici, cu atât mai mult dacă luăm în considerare faptul că așa ceva nu se poate petrece în public. Nu vrei să știi de ce am vrut să mă întâlnesc iar cu tine?

Cutiuța cu surprize care m-a luat pe nepregătite cu întrebarea aceea despre fericirea mea se mai deschide o dată. Oare el chiar nu înțelege că lucrurile astea nu se întreabă?

Doar dacă vrei să-mi spui – răspund ca să-l provoc și ca să încerc să nimicesc dintr-odată aerul său atotputernic care mă face atât de nesigură.

Și adaug: sigur că vrei să te culci cu mine. Nu vei fi primul pe care îl refuz.

El clatină din cap. Mă prefac că mă simt în largul meu și fac comentarii despre valurile mari de pe lacul de obicei liniștit din fața noastră. Le privim în tăcere ca și cum ar fi lucrul cel mai interesant de pe lume.

Până ce el găsește cuvintele potrivite:

— Cum trebuie să fi observat deja, te-am întrebat dacă ești fericită pentru că m-am recunoscut în tine. Cine se aseamănă se adună. Poate că și tu ai văzut același lucru la mine, dar nu contează. Poate că ești mentalmente epuizată, convinsă că problemele tale inexistente, despre care știi că sunt inexistente, îți sug toată energia.

Gândisem la fel în timpul prânzului nostru: sufletele nefericite se recunosc și se atrag ca să-i sperie pe cei vii.

— Simt același lucru, continuă. Cu deosebirea că problemele mele sunt poate mai concrete. Oricum, mă trezesc urându-mă pe mine pentru că n-am reușit să rezolv una sau alta, iar eu depind de aprobarea atâtor alți oameni. Și asta mă face să mă simt inutil. M-am gândit să caut ajutor medical, dar soția mea s-a opus. A spus că, dacă se află, asta mi-ar putea distruge cariera. Am fost de acord cu ea.

Vasăzică el stă de vorbă despre lucrurile astea cu soția lui. Poate că la noapte o să fac același lucru cu soțul meu. În loc să mergem la o discotecă, pot să mă așez în fața lui și să-i spun tot. Cum ar reacționa?

— Sigur, am făcut multe greșeli. În momentul ăsta încerc să privesc lumea altfel, dar nu reușesc. Când văd pe cineva ca tine, și să știi că am întâlnit deja multe persoane în aceeași situație, caut să mă apropii și să aflu în ce fel se luptă cu problema. Am nevoie de ajutor și ăsta e singurul mod de a reuși.

Vasăzică asta era. Nici vorbă de sex, nici vorbă de o mare aventură romantică care să umple cu soare după-amiaza aceasta mohorâtă a Genevei. E doar o terapie de sprijin, cum fac alcoolicii și dependenții de droguri între ei.

Mă ridic.

Privindu-l în ochi, spun că într-adevăr sunt foarte fericită și că ar trebui să caute un psihiatru. Nevasta lui nu poate controla totul în viața sa. În plus, nu va ști nimeni, din cauza secretului profesional. Am o prietenă care s-a vindecat după ce a început să ia medicamente. Chiar vrea să-și petreacă restul vieții înfruntând fantoma depresiei doar ca să fie reales? Asta își dorește?

Se uită în jur ca să vadă dacă mă aude cineva. Făcusem asta deja, știu că suntem singuri – cu excepția unui grup de dealeri în celălalt capăt al parcului, în spatele restaurantului. Dar aceștia nu au nici un interes să se apropie de noi.

Nu mă mai pot opri. Pe măsură ce vorbesc, îmi dau seama că mă ascult pe mine și mă ajut. Spun că negativismul se autoalimentează. Că trebuie să caute ceva care să-i dea măcar puțină bucurie, ca navigatul, mersul la cinema, lectura.

— Nu-i vorba de asta. Nu mă înțelegi.

Pare descumpănit de reacția mea.

Ba înțeleg. Zilnic primim mii de informații – afișe pe care niște adolescente machiate pozează drept femei și oferă produse miraculoase care asigură frumusețea eternă; știrea că un cuplu în vârstă a escaladat Muntele Everest ca să-și sărbătorească aniversarea căsătoriei; reclamele la noi aparate de masaj; vitrine de farmacii supraîncărcate cu produse de slăbit; filme care prezintă o idee falsă despre viață; cărți care promit rezultate fantastice; specialiști care dau sfaturi cum să avansezi în carieră sau să găsești pacea interioară. Și toate astea ne fac să ne simțim bătrâni, prizonieri ai unei vieți anoste, în timp ce pielea devine flască, kilogramele se acumulează necontrolat și suntem obligați să ne reprimăm emoțiile și dorințele, pentru că ele nu se încadrează în ceea ce numim „maturitate".

Selecționează informațiile care ajung la tine. Pune-ți un filtru pe ochi și pe urechi și permite să treacă doar ce nu te va împinge în jos, pentru că, pentru asta, ajunge cotidianul nostru. Crezi că nu sunt și eu criticată și judecată la serviciu? Ba sunt, și încă foarte mult! Doar că am optat să aud numai ce mă stimulează să mă ameliorez, ce mă ajută să-mi corectez greșelile. Restul pur și simplu mă prefac că nu-l aud.

Am venit aici în căutarea unei istorii complicate care implica adulter, șantaj și corupție. Dar ai înfruntat deja totul în cel mai bun mod posibil. Oare nu vezi asta?

Fără să mă gândesc mult, mă așez din nou lângă el, îi iau capul ca să nu poată scăpa, și îi dau un sărut lung. El ezită o fracțiune de secundă, dar pe urmă îmi răspunde. Imediat toate sentimentele mele de neputință, fragilitate, eșec și nesiguranță sunt înlocuite de o euforie imensă. Într-o clipă am devenit înțeleaptă, am preluat controlul situației și îndrăznesc să fac ceva ce înainte nici nu-mi imaginam. Mă aventurez pe pământuri necunoscute și mări primejdioase, distrugând piramide și construind sanctuare.

Am redevenit stăpână pe gândurile și acțiunile mele. Ceea ce părea imposibil de dimineață este real după-amiaza. Am reînceput să simt, pot să iubesc ceva ce nu posed, vântul a încetat să mă deranjeze și a devenit o binefacere, mângâierea unui zeu pe obrazul meu. Spiritul meu s-a înapoiat.

Sute de ani par să fi trecut în acel scurt răstimp cât l-am sărutat. Fețele noastre se îndepărtează încet, îmi mângâie părul cu tandrețe, ne uităm în ochii celuilalt.

Și regăsim ce exista acolo acum mai puțin de un minut.

Tristețe.

Acum adăugată la stupiditatea și iresponsabilitatea unui gest care – cel puțin în cazul meu – are să agraveze tot.

Mai rămânem o jumătate de oră împreună, vorbind despre oraș și locuitorii lui, ca și cum nu s-ar fi întâmplat nimic. Păream foarte apropiați când am ajuns la Parc des Eaux-Vives, ne-am transformat în unul singur în momentul sărutului, iar acum suntem două ființe complet străine, încercând să menținem o conversație doar timpul necesar pentru ca fiecare să-și vadă de drum fără să se simtă prost.

Nu ne-a văzut nimeni – nu suntem într-un restaurant. Căsniciile noastre sunt salvate.

Mă gândesc să-mi cer scuze, dar nu e necesar. Până la urmă, un sărut nu e mare lucru.

Nu pot spune că mă simt victorioasă, dar cel puțin am recuperat un oarecare control asupra mea însămi. Acasă totul e la fel ca totdeauna: înainte eram într-o situație foarte proastă, acum sunt mai bine, dar nimeni nu m-a întrebat nimic.

O să fac ca Jacob König o să vorbesc cu soțul meu despre ciudata mea stare de spirit. Am încredere în el și sunt sigură că mă va putea ajuta.

Între timp, totul e atât de bine astăzi! De ce să stric asta cu mărturisiri ale unor lucruri despre care nici nu știu exact ce sunt? Continui să lupt. Nu cred că ceea ce mi se întâmplă are vreo legătură cu anumite elemente chimice din corpul meu, cum spun paginile de Internet care vorbesc de „tristețe obligatorie".

Azi nu sunt tristă. Sunt faze normale în viață. Mi-aduc aminte de când clasa mea de liceu a organizat festivitatea de absolvire: am râs timp de două ore și am plâns obligatoriu la sfârșit, pentru că asta însemna că ne despărțeam definitiv. Tristețea a durat câteva zile sau câteva săptămâni, nu-mi amintesc bine. Dar simplul fapt că nu-mi mai amintesc spune deja ceva foarte important: a trecut cu totul. Să depășești 30 de ani e greu și poate că nu eram pregătită pentru asta.

Soțul meu urcă scara ca să-i culce pe copii. Îmi torn un pahar cu vin și ies în grădină.

Tot mai bate vântul. Toți cei de aici cunosc acest vânt care suflă trei, șase ori nouă zile. În Franța, mai romantică decât Elveția, se numește mistral și aduce totdeauna vreme senină și rece. A sosit timpul ca norii să se îndepărteze – mâine vom avea o zi cu soare.

Mă gândesc la discuția din parc, la sărut. Nu simt nici o remușcare. Am făcut ceva ce nu mai făcusem niciodată înainte, și cu asta am început să dărâm zidurile care mă țineau prizonieră.

Nu-mi pasă ce gândește Jacob König. Nu-mi pot petrece viața încercând să le fac pe plac oamenilor.

Îmi golesc paharul cu vin, îl umplu din nou și savurez primele ore, după multe luni, în care simt altceva decât apatie și inutilitate.

Soțul meu coboară îmbrăcat de oraș și întreabă cât timp îmi trebuie ca să fiu gata. Uitasem că trebuia să mergem să dansăm în seara asta.

Urc în fugă ca să mă aranjez.

Când cobor, văd că bona filipineză a venit deja și și-a pus cărțile pe masa din salon. Copiii s-au culcat și nu o să-i dea de furcă, astfel că profită ca să învețe – se pare că nu-i place să se uite la televizor.

Suntem gata de ieșit în oraș. Mi-am pus rochia cea mai frumoasă, cu riscul de a părea o deplasată într-un mediu relaxat. Dar ce contează? Trebuie să sărbătoresc.

Mă trezește vântul zguduind fereastra. Îmi spun că bărbatul meu ar fi trebuit să o închidă mai bine. Trebuie să mă scol și să-mi îndeplinesc ritualul nocturn: să mă duc până în camera copiilor ca să văd dacă e totul în regulă.

Și totuși ceva mă împiedică. Să fie efectul băuturii? Încep să mă gândesc la valurile pe care le văzusem devreme pe lac, la norii care se risipiseră și la persoana care era cu mine. Prea puțin îmi amintesc de discotecă: muzica ni s-a părut oribilă, atmosfera foarte plictisitoare și, după o jumătate de oră, ne-am întors la calculatoarele și tabletele noastre.

Și toate lucrurile pe care i le-am spus lui Jacob după-amiază? Oare nu ar trebui să profit de momentul acesta ca să mă gândesc puțin și la mine?

Dar camera mă sufocă. Soțul meu perfect doarme lângă mine; se vede că nu a auzit zgomotul vântului. Mă gândesc la Jacob culcat lângă nevastă, povestindu-i tot ce simte (sunt sigură că nu va spune nimic despre mine), ușurat că are pe cineva care îl ajută când se simte mai singur. Nu prea am încredere în descrierea pe care i-a făcut-o – dacă ar fi adevărată, s-ar fi despărțit deja. În fond, nu au copii!

Mă întreb dacă mistralul l-a trezit și pe el și despre ce or fi vorbind acum. Unde locuiesc? Nu e greu de aflat. Am toate informațiile astea la dispoziție la ziar. Au făcut amor în noaptea asta? A pătruns-o cu pasiune? Ea a gemut de plăcere?

Comportamentul meu față de el mereu mă ia prin surprindere. Sex oral, sfaturi înțelepte, sărut în parc. Parcă nici n-aș fi eu. Cine e femeia care mă domină când sunt cu Jacob?

Adolescenta provocatoare. Cea care era sigură pe ea ca o stâncă și puternică precum vântul care agita lacul Leman, de-obicei calm. E curios cum, atunci când ne întâlnim cu foștii colegi de școală, credem întotdeauna că ei continuă să fie aceiași – chiar dacă cel care era slab a devenit puternic, cea mai frumoasă și-a găsit cel mai nepotrivit soț, cei care erau lipiți unul de altul s-au despărțit și nu se mai văd de ani de zile.

Dar cu Jacob, cel puțin în acest început de reîntâlnire, încă pot să mă întorc în timp și să fiu fetișcana care nu se teme de consecințe, fiindcă are abia 16 ani iar întoarcerea lui Saturn, care va aduce cu sine maturizarea, e încă departe.

Încerc să dorm, dar nu reușesc. Petrec mai bine de o oră gândindu-mă la el. Mi-amintesc de vecinul care-și spăla mașina și că i-am socotit viața „fără sens", plină de acțiuni inutile. Dar ce făcuse nu era inutil: probabil se distra, făcând exerciții fizice, privind lucrurile simple din viață ca pe o binefacere, nu ca pe un blestem.

Asta e ce-mi lipsește: să mă relaxez puțin și să profit mai mult de viață. Nu pot să mă tot gândesc la Jacob. Îmi înlocuiesc lipsa de bucurie cu un lucru mai concret, un bărbat. Dar nu asta e problema. Dacă aș merge la psihiatru, aș auzi că problema mea e alta. Lipsă de litiu, secreție scăzută de serotonină, chestii dintr-astea. Asta nu a început cu venirea lui Jacob și nu se va termina cu plecarea lui.

Dar nu reușesc să uit. Mintea repetă de zeci, de sute de ori momentul sărutului.

Și înțeleg că inconștientul meu transformă o problemă imaginară într-o problemă reală. Întotdeauna e așa. În felul ăsta apar bolile.

Nu vreau să-l mai văd pe bărbatul ăsta în viața mea. A fost trimis de demon ca să zdruncine ceva ce era deja fragil. Cum de-am putut să mă îndrăgostesc atât de repede de un bărbat pe care nici măcar nu-l cunosc? Și cine a spus că sunt îndrăgostită? Am probleme încă din primăvară, atâta tot. Dacă până atunci lucrurile funcționau bine, nu văd nici un motiv ca ele să nu reînceapă să funcționeze la fel.

Repet ce mi-am spus înainte: e o fază, nimic mai mult.

Nu pot să întrețin focul și să atrag lucruri care nu-mi fac bine. Nu asta i-am spus după-amiază?

Trebuie să suport și să aștept trecerea crizei. Altfel, risc să mă îndrăgostesc cu adevărat, să simt în permanență ce am simțit o fracțiune de secundă când am luat prânzul împreună prima oară. Iar, dacă se va întâmpla asta, lucrurile nu se vor petrece numai în interiorul meu. Suferința și durerea se vor răspândi pretutindeni.

Mă foiesc în pat un timp care mi se pare nesfârșit, adorm și, parcă doar o clipă mai târziu, bărbatul meu mă trezește. S-a făcut zi, cerul e albastru iar mistralul continuă să sufle.

— E dimineață. Mă duc să pregătesc copiii.

Ce-ar fi să schimbăm rolurile măcar o dată în viață? Tu de duci la bucătărie iar eu îi pregătesc pentru școală.

— Asta-i o provocare? Păi o să vă fac cel mai bun mic dejun pe care l-ați mâncat în ultimii ani.

Nu e o provocare, doar încercăm să variem puțin. Iar micul dejun făcut de mine nu e destul de bun?

— E prea devreme să stăm la discuții. Azi-noapte am băut amândoi cam mult, iar discotecile nu mai sunt pentru vârsta noastră. Da, pregătește copiii.

Iese până să apuc să-i răspund. Iau mobilul și verific agenda zilei.

Consult lista de angajamente care trebuie îndeplinite negreșit. Cu cât e mai lungă, cu atât îmi consider ziua mai productivă. Se întâmplă ca multe însemnări să se refere la lucruri pe care am promis să le fac în ziua anterioară, sau în timpul săptămânii, și pe care nu le-am făcut până acum. Și astfel lista tot crește până ce, din când în când, devin atât de nervoasă încât hotărăsc să arunc totul la coș și să o iau de la capăt. Și atunci îmi dau seama că nu era nimic important.

Dar e ceva care nu figurează acolo și care nu poate fi uitat în nici un caz: să aflu unde locuiește Jacob König și să trec cu mașina prin fața casei lui.

Când cobor, masa e pusă perfect – salată de fructe, untdelemn de măsline, brânză, pâine integrală, iaurt, prune. Un exemplar din ziarul la care lucrez a fost așezat cu grijă în stânga mea. Soțul meu a renunțat la presa scrisă de câtva timp și în clipa asta își consultă iPad-ul. Fiul nostru mai mare întreabă ce înseamnă „șantaj". Nu înțeleg de ce vrea să știe, până ce îmi cad ochii pe prima pagină. E o fotografie a lui Jacob, una din multele pe care trebuie să le fi trimis presei. Are un aer gânditor, reflexiv. Lângă poză, manșeta: „Deputat denunță tentativă de șantaj". Nu eu am scris asta. De altfel, când eu mă aflam încă pe stradă, redactorul-șef m-a sunat spunând că puteam anula întâlnirea fiindcă tocmai au primit un comunicat de la Ministerul de Finanțe și lucrau la caz. Am explicat că întâlnirea avusese deja loc, că mersese mai ușor decât mă așteptasem și că n-am avut nevoie să folosesc „procedurile de rutină". În aceeași clipă am fost trimisă într-un cartier alăturat (care se consideră „oraș" și are chiar și primărie) ca să scriu despre niște proteste împotriva magazinului alimentar care vindea alimente expirate. I-am ascultat pe patronul magazinului, pe vecini, pe cunoștințele vecinilor și sunt convinsă că subiectul ăsta e mai interesant pentru public decât faptul că un om politic a denunțat ceva. De altfel, și materialul scris de mine era pe prima pagină, dar fără să fie scos atât de mult în evidență: „Magazin alimentar amendat. Nu se cunosc victime ale intoxicației".

Fotografia lui Jacob pe masă mă deranjează.

Îi spun soțului meu că trebuie să stăm de vorbă diseară.

— Lăsăm copiii la mama și ieșim să mâncăm în oraș, răspunde el. Și eu simt nevoia să petrec un timp cu tine. Doar cu tine. Și fără muzica aia oribilă despre care nu înțeleg cum de are atâta succes.

Era o dimineață de primăvară.

Eu eram într-un colț din părculeț, o zonă unde nimeni nu avea obiceiul să se ducă. Priveam olanele de pe zidul școlii. Știam că ceva era greșit cu mine.

Ceilalți copii spuneau că sunt „încrezută" și eu nu mă sinchiseam. Dimpotrivă! O rugam pe mama să-mi cumpere rochițe scumpe și să mă ducă la școală cu mașina ei străină.

Până în ziua aceea din părculeț, când mi-am dat seama că sunt singură. Și că poate așa am să rămân tot restul vieții. Deși aveam doar 8 ani, mi se părea prea târziu ca să mă schimb și să le spun celorlalți că sunt la fel ca ei.

Era vară.

Eram la liceu și toți băieții voiau să mă atingă în vreun fel, oricât aș fi încercat să-i țin la distanță. Celelalte fete mureau de invidie, dar nu recunoșteau – dimpotrivă, căutau să-mi fie prietene și să stea mereu lângă mine, ca să apuce firimiturile pe care le aruncam eu.

Iar eu aruncam practic tot, pentru că știam că, dacă cineva ar reuși să pătrundă în lumea mea, nu ar descoperi nimic interesant. Era mai bine să mențin aerul de mister și să îi fac să viseze la lucruri inaccesibile.

Pe drumul de întoarcere acasă, am observat niște ciuperci care crescuseră după ploaie. Erau acolo, intacte, pentru că toți știau că sunt otrăvitoare. O fracțiune de secundă m-am gândit să le mănânc. Nu eram deosebit de tristă sau veselă – doar voiam să le atrag atenția părinților.

Nu m-am atins de ciuperci.

Astăzi e prima zi de toamnă, anotimpul cel mai frumos. Curând frunzele își vor schimba culoarea iar copacii vor fi diferiți unii de alții. În drum spre parcare o iau pe o stradă pe care nu trec niciodată.

Mă opresc în fața școlii unde am învățat. Zidul cu olane e încă acolo. Nimic nu s-a schimbat, cu excepția faptului că nu mai sunt singură. Port cu mine amintirea a doi bărbați: unul pe care nu-l voi avea niciodată și celălalt cu care voi merge diseară într-un restaurant drăguț, ales cu grijă.

O pasăre taie cerul, jucându-se cu vântul. Zboară dintr-o parte într-alta, urcă și coboară, ca și cum mișcările ei ar avea vreo logică pe care nu reușesc să o înțeleg. Poate că singura logică e aceea că vrea să se amuze.

Nu sunt pasăre. Nu aș putea să-mi petrec viața distrându-mă, deși am mulți prieteni, cu mai puțini bani decât noi, care trăiesc din călătorie în călătorie, din restaurant în restaurant. Am încercat să fac la fel, dar e imposibil. Datorită influenței bărbatului meu, am reușit profesional. Lucrez, îmi ocup timpul, mă simt utilă și îmi justific viața. Într-o zi copiii mei vor fi mândri de mama lor iar prietenele mele din copilărie vor muri de invidie, fiindcă am fost în stare să construiesc ceva concret cât timp ele se dedicau doar îngrijirii casei, a copiilor și a soțului.

Nu știu dacă toți simt aceeași dorință de a-i impresiona pe ceilalți. Eu da, nu neg – fiindcă asta mi-a făcut numai bine în viață, împingându-mă înainte. Cât timp nu trec prin riscuri inutile, evident. Cât timp izbutesc să-mi mențin lumea exact așa cum e astăzi.

De îndată ce ajung la ziar, răscolesc prin arhivele digitale ale guvernului. În mai puțin de un minut am adresa lui Jacob König, precum și informații despre cât câștigă, unde și-a făcut studiile, numele soției și locul unde lucrează ea.

Soțul meu a ales un restaurant situat între serviciul meu și casa noastră. Am mai fost acolo. Mi-au plăcut mâncarea, băutura și atmosfera – dar tot găsesc că mesele pregătite în casă sunt mai bune. Cinez în oraș doar când „viața mea socială" o cere și, de câte ori pot, evit. Îmi place să gătesc. Îmi place să fiu cu familia mea, să simt că îi ocrotesc și sunt în același timp ocrotită.

Nu am bifat în agendă „să trec cu mașina prin fața casei lui Jacob König". Am reușit să rezist impulsului. Am destule probleme imaginare ca să le mai adaug acum probleme reale de dragoste neîmpărtășită. Ce am simțit a trecut deja. Nu se va mai întâmpla. Și astfel înaintăm spre viitor de pace, speranță și prosperitate.

— Se zice că patronul s-a schimbat și mâncarea nu mai e la fel, comentează soțul meu.

Nu contează. Mâncarea de restaurant e *întotdeauna* la fel: mult unt, farfurii foarte decorate și – pentru că locuim într-unul din orașele cele mai scumpe din lume – un preț exorbitant.

Dar cina luată în oraș e un ritual. Suntem salutați de șeful de sală, care ne conduce la masa noastră dintotdeauna (deși a trecut destul timp de când n-am mai fost acolo), ne întreabă dacă vrem același vin (bineînțeles că da) și ne aduce lista. Eu o citesc de la început până la sfârșit și aleg mereu același lucru. Soțul meu optează și el pentru tradiționalul miel fript cu linte. Șeful de sală ne explică felurile speciale ale zilei: ascultăm bine-crescuți, spunem amabil un cuvânt sau două și cerem felurile cu care suntem obișnuiți.

Primul pahar cu vin – care nu a avut nevoie să fie încercat și analizat atent, de vreme ce suntem căsătoriți de zece ani – se duce repede, între discuții despre serviciu și indignarea împotriva instalatorului care trebuia să verifice centrala casei, dar nu a apărut.

— Și cum se prezintă materialele despre alegerile de duminica viitoare? întreabă bărbatul meu.

Mi s-a dat o temă deosebit de interesantă: „Viața particulară a unui om politic poate să fie scrutată de alegători?" Articolul urmează materialul de pe coperta de ieri, cel care vorbea despre deputatul șantajat de nigerieni. Opinia generală a celor intervievați e: nu ne interesează. Nu suntem în Statele Unite și suntem foarte mândri de asta.

Stăm de vorbă despre alte subiecte recente: numărul votanților a crescut cu circa 38% de la ultimele alegeri pentru Consiliul de Stat. Șefii de la regia TPG (Transports Publics Genevois) sunt obosiți, dar mulțumiți cu munca lor. O femeie a fost accidentată pe zebră. Un tren a deraiat și s-a întrerupt circulația mai mult de două ore. Și alte nimicuri.

Trec apoi la al doilea pahar, fără să aștept gustările din partea casei și fără să-l întreb pe soțul meu cum a fost ziua lui. El ascultă politicos tot ce povestesc. Pesemne că se întreabă ce căutăm acolo.

— Azi îmi pari mai veselă, spune, după ce chelnerul vine cu felul principal.

Atunci îmi dau seama că vorbesc fără încetare de douăzeci de minute.

— Se întâmplă ceva?

Dacă ar fi pus aceeași întrebare în ziua când am fost în Parc des Eaux-Vives, aș fi roșit și aș fi înșirat seria de scuze pe care o aveam pregătită. Dar ziua mea a fost plicticoasă ca întotdeauna, chiar dacă încerc să mă conving că sunt foarte importantă pentru lume.

— Despre ce voiai să stăm de vorbă?

Mă pregătesc să mărturisesc tot, trecând deja la al treilea pahar de vin. Atunci sosește chelnerul și mă prinde când sunt gata să sar în prăpastie. Mai schimbăm câteva cuvinte fără noimă, prețioase minute din viața mea fiind irosite în amabilități reciproce.

Soțul meu mai cere o sticlă cu vin. Șeful de sală ne dorește poftă bună și pleacă să o aducă. Atunci încep.

Vei spune că am nevoie de un medic. Nu am. Îmi îndeplinesc toate îndatoririle în casă și la serviciu. Dar de câteva luni sunt tristă.

— Nu mi s-a părut. Tocmai am comentat că ești mai veselă.

Sigur. Tristețea mea a devenit rutină, nimeni nu observă mai mult. Sunt fericită că am pe cineva cu care să vorbesc. Dar ce vreau să spun nu are nici o legătură cu această veselie aparentă. Nu reușesc să mai dorm bine. Mă simt egoistă. Încerc să impresionez oamenii ca și cum aș mai fi copil. Plâng singură și fără motiv în baie. Nu am făcut dragoste de bunăvoie decât o dată în mai multe luni – și știi foarte bine despre ce zi e vorba. Am crezut la început că toate astea sunt o consecință trecătoare a faptului că am împlinit 30 de ani, dar explicația asta nu mi-e suficientă. Simt că îmi risipesc viața, că într-o zi am să mă uit înapoi și am să mă căiesc de tot ce am făcut. În afară de faptul că m-am măritat cu tine și că am avut copiii noștri frumoși.

— Păi nu asta-i ce-i mai important?

Pentru multă lume da. Dar pentru mine nu-i destul. Și lucrurile stau tot mai rău. Când îmi termin treburile zilnice, încep un dialog interminabil în capul meu. Mi-e groază să nu se schimbe lucrurile, dar în același timp simt o mare dorință să trăiesc ceva diferit. Gândurile se repetă, nu reușesc să mai țin nimic sub control. Tu nu știi nimic pentru că dormi. Ai auzit mistralul ieri-noapte cum zgâlțâia ferestrele?

— Nu. Dar erau bine închise.

Asta și vreau să spun. Până și un simplu vânt care a suflat de mii de ori de când suntem căsătoriți e în stare să mă trezească. Observ când te foiești în pat sau când vorbești în somn. Nu lua asta ca pe un reproș, te rog, dar mi se pare că sunt înconjurată de lucruri care nu au absolut nici o noimă. Doar asta să fie clar: îmi iubesc copiii. Te iubesc pe tine. Îmi place foarte mult munca mea. Și toate astea fac să mă simt mai rău, să fiu nedreaptă față de Dumnezeu, față de viață, față de voi.

El abia se atinge de mâncare. Ca și cum s-ar afla în fața unei străine. Dar chiar și numai faptul că rostesc cuvintele astea îmi aduce o pace imensă. Secretul meu a fost dezvăluit. Vinul își face efectul. Nu mai sunt singură. Mulțumesc, Jacob König.

— Crezi că e nevoie să consulți un medic?

Nu știu. Dar, chiar dacă ar fi, nu vreau. Trebuie să învăț să-mi rezolv singură problemele.

— Îmi închipui că e foarte greu să ascunzi emoțiile astea atâta timp. Mă bucur că ai avut încredere în mine. De ce nu mi-ai spus mai demult?

Fiindcă abia acum lucrurile au devenit insuportabile. Azi mi-am amintit de copilărie și adolescență. Oare sămânța exista deja acolo? Dacă nu cumva mintea m-o fi trădat în toți anii ăștia, ceea ce mi se pare imposibil. Vin dintr-o familie normală, am primit o educație normală, duc o viață normală. Ce-o fi greșit la mine?

N-am spus nimic mai devreme, mărturisesc printre lacrimi, deoarece credeam că o să treacă și nu voiam să-ți faci griji.

— Nu ești nebună. Nici măcar o clipă nu ai lăsat să se vadă. Nu ai devenit mai nervoasă, nici n-ai pierdut în greutate. Dacă există control, există și o ieșire.

De ce ai pomenit de pierderea în greutate?

— Pot să-l rog pe medicul nostru să-ți prescrie niște anxiolitice care să te ajute să dormi. Am să-i spun că sunt pentru mine. Cred că, dacă ai să reușești să te odihnești, treptat ai să-ți stăpânești din nou gândurile. Poate ar trebui să facem mai mult sport. Copiii ar fi încântați. Suntem prea preocupați de slujbele noastre, și asta nu-i bine.

Nu sunt prea preocupată de slujbă. Spre deosebire de ce crezi, reportajele astea idioate mă țin ocupată și așa reușesc să evit gândurile negre care mă copleșesc de îndată ce nu am nimic de făcut.

— Oricum, avem nevoie de activitate fizică, de stat în aer liber. De alergat până nu mai putem, până cădem de oboseală. Cine știe, poate să primim în casă mai mulți prieteni...

Asta ar fi un coșmar! Să trebuiască să fac conversație, să întrețin musafirii, să păstrez un zâmbet forțat pe buze, să ascult păreri despre operă și circulație și, la sfârșit, să trebuiască să mai spăl și vasele.

— Să mergem în parcul Jura la sfârșitul săptămânii. De mult n-am mai fost acolo.

La sfârșitul săptămânii sunt alegerile. Voi fi de serviciu la ziar.

Mâncăm în tăcere. Chelnerul a venit deja de două ori ca să vadă dacă am terminat, iar noi nici nu ne atinseserăm de mâncare. Cea de-a doua sticlă de vin se termină repede. Îmi imaginez ce-o fi gândind el acum: „cum să-mi ajut soția? ce pot face ca să fie fericită?" Nimic. Nimic în plus față de ce face. Orice altceva – să-mi vină cu o cutie de bomboane sau cu un buchet de flori – mi s-ar părea o supradoză de tandrețe și m-ar face să mor de silă.

Ajungem la concluzia că nu va putea conduce la întoarcere, va trebui să lăsăm mașina la restaurant și să venim după ea mâine. O sun pe soacra mea, o rog să stea peste noapte cu copiii. Mâine foarte de dimineață am să vin să-i duc la școală.

— Dar ce anume îți lipsește în viață?

Te rog, nu mă întreba asta. Fiindcă răspunsul e: nimic. Nimic! Ce n-aș da să am probleme serioase de rezolvat! Nu cunosc absolut pe nimeni care să treacă printr-o asemenea situație. Până și o prietenă de-a mea, care a fost ani de zile deprimată, se tratează acum. Nu cred că e nevoie de asta, pentru că n-am toate simptomele pe care mi le-a înșirat ea, și nici nu vreau să pășesc pe terenul periculos al substanțelor chimice. Cât despre ceilalți, ei pot să fie enervați, stresați, să plângă din cauza unei inimi sfâșiate. Iar în acest ultim caz, pot chiar să creadă că sunt deprimați, că au nevoie de medic și de doctorii. Dar nu-i deloc așa: e doar o inimă sfâșiată, ceea ce se întâmplă de când e lumea lume, de când a descoperit omul chestia asta misterioasă care se numește Dragoste.

— Dacă nu vrei să te duci la un medic, de ce nu cauți să citești ceva pe tema asta?

Sigur că am încercat deja. Mi-am petrecut mult timp citind site-uri de psihologie. M-am dedicat cu mai mult zel orelor de yoga. N-ai observat că toate cărțile pe care le-am adus acasă demonstrează o schimbare de gust literar? Ai găsit că sunt acum mai preocupată de latura spirituală?

Nu! Caut un răspuns pe care nu-l găsesc. După ce am citit vreo zece cărți cu cuvinte de înțelepciune, am văzut că nu mă duceau nicăieri. Aveau un efect imediat, dar încetau să funcționeze de cum le închideam. Sunt fraze, cuvinte care descriu o lume ideală care nu există nici măcar pentru cel care le-a creat.

— Și acum, la cină, te simți mai bine?

Sigur. Dar nu de asta e vorba. Trebuie să știu în ce m-am transformat. Eu sunt asta, nu e ceva exterior mie.

Văd că încearcă disperat să mă ajute, dar e la fel de pierdut ca și mine. Insistă asupra simptomelor și spun că nu asta e problema, că totul e un simptom. Înțelege oare ideea unei găuri negre, spongioase?

— Nu.

Păi așa e.

Mă asigură că am să ies din situația asta. Nu trebuie să mă judec. Nu trebuie să mă culpabilizez pentru nimic. E de partea mea.

— Există o lumină la capătul tunelului.

Vreau să cred, dar picioarele mele sunt împotmolite în concret. Între timp, nu-ți face griji, voi continua să lupt. Am luptat toate lunile astea. Am mai înfruntat perioade asemănătoare, care au trecut până la urmă. Într-o zi am să mă trezesc și toate astea vor fi fost doar un coșmar. Am încredere deplină.

El cere nota de plată, mă ia de mână, chemăm un taxi. Ceva s-a schimbat în bine. Să te încrezi în cel pe care-l iubești dă întotdeauna rezultate.

Jacob König, ce cauți la mine în cameră, în patul meu, în coșmarurile mele? Pesemne că acum lucrezi din greu, au rămas mai puțin de trei zile până la alegerile pentru consiliul Statelor și ai pierdut cu mine niște ore prețioase din campanie, luând prânzul la La Perle du Lac și stând de vorbă în Parc des Eaux-Vives.

Nu ajunge? Ce cauți în visele și în coșmarurile mele? Am făcut exact ce mi-ai sugerat: am vorbit cu bărbatul meu, am înțeles dragostea pe care o are pentru mine. Iar senzația aceea că fericirea a fost suptă din viața mea a dispărut când am făcut amor cum nu mai făcusem de câtva timp.

Te rog, pleacă din gândurile mele. Mâine o să fie o zi grea. Va trebui să mă scol devreme ca să duc copiii la școală, să merg la piață, să găsesc un loc de parcare, să mă gândesc la un articol original despre ceva atât de puțin original ca politica... Lasă-mă în pace, Jacob König.

Sunt fericită în căsnicie. Și tu nu știi, nici nu visezi că mă gândesc la tine. Mi-ar plăcea să am pe cineva aici în noaptea asta ca să-mi spună povești cu final fericit, să fredoneze o melodie care să mă adoarmă, dar nu. Reușesc doar să mă gândesc la tine.

Îmi pierd controlul. Chiar dacă a trecut o săptămână de când ne-am văzut, te încăpățânezi să fii prezent.

Dacă nu dispari, voi fi obligată să vin la tine acasă, să beau un ceai cu tine și cu soția ta, să înțeleg că sunteți fericiți, că n-am nici o șansă, că ai mințit când ai spus că te vezi oglindit în ochii mei, că m-ai lăsat să-mi fac rău cu sărutul acela care nici măcar nu a fost cerut.

Sper să mă înțelegi, mă rog pentru asta, fiindcă nici chiar eu însămi nu izbutesc să înțeleg ce anume cer.

Mă scol, mă duc la calculator să caut „cum să cucerești un bărbat". În loc de asta însă tastez „depresie". Trebuie să am certitudinea absolută în legătură cu ce mi se întâmplă.

Intru pe o pagină ca să-mi fac un test: „Descoperiți dacă aveți vreo problemă psihică". Apare o listă de întrebări, iar răspunsul meu la majoritatea lor este nu.

Rezultat: „Treceți printr-un moment dificil, dar nimic nu sugerează starea clinică a unui individ depresiv. Nu e nevoie să consultați un medic".

N-am spus eu? Știam. Nu sunt bolnavă. Pesemne că inventez toate astea numai ca să atrag atenția. Sau ca să mă păcălesc pe mine, să-mi fac viața puțin mai interesantă, de vreme ce am *probleme*! Problemele întotdeauna cer soluții, și-mi pot dedica ore, zile, săptămâni căutându-le.

Poate că ar fi o idee bună ca soțul meu să-i ceară medicului ceva care să mă ajute să dorm. Cine știe dacă stresul ăsta la serviciu, mai ales în perioada alegerilor, nu e de vină? Tot timpul vreau să fiu mai bună decât ceilalți atât la slujbă, cât și în viața personală, și nu e ușor să le ții în echilibru pe amândouă.

Azi e sâmbătă, ajunul alegerilor. Am un prieten care zice că urăște sfârșitul de săptămână fiindcă bursa de valori nu funcționează și nu are cu ce să se distreze.

Bărbatul meu m-a convins să trebuie să ieșim. Argumentul lui a fost să-i ducem pe copii să se plimbe puțin. Nu putem sta două zile în natură, pentru că mâine voi fi de gardă la ziar.

Mă roagă să-mi pun pantalonii de trening. Nu mă simt deloc în largul meu să umblu îmbrăcată așa, mai ales ca să ne ducem la Nyon, vechi și glorios oraș care i-a adăpostit odinioară pe romani și are acum mai puțin de 20 000 de locuitori. Îi spun că treningul e ceva de purtat pe lângă casă, când ai de gând să alergi, dar el insistă.

Cum nu vreau să discut, fac ce mă roagă. De altfel, nu vreau să discut nimic cu nimeni – asta e starea mea actuală. Cu cât sunt mai tăcută, cu atât mai bine.

În timp ce mă duc la picnic într-un orășel aflat la nici treizeci de minute cu mașina, Jacob pesemne își vizitează alegătorii, stând de vorbă cu susținători și prieteni, agitat și poate puțin stresat, dar mulțumit pentru că ceva i se întâmplă în viață. Sondajele în Elveția nu contează mult, fiindcă aici votul secret e luat în serios, dar, după cât se pare, va fi reales.

Soția lui trebuie să nu fi închis ochii toată noaptea, dar din motive foarte diferite de ale mele. Plănuiește cum îi va primi pe prieteni după ce rezultatul va fi anunțat oficial. Acum de dimineață trebuie să fie la târgul din Rue de Rive, unde toată săptămâna tarabe cu legume, verdețuri și cărnuri sunt montate în fața băncii Julius Baer și a vitrinelor cu produse Prada, Gucci, Armani și alte mărci de lux. Alege tot ce e mai bun, fără să se sinchisească de preț. Pe urmă poate ia mașina și se duce la Satigny, ca să viziteze una dintre podgoriile care fac mândria regiunii, să guste câteva vinuri și să aleagă ceva pe placul unor adevărați cunoscători – cum pare să fie și soțul ei.

Se va înapoia acasă obosită, dar fericită. Oficial, Jacob mai e încă în campanie, dar de ce să nu aibă lucrurile pregătite din ajun? Dumnezeule, acum își dă ea seama că are mai puțină brânză decât credea! Ia din nou mașina și se întoarce la târg. Dintre zecile de varietăți expuse acolo, le alege pe cele care fac mândria cantonului Vaud: Gruyère (cele trei varietăți posibile: dulce, semisărat și cea mai scumpă dintre toate, căreia îi trebuie 9 până la 12 luni ca să fie perfectă), Tomme Vaudoise (interior moale, ca să fie consumat topit sau natural), și L'Etivaz (lapte de vacă de la cirezi ce pasc pe munte, fiert încet la foc de lemne).

Oare merită să-mi cumpăr ceva nou de îmbrăcat? Poate că ar fi prea mult. Mai bine să scot din dulap costumul Moschino cumpărat la Milano, când a trebuit să-mi însoțesc bărbatul la o conferință despre legislația muncii.

Ce-o fi făcând Jacob?

Îi telefonează soției din oră în oră s-o întrebe ce să declare, dacă e mai bine să viziteze cutare stradă sau cutare cartier, dacă *Tribune de Genève* a pus ceva nou pe site. Se bazează pe ea și pe sfaturile ei, se mai descarcă după fiecare vizită pe care o face astăzi, întreabă ce strategie au pus la punct și unde să se ducă în continuare. Cum a strecurat în discuția noastră din parc, rămâne în politică spre a nu o dezamăgi. Deși detestă tot ce face, dragostea dă un aspect diferit strădaniilor sale. Dacă își va continua cariera strălucită, va sfârși prin a deveni președinte al țării. Ceea ce, în Elveția, nu înseamnă nimic, fiindcă știm cu toții că președinții se schimbă în fiecare an și sunt aleși de Consiliul Federal. Dar cui nu i-ar plăcea să poată spune că „soțul său a fost președinte al Confederației Elvețiene, cunoscută în restul lumii drept Elveția"?

Asta i-ar deschide ușile. Va atrage după sine invitații la conferințe în locuri îndepărtate. Vreo întreprindere îl va numi în consiliul de administrație. Viitorul soților König e strălucit, în timp ce eu, în acest moment, am în fața mea șoseaua și perspectiva unui picnic, îmbrăcată cu un trening oribil.

Primul lucru pe care îl facem e să vizităm muzeul roman și imediat după aceea urcăm pe micuța colină ca să vedem niște ruine. Copiii noștri se joacă. Acum, că bărbatul meu știe tot, mă simt ușurată: nu trebuie să mă mai prefac tot timpul.

— Haide să alergăm puțin pe malul lacului.

Dar copiii?

— Nu-ți face griji. Sunt destul de bine-crescuți ca să ne asculte dacă le cerem să ne aștepte liniștiți.

Coborâm până la malul lacului Leman, căruia toți străinii îi spun lacul Genevei. El le cumpără înghețată copiilor, îi pune să se așeze pe o bancă și să șadă acolo în timp ce tata și mama o să alerge puțin. Cel mai mare se plânge că nu și-a luat iPad-ul. Bărbatul meu se duce la mașină după blestematul de aparat. Din clipa aceea ecranul va fi cea mai bună bonă posibilă. Nu se vor mișca până nu vor fi omorât vreo câțiva teroriști în jocuri ce par făcute pentru adulți.

Începem să alergăm. De o parte sunt grădinile, de cealaltă pescărușii și bărcile care profită de mistral. Vântul nu a încetat de trei zile, nici de șase, și trebuie să fi ajuns la a noua, când va dispărea pentru o perioadă, luând cu el cerul albastru și vremea bună. Urmărim pista timp ce cincisprezece minute. Nyon a rămas deja în urmă și e mai bine să ne întoarcem de aici. De mult timp n-am mai făcut sport. Când ajungem la douăzeci de minute de alergat, mă opresc. Nu mai rezist. Pot face restul drumului la pas.

— Sigur că reziști! mă îmboldește bărbatul meu, sărind pe loc, ca să nu-și piardă ritmul. Nu face asta. Mergi până la capăt.

Mă aplec înainte, cu mâinile pe picioare. Inima îmi bate să se spargă; din vina nopților de insomnie. El nu încetează să alerge în jurul meu.

— Haide, rezistă! Asta e problema: să te oprești. Fă asta pentru mine, pentru copii. Nu e doar o alergare. Trebuie să știi că există linie de sosire și că nu poți renunța de la mijloc.

O fi vorbind de tristețea mea?

Se apropie de mine. Îmi ia mâinile și mă scutură ușor. Sunt prea obosită ca să mai alerg, ba chiar mă simt încă și mai obosită ca să rezist. Fac ce mă roagă. Continuăm unul lângă celălalt să învingem cele zece minute care lipsesc.

Trec pe lângă afișele candidaților la Consiliul de Stat, pe care nu le observasem la venire. Dintre multele fotografii, uite-l și pe Jacob König, zâmbind.

Măresc viteza. Soțul meu e surprins și accelerează și el. Ajungem în șapte minute, în locul celor zece prevăzute. Copiii nu s-au urnit. În ciuda peisajului frumos din jur, cu munții, pescărușii, Alpii la orizont, au ochii lipiți de ecranul acelui aparat devorator de suflete.

Bărbatul meu merge spre ei, dar eu alerg mai departe. El mă privește surprins și fericit totodată. Probabil că-și închipuie că vorbele lui au avut efect și acum corpul meu se bucură de endorfina eliberată în sânge când facem o activitate fizică puțin mai intensă, ca atunci când alergăm sau avem orgasm. Principalele caracteristici ale acestui hormon sunt că-ți ameliorează dispoziția, îți îmbunătățesc sistemul imunologic, dar, *mai cu seamă*, provoacă o senzație de euforie și de plăcere.

Și totuși, endorfina nu-mi oferă nimic din toate acestea. Mi-a dat doar mai multă forță ca să merg înainte, alergând până voi dispărea din orizont, lăsând totul în urmă. De ce am avut copii atât de minunați? De ce l-am cunoscut pe bărbatul meu și m-am îndrăgostit de el? Dacă nu mi-ar fi ieșit în cale în viață, nu aș fi acum o femeie liberă?

Sunt nebună. Ar trebui să alerg până la ospiciul cel mai apropiat, pentru că astea nu-s lucruri pe care să le gândesc. Dar le gândesc.

Mai alerg câteva minute și mă întorc. În mijlocul drumului rămân terorizată de posibilitatea ca dorința mea de libertate să nu se împlinească și să nu mai găsesc pe nimeni la întoarcerea în parcul din Nyon.

Dar uite-i acolo, zâmbind la întoarcerea mamei și a soției drăgăstoase. Îi îmbrățișez. Sunt asudată, îmi simt trupul și mintea murdare, dar chiar și așa îi strâng la piept cu putere.

În ciuda a tot ce simt. Sau, mai bine, în ciuda a tot ce nu simt.

Nu tu îți alegi viața: ea este cea care te alege. N-are rost să te întrebi de ce ai parte de bucurii sau tristeți. Acceptă și mergi mai departe.

Nu ne alegem viețile, dar hotărâm ce să facem cu bucuriile și tristețile pe care le primim.

În după-amiaza asta de duminică, sunt la sediul partidului din obligație de serviciu (am reușit să-mi conving șeful de asta și acum încerc să mă conving singură). Sunt orele 17:45 și oamenii sărbătoresc. Spre deosebire de ceea ce îmi închipuisem, nici unul dintre candidații aleși nu va da o recepție. Prin urmare, nu voi avea ocazia să văd casa lui Jacob și Marianne König.

De îndată ce am ajuns, am primit primele informații. Peste 45 % dintre locuitorii cantonului au votat, ceea ce e un record. O femeie a ajuns pe locul întâi iar Jacob a cucerit un onorabil loc trei, care îi va da dreptul să intre în guvern – dacă partidul o va decide.

Sala principală e împodobită cu baloane galbene și verzi, participanții au început deja să bea și unii îmi fac semnul victoriei, sperând poate ca mâine să se vadă în ziar. Dar fotografii nu au venit încă, azi e duminică și vremea e frumoasă.

Jacob mă vede și imediat se uită în altă parte în căutarea cuiva cu care să vorbească despre niște subiecte cât se poate de plicticoase, îmi închipui.

Trebuie să lucrez sau, cel puțin, să mă prefac. Scot un reportofon, un bloc-notes și un pix. Umblu de colo-colo culegând declarații de tipul „acum putem să aprobăm decretul despre imigrație", sau „alegătorii au înțeles că au votat greșit data trecută și acum m-au ales".

Marea învingătoare afirmă că „Votul feminin a fost fundamental pentru mine".

Leman Bleu, televiziunea locală, a instalat un studiou în salonul principal. Prezentatoarea politică, obscurul obiect al dorințelor pentru nouăzeci la sută din bărbații de acolo, a pus întrebări inteligente, dar a primit drept răspuns doar fraze fabricate și aprobate de consilieri.

La un moment dat, Jacob König este chemat în scenă, și încerc să mă apropii ca să aud ce spune, dar cineva îmi blochează accesul.

— Bună ziua, sunt Madame König. Jacob mi-a vorbit mult de dumneata.

Ce femeie! Blondă cu ochi albaștri, purtând un elegant cardigan negru cu o eșarfă roșie Hermès. De altfel, este singura piesă de firmă pe care o recunosc. Celelalte trebuie să fi fost făcute în exclusivitate de cel mai bun creator de modă din Paris, al cărui nume e ținut secret ca să nu poată fi imitată.

O salut, încercând să mimez surpriza.

Jacob a vorbit de mine? I-am luat un interviu și, câteva zile mai târziu, am luat prânzul împreună. Deși jurnaliștii nu trebuie să-și exprime opinia despre cei intervievați, îl consider pe soțul dumneavoastră un om curajos, pentru că a expus tentativa de șantaj căreia i-a fost victimă.

Marianne – sau Madame König, cum s-a prezentat – se preface interesată de cuvintele mele. Trebuie să știe mai multe decât lasă să se vadă. Oare Jacob să fi comentat întâlnirea noastră din Parc des Eaux-Vives? Să ating eu subiectul?

Interviul cu TV Leman Bleu a început deja, dar pare să nu fie deloc interesată să urmărească ce spune soțul ei, fiindcă fără îndoială știe deja totul pe dinafară. Ea trebuie să fi ales cămașa bleu deschis și cravata gri, sacoul croit impecabil, ceasul de la mână – nu foarte scump, ca să nu pară ostentație, nici atât de ieftin încât să manifeste dispreț pentru una dintre principalele industrii ale țării. O întreb dacă vrea să comenteze. Ea spune că, în calitate de profesoară de filozofie la Universitatea din Geneva, ar face-o cu plăcere. Dar, ca soție a unui om politic reales, ar fi absurd s-o facă.

Găsesc că mă provoacă și mă hotărăsc să-i plătesc cu aceeași monedă.

Îi spun că îi admir demnitatea. A aflat că soțul ei a avut o legătură cu soția unui prieten și cu toate acestea nu a făcut scandal. Nici măcar când afacerea a apărut în ziare puțin înainte de alegeri.

— Ba dimpotrivă. Când e vorba de sex consensual fără iubire, sunt pentru libertate în relații.

O fi insinuând ceva? Nu reușesc să mă uit direct în farurile acelea albastre care sunt ochii ei. Am putut doar să observ că nu folosește mult machiaj. Nu are nevoie.

— Mai mult, adaugă ea, a fost ideea mea să anunț ziarul dumneavoastră printr-un informator anonim și să dezvălui totul în săptămâna alegerilor. Oamenii vor uita imediat infidelitatea, dar își vor aminti totdeauna de curajul cu care a denunțat el corupția, cu riscul de a-și crea o problemă în familie.

Râde de ultima ei frază și anunță că sunt declarații neoficiale, care nu trebuie publicate.

Spun că, în practica jurnalismului, oamenii trebuie să spună că discută *off the record* înainte de a face declarații. Jurnalistul poate să nu fie de acord. Să ceri după să nu fii citat e ca și cum ai încerca să oprești o frunză care a căzut în râu și călătorește încotro vor vrea apele să o poarte. Frunza nu mai are putere de decizie.

— Dar dumneata o să accepți, nu-i așa? Nu ai nici cel mai mic interes să-i faci rău soțului meu.

În nici cinci minute de conversație s-a creat o ostilitate clară între noi. Ușor nemulțumită, accept să nu-i consemnez declarațiile. Ea înregistrează în memoria ei prodigioasă că data viitoare trebuie să anunțe înainte. Cu fiecare minut învață ceva nou. Cu fiecare minut se apropie mai mult de visul ei. Da, visul *ei*, fiindcă Jacob a spus că e nefericit cu viața pe care o duce.

Ea nu-și ia ochii de la mine. Hotărăsc să revin la rolul meu de jurnalistă și întreb dacă mai are ceva de adăugat. A pregătit vreo petrecere acasă pentru prietenii intimi?

— Bineînțeles că nu! Închipuie-ți ce mult aș fi avut de muncit. Și, în plus, e deja ales. Petrecerile și cinele trebuie date înainte, ca să strângă voturi.

Din nou mă simt ca o imbecilă, dar trebuie să pun cel puțin încă o întrebare.

Jacob e fericit?

Și atunci văd că am atins un punct sensibil. Madame König își ia un aer condescendent și răspunde pe îndelete, ca și cum ar fi o profesoară care îmi predă o lecție.

— Păi *evident* că e fericit. Ți-ai putea închipui că nu ar fi?

Femeia asta merită să fie spintecată în bucăți.

Suntem abordate în același timp – eu de un consilier care vrea să-mi prezinte învingătoarea; ea, de cineva care a venit să o salute. Spun că mi-a făcut plăcere să o cunosc.

Vreau să adaug că, cu altă ocazie mi-ar plăcea să explorez mai mult – neoficial, desigur – ce a vrut să spună despre sexul consensual cu nevasta unui prieten, dar nu am timp. Îi dau cartea mea de vizită, în caz că vrea să mă contacteze, dar nu îmi răspunde la fel. Înainte de a mă îndepărta, însă, în fața consilierului învingătoarei și a bărbatului care a venit să o felicite pentru victoria soțului ei, mă ia de braț și spune:

— Am întâlnit-o pe prietena aceea a noastră care a luat prânzul cu soțul meu. Mi-a fost milă de ea. Trăiește prefăcându-se puternică, dar de fapt e fragilă. Se preface sigură pe ea. Dar probabil se întreabă tot timpul ce gândesc ceilalți despre ea și munca ei. Trebuie să fie o persoană extrem de singuratică. Cum știi, draga mea, noi, femeile, avem un al șaselea simț foarte ascuțit cu care detectăm cine vrea să ne amenințe relația. Nu-i așa?

Sigur că da, răspund fără nici un fel de emoție. Consilierul își ia o mină contrariată. Câștigătoarea alegerilor mă așteaptă.

— Dar nu are nici cea mai mică șansă, completează Marianne.

Atunci îmi întinde mâna, eu o salut și o văd îndepărtându-se fără alte explicații.

Toată dimineața de luni îl sun pe mobil pe Jacob. Nu răspunde. Îmi ascund numărul, spunându-mi că poate îl are salvat în memorie. Mai încerc de câteva ori, dar tot fără răspuns.

Îi sun pe consilierii lui. Sunt informată că este foarte ocupat în prima zi de lucru de după alegeri. Bine, am nevoie să vorbesc oricum cu el și o să insist.

Mă folosesc de o stratagemă la care recurg destul de des: folosesc mobilul unei persoane pe care nu o cunoaște.

Telefonul sună de două ori și Jacob răspunde.

Sunt eu. Trebuie să ne vedem urgent.

Jacob răspunde politicos, spune că astăzi ar fi imposibil, dar mă va suna.

— Ăsta e noul tău număr?

Nu, e un telefon împrumutat. Pentru că nu răspundeai la apelurile mele.

Râde, ca și cum ar vorbi despre subiectul cel mai normal din lume. Îmi închipui că e înconjurat de oameni, și maschează bine.

Cineva a făcut o fotografie în parc și vrea să mă șantajeze, mint. Voi spune că a fost vina lui, care m-a agățat. Alegătorii care l-au votat gândindu-se că asta se întâmplase doar o singură dată vor fi foarte dezamăgiți. Deși a fost ales în Consiliul de Stat, poate pierde șansa de a deveni ministru.

— Tu ești bine?

Spun că da și închid telefonul. Îl rog să-mi dea un mesaj cu ora și locul întâlnirii de mâine.

Mă simt foarte bine.

Cum să nu mă simt bine? În sfârșit am o preocupare în viața mea plictisitoare. Iar nopțile mele de insomnie nu mai sunt pline de gânduri pierdute și scăpate de sub control: acum știu ce vreau. Am o inamică de distrus și un obiectiv de atins.

Un bărbat.

Nu e dragoste – sau poate că e, dar nu contează în cazul acesta. Dragostea mea îmi aparține și sunt liberă s-o ofer cui voi găsi cu cale, chiar dacă nu e împărtășită. Evident, ar fi bine să fie împărtășită, dar, dacă nu, răbdare. N-o să renunț să sap puțul acesta în care mă aflu, fiindcă știu că acolo la fund e apă, apă vie.

Mă bucur de ceea ce tocmai am gândit: sunt liberă să iubesc orice om de pe lume. Pot decide asta fără să cer permisiunea nimănui. Câți bărbați nu au fost deja îndrăgostiți de mine, fără să le împărtășesc dragostea? Și totuși îmi trimiteau cadouri, îmi făceau curte, se umileau în fața prietenilor. Și nu s-au supărat niciodată pe mine.

Când mă revedeau, încă mai aveau în ochi strălucirea cuceririi neatinse, dar pe care vor continua să o încerce pe tot restul vieții.

Dacă ei acționau așa, eu de ce nu pot face același lucru? E interesant să lupți pentru o dragoste neîmpărtășită.

Poate să nu fie amuzant. Poate să lase urme adânci, de neșters. Dar e interesant – mai ales pentru o persoană căreia acum câțiva ani îi era frică să riște și a început să se îngrozească la gândul că lucrurile se pot schimba fără ca ea să fie în stare să le controleze.

Nu mă voi mai reține de la nimic. Provocarea asta mă salvează.

Acum șase luni, am cumpărat o mașină nouă de spălat și, de aceea, a trebuit să schimbăm țevile din spălătorie. A trebuit să schimbăm dușumeaua și să zugrăvim din nou pereții. La sfârșit, spălătoria arăta mai frumos decât bucătăria.

Ca să evităm contrastul, am renovat bucătăria. Atunci am observat cât de îmbâcsită părea camera de zi. Am renovat-o, și a devenit mai primitoare decât biroul, în care nu făcuserăm nici o schimbare de aproape zece ani.

Ne-am apucat și de birou. Treptat, renovarea a cuprins întreaga casă.

Sper să se întâmple asta și în viața mea. Ca micile lucruri să ducă la transformări majore.

Petrec destul timp investigând viața lui Marianne, care se prezintă formal drept Madame König. S-a născut într-o familie bogată, acționară la una dintre cele mai mari companii farmaceutice din lume. Fotografiile ei pe Internet o arată întotdeauna elegantă – la evenimente mondene sau sportive. Niciodată nu este îmbrăcată nepotrivit. Niciodată nu s-ar duce în trening la Nyon sau într-o rochie Versace la o discotecă plină de tineri, cum am făcut eu.

Pesemne că este femeia cea mai de invidiat din Geneva și împrejurimi. Deși moștenitoare a unei averi și măritată cu un politician promițător, are propria ei carieră de profesor universitar de filozofie. A scris două lucrări, dintre care una de doctorat, *Vulnerabilitatea și psihoza după pensionare*, publicată de Editura Universității din Geneva. A avut două studii care au apărut în respectabila revistă *Les Rencontres*, în paginile căreia au semnat, printre alții, Adorno și Piaget. Are propriul său articol în Wikipedia, versiunea franceză, deși nu este actualizat prea frecvent. Acolo este descrisă ca „specialistă în agresiune, conflict și confruntare în azilurile de bătrâni din Elveția Romandă".

Trebuie că se pricepe în agoniile și extazele ființei umane – o înțelegere atât de profundă că a fost incapabilă să fie șocată de „sexul consensual" al soțului ei.

Este o strategă strălucită, pentru că a determinat un ziar tradițional să se încreadă în surse anonime, păsări rare în Elveția, care nu trebuie niciodată să fie luate în serios. Mă îndoiesc că și-a dezvăluit identitatea.

Manipulatoare: a fost în stare să transforme o posibilă catastrofă într-o lecție de toleranță și complicitate între consorți și o luptă contra corupției.

Vizionară: destul de inteligentă ca să aștepte înainte de a face copii. Încă mai are timp. Până atunci, poate construi tot ce-și dorește fără să fie tulburată de plânsete în mijlocul nopții sau de vecini care îi spun că trebuie să renunțe la serviciu și să acorde mai multă atenție copiilor. (Pentru că exact asta fac vecinii mei.)

Instinct excelent: nu mă consideră o amenințare. În ciuda aparențelor, nu sunt un pericol pentru nimeni altcineva în afară de mine.

Iată tipul de femeie pe care vreau să-l distrug fără milă.

Fiindcă nu e amărâta ce se scoală la cinci dimineața ca să vină să lucreze în centrul orașului, fără viză de rezidență, murind de frică să nu se descopere într-o zi că se află aici ilegal. Nu e femeiușca măritată cu un înalt funcționar de la Națiunile Unite, mereu prezentă la petreceri, făcând tot posibilul ca să arate cât e de bogată și de fericită, deși toată lumea știe că soțul ei are o amantă cu douăzeci de ani mai tânără decât ea. Nu e amanta aceluiași înalt funcționar de la Națiunile Unite, care lucrează în organizație și, oricât de bine ar munci și s-ar strădui, nu va recunoaște nimeni niciodată ce face, pentru că „are o legătură cu șeful".

Nu e executiva singuratică și puternică ce a trebuit să se mute la Geneva ca să fie aproape de sediul Organizației Mondiale a Comerțului, unde toți iau foarte în serios hărțuirea sexuală la serviciu și nimeni nu îndrăznește să schimbe priviri cu nimeni. Și care noaptea stă cu ochii în tavanul imensei căsoaie pe care a închiriat-o și, când și când, angajează un gigolo ca să o distreze și să o facă să uite că-și va petrece restul vieții fără soț, copii și amanți.

Nu, Marianne nu se încadrează în nici una din aceste categorii. E o femeie deplină.

Am dormit mai bine. O să mă întâlnesc cu Jacob până la sfârșitul săptămânii. Cel puțin așa a promis, și mă îndoiesc că ar avea curajul să se răzgândească A fost nervos singura dată când am vorbit la telefon, luni.

Soțul meu crede că sâmbăta de la Nyon mi-a făcut bine. Habar nu are că tocmai în ziua aceea am descoperit ce îmi face cu adevărat atât de rău: lipsa de pasiune, de aventură.

Unul dintre simptomele pe care le-am observat la mine a fost un soi de autism psihologic. Lumea mea, înainte vastă și plină de posibilități, a început să se micșoreze pe măsură ce creștea nevoia de siguranță. De ce? Trebuie să fie o moștenire de la strămoșii noștri care locuiau în caverne: grupurile se ocrotesc, singuraticii sunt decimați. Chiar dacă știm că, și atunci când suntem în grup, ne este imposibil să controlăm totul, ca de exemplu căderea părului sau o celulă care înnebunește și se transformă în tumoare.

Dar falsa siguranță ne face să uităm asta. Cu cât zărim mai aproape pereții vieții noastre, cu atât mai bine. Chiar dacă este doar o limită psihologică, chiar dacă în fond știm că mai devreme sau mai târziu moartea va intra fără să ceară voie, e bine să ne prefacem că ținem totul sub control.

În ultimul timp, spiritul meu a fost destul de agitat și răzvrătit, ca marea. Am întocmit un rezumat al parcursului meu până aici și parcă aș face o călătorie transoceanică pe o plută rudimentară, în plin sezon al furtunilor. Voi supraviețui? mă întreb, acum că nu mai e cale de întoarcere.

Voi supraviețui, evident.

Am mai înfruntat furtuni și înainte. Am făcut și o listă a lucrurilor asupra cărora trebuie să mă concentrez când voi simți că risc să cad din nou în gaura neagră:

• Să mă joc cu copiii. Să citesc povești care să ne servească drept lecții atât lor cât și mie – fiindcă poveștile nu au vârstă.

• Să privesc cerul.

• Să beau pahare de apă de la gheață. Poate să fie ceva extrem de simplu, dar mă înviorez de câte ori fac asta.

• Să gătesc. Iată arta cea mai frumoasă și mai completă. Ne atinge cele cinci simțuri și încă unul – nevoia de a da ce avem mai bun în noi. E terapia mea preferată.

• Să-mi scriu lista de plângeri. Asta a fost o descoperire grozavă! Ori de câte ori mă supără ceva, notez. La sfârșitul zilei îmi dau seama că m-am enervat fără rost.

• Să zâmbesc, chiar dacă îmi vine să plâng. Ăsta e lucrul cel mai dificil de pe listă, dar ne obișnuim. Budiștii spun că un zâmbet lipit pe față, oricât ar fi de fals, sfârșește prin a lumina sufletul.

• Să fac două băi zilnic, în loc de una. Usucă pielea din cauza nivelului ridicat de calciu și clor în apa de oraș. Dar compensează, fiindcă spală sufletul.

Toate astea însă funcționează doar pentru că acum am un obiectiv: să cuceresc un bărbat. Sunt un tigru urmărit, fără să aibă unde fugi. Singurul lucru care îmi rămâne e să atac cu furie.

În sfârșit, am o dată: mâine la 3 după-amiază, la restaurantul de la Clubul de Golf din Cologny. Putea să fie în orice bistrou din oraș sau într-un bar pe una din străzile care taie principala (și s-ar putea spune unica) stradă comercială din oraș, dar a ales restaurantul de la Clubul de Golf.

La mijlocul după-amiezii.

Pentru că la ora aceea restaurantul va fi gol și vom avea mai multă intimitate. Trebuie să găsesc o scuză pentru șeful meu, dar asta nu-i o problemă. Până la urmă, am scris un material despre alegeri care a fost preluat în multe alte ziare din țară.

Un loc discret, trebuie să-și fi zis. Un loc romantic, la asta mă gândesc eu, cu obiceiul meu de a crede tot ce doresc. Toamna a zugrăvit copacii cu diferite culori de auriu și poate am să-l invit pe Jacob să facem o plimbare. Gândesc mai bine când sunt în mișcare. Și mai bine atunci când alerg, cum s-a întâmplat la Nyon, dar nu cred că va fi posibil.

Ha, ha, ha.

Seara, la cina de acasă am mâncat *raclette*, adică brânză topită, cu felii de carne de bizon și tradiționalii cartofi *rösti* – dați prin răzătoare și fripți – cu smântână. Familia m-a întrebat dacă sărbătorim ceva special, iar eu am spus că da: faptul că suntem împreună și putem să ne bucurăm de o cină liniștită. Pe urmă am făcut a doua baie a zilei, lăsând apa să-mi spele toată anxietatea. M-am acoperit cu creme și m-am dus în camera copiilor ca să le citesc o poveste. I-am găsit lipiți de tablete. Ar trebui să fie interzise pentru cei sub 15 ani!

Le-am cerut să le închidă – mi-au dat ascultare în silă – , am luat o carte cu povești, am deschis-o la întâmplare și am citit:

În timpul erei glaciare, multe animale mureau din cauza frigului. Atunci porcii-spinoși au hotărât să se adune în grup, ca să se încălzească și să se protejeze unii pe alții.

Dar spinii îi răneau pe tovarășii cei mai apropiați – tocmai cei care își ofereau mai multă căldură. Din cauza asta s-au îndepărtat din nou.

Și iar au murit degerați.

Atunci au trebuit să facă o alegere: sau piereau de pe fața Pământului, sau acceptau spinii semenului.

Cu înțelepciune, au decis să se mai unească o dată. Au învățat să conviețuiască cu micile răni pe care o relație foarte apropiată le poate provoca, de vreme ce mai importantă era căldura celuilalt. Și așa au supraviețuit.

Copiii au vrut să știe când vor putea vedea un porc-spinos adevărat.

— Sunt la grădina zoologică?

Nu știu.

— Ce a fost era glaciară?

O perioadă în care era foarte frig.

— Ca iarna?

Da, dar o iarnă care nu se mai sfârșea.

— Și de ce nu și-au smuls spinii înainte de a se îmbrățișa?

Dumnezeule! Ar fi trebuit să aleg altă poveste. Sting lumina și hotărăsc să cânt o melodie tradițională dintr-un sat din Alpi, în timp ce îi mângâi pe amândoi. Curând adorm.

Soțul meu mi-a adus Valium. Întotdeauna am refuzat să iau medicamente, fiindcă mi-e teamă să nu devin dependentă, dar trebuie să fiu în formă mâine.

Înghit 10 mg de tranchilizant și cad într-un somn adânc. Nu mă trezesc la miezul nopții.

Ajung înainte de ora stabilită, trec direct pe lângă clădirea care adăpostește Clubul de Golf și mă duc în grădină. Merg până la copacii de la capătul ei, ca să profit la maximum de acea după-amiază frumoasă.

Melancolie. Asta e primul cuvânt care îmi vine în minte când sosește toamna. Fiindcă știu că vara s-a sfârșit, zilele vor fi tot mai scurte și nu trăim în lumea fermecată a porcilor-spinoși în timpul erei glaciare: nimeni nu suportă nici cea mai mică rană provocată de ceilalți.

Da, în alte țări vedem că oamenii mor din cauza frigului, că se formează ambuteiaje pe șosele, că se închid aeroporturi. Căminele stau aprinse, plăpumile ies din dulap. Dar asta se întâmplă doar în lumea pe care ne-am construit-o.

În natură peisajul este minunat: copacii, înainte atât de asemănători unii cu alții, capătă personalitate și decid să zugrăvească pădurile în mii de tonuri diferite. O parte din ciclul vieții ajunge la capăt. Totul se va odihni o vreme și va reînvia la primăvară, sub formă de flori.

Nu există un moment mai bun decât toamna ca să începem să uităm lucrurile care ne deranjează. Le lăsăm să se desprindă de noi ca frunzele uscate, gândim să dansăm din nou, să profităm de fiecare fărâmă dintr-un soare care încă mai arde, să ne încălzim mintea și trupul la razele lui, înainte să pălească și să se transforme doar într-o lumină slabă pe cer.

Îl văd de departe când sosește. Mă caută în restaurant, pe terasă, și se duce la barman, care arată spre mine. M-a văzut deja și-mi face semn. Încep să mă îndrept încet spre sediul clubului. Vreau să-mi aprecieze rochia, pantofii, jacheta de demisezon, mersul. Chiar dacă îmi bate inima tare, nu-mi pot pierde ritmul.

Îmi caut cuvintele. Pentru ce motiv misterios ne întâlnim din nou? De ce ne controlăm amândoi, deși știm că există ceva între noi? Oare ne-o fi teamă să nu ne împiedicăm și să cădem, cum s-a mai întâmplat de atâtea ori?

În timp ce înaintez, mi se pare că intru într-un tunel pe care nu l-am străbătut niciodată: cel care duce de la cinism la pasiune, de la ironie la dăruire.

Ce-o fi gândind când mă vede înaintând spre el? Trebuie să explic că nu avem motiv să fim speriați și că „dacă Răul există, e ascuns în temerile noastre"?

Melancolie. Cuvântul care acum mă transformă într-o femeie romantică și mă reîntinerește cu fiecare pas.

Continui să caut cuvintele pe care să le spun de îndată ce voi fi în fața lui. Dar e mai bine să nu caut, ci să le las să curgă în mod firesc. Ele sunt aici, cu mine. Pot să nu le recunosc, să nu le accept, dar ele sunt mai puternice decât nevoia mea de a controla totul.

De ce nu vreau să-mi ascult propriile cuvinte înainte de a i le spune lui?

Să fie teama? Ce poate fi mai rău decât o viață cenușie, tristă, în care toate zilele sunt la fel? Decât teroarea că va dispărea tot – inclusiv propriul meu suflet – și că voi rămâne absolut singură pe lumea asta, după ce am avut totul ca să fiu fericită?

Văd umbrele frunzelor căzând de pe copaci. Același lucru se întâmplă în mine: la fiecare pas pe care îl fac, o apărare este distrusă, un zid se prăbușește, iar inima mea, ascunsă în spatele tuturor acestora, începe să vadă lumina toamnei și să se bucure de ea.

Despre ce vom vorbi azi? Despre muzica pe care am ascultat-o în mașină, în drum spre club? Despre vântul din copaci? Despre condiția umană cu toate contradicțiile ei, întuneric și mântuire?

Vom vorbi despre melancolie și el va spune că e un cuvânt trist. Voi spune că nu, e nostalgic, este vorba de ceva uitat și fragil, cum suntem cu toții când ne prefacem că nu vedem calea pe care ne-a condus viața fără să ne ceară permisiunea, când ne tăgăduim propriul destin fiindcă ne poartă în direcția fericirii, iar tot ce ne dorim de fapt este siguranța.

Încă vreo câțiva pași. Încă niște bariere se prăbușesc. Mai multă lumină îmi intră în inimă. Nu-mi mai trece prin cap să controlez orice, ci doar să trăiesc această după-amiază care nu se va mai repeta niciodată. Nu trebuie să-l conving de nimic. Dacă nu o să înțeleagă acum, va înțelege mai târziu. E doar o chestiune de timp.

În ciuda frigului, ne vom așeza pe terasă. Așa poate să fumeze. La început va fi circumspect, vrând să știe de fotografia pe care a făcut-o cineva în parc.

Dar vom vorbi despre posibilitatea vieții pe alte planete, despre prezența lui Dumnezeu, adeseori uitată din cauza traiului pe care îl ducem. Vom vorbi despre credință, miracole și întâlniri predestinate înainte de a ne fi născut.

Vom discuta despre eterna luptă dintre știință și religie. Vom vorbi despre dragoste, mereu văzută concomitent ca o dorință și o amenințare. El va insista că definiția mea a melancoliei nu e corectă, dar mă voi mărgini să-mi beau ceaiul în tăcere, privind apusul soarelui în munții Jura, mulțumită că sunt în viață.

Ah, vom mai vorbi despre flori, chiar dacă singurele aflate în preajmă sunt cele din bar, provenind de la vreo seră. Dar e bine să vorbim despre flori toamna. Asta ne dă speranța primăverii.

Mai lipsesc câțiva metri. Zidurile s-au prăbușit cu totul. Tocmai am renăscut.

Ajung lângă el și-l salut cu convenționalele trei săruturi pe obraz, cum cere tradiția elvețiană (de câte ori călătoresc și îl ofer pe al treilea, oamenii se sperie). Observ cât e de nervos și îi propun să rămânem pe terasă – vom avea mai multă intimitate, iar el va putea să fumeze. Chelnerul îl cunoaște. Jacob cere un Campari cu apă tonică iar eu cer un ceai, cum am plănuit.

Ca să-l ajut să se relaxeze, încep să vorbesc despre natură, copaci și frumusețea de a observa cum totul e mereu diferit. De ce căutăm să reproducem același tipar? E imposibil. E nefiresc. Nu ar fi mai bine să vedem în aceste provocări o sursă de cunoaștere, iar nu un obstacol?

El e tot nervos. Răspunde automat, ca și cum ar vrea să încheie imediat discuția, dar n-am să-l las. Este o zi unică în viața mea și merită să fie respectată ca atare. Continui să vorbesc despre lucrurile care mi s-au năzărit în timp ce mergeam, tocmai acele cuvinte asupra cărora nu am control. Mă minunez cu ce precizie îmi ies din gură.

Vorbesc despre animalele domestice. Întreb dacă el înțelege de ce le iubesc oamenii atât de mult. Jacob dă un răspuns convențional și trec la următorul subiect: de ce e atât de greu de acceptat că oamenii sunt diferiți? De ce atâtea legi care încearcă să creeze triburi noi în loc să acceptăm pur și simplu că deosebirile culturale ne pot face viețile mai bogate și mai interesante? Dar el spune că s-a săturat să mai vorbească de probleme politice.

Atunci să vorbim despre un acvariu pe care l-am văzut astăzi la școala copiilor, când i-am dus acolo. Era înăuntru un pește care se învârtea, iar eu îmi spuneam: nu-și amintește unde a început să se învârtă și nu va ajunge niciodată la capăt. De asta ne plac peștii din acvarii: ne amintesc de viețile noastre, suntem bine hrăniți, dar nu putem trece dincolo de peretele de sticlă.

El își mai aprinde o țigară. Văd că mai sunt două stinse în scrumieră. Atunci înțeleg că vorbesc de mult timp, într-o transă de lumină și pace, fără să-i las loc să exprime ce simte. Despre ce ar vrea să vorbim?

— Despre fotografia pe care ai menționat-o, răspunde cu mare precauție, fiindcă a observat deja că mă aflu într-un moment foarte sensibil.

Ah, fotografia. Sigur că există! E întipărită cu fier și foc în inima mea și nu o voi putea șterge decât atunci când va vrea Dumnezeu. Dar intră și vezi cu propriii tăi ochi, fiindcă toate barierele care îmi apărau inima s-au prăbușit pe măsură ce mă apropiam de tine.

Nu, nu-mi spune că nu cunoști drumul, pentru că ai pășit deja pe el de mai multe ori – atât în trecut, cât și în prezent. Totuși, o vreme nu am acceptat și înțeleg că și tu te codești. Suntem la fel. Nu-ți face griji, te voi conduce eu.

După ce spun toate astea, îmi ia mâna cu delicatețe, zâmbește și înfige pumnalul:

— Nu mai suntem adolescenți. Ești o persoană minunată și, din câte știu, ai o familie frumoasă. Te-ai gândit vreodată să urmezi o terapie de cuplu?

Un timp rămân descumpănită. Dar mă ridic și pornesc spre mașina mea. Fără lacrimi. Fără să-mi iau rămas-bun. Fără să mă uit înapoi.

Nu simt nimic. Nu mă gândesc la nimic. Urc în mașină și pornesc pe șosea, fără să știu exact unde să mă duc. Nu mă așteaptă nimeni la capătul călătoriei. Melancolia s-a transformat în apatie. Trebuie să fac eforturi ca să merg mai departe.

Până ce, cinci minute mai târziu, mă aflu în fața unui castel. Știu ce s-a întâmplat acolo: cineva a născut un monstru celebru, deși puțini știu numele femeii care l-a crescut.

Poarta spre grădină e închisă, și ce contează? Pot intra prin gardul viu. Pot să iau loc pe banca înghețată și să stau să-mi imaginez ce s-a petrecut în 1817. Trebuie să mă iau cu altele, să uit tot ce mă inspira înainte și să mă gândesc la altceva.

Îmi închipui o zi oarecare din anul acela, când locatarul, poetul englez Lord Byron a hotărât să se exileze aici. Era detestat la el acasă, dar și în Geneva, care îl acuza că organizează orgii și se îmbată în public. Trebuie să fi murit de plictiseală. Sau de melancolie. Sau de furie.

Nu contează. Ce contează e că în acea zi oarecare din 1817 au sosit doi musafiri din țara lui. Alt poet, Percy Bysshe Shelley, și „soția" lui de 18 ani, Mary.

Un al patrulea invitat li s-a alăturat, dar acum nu pot să-mi amintesc numele. Pesemne că au discutat despre literatură. Pesemne că s-au plâns de vreme, de frig, de locuitorii Genevei, de compatrioții englezi, de lipsa ceaiului și a whisky-ului. Poate și-au citit poeme unii altora și s-au complăcut în elogii reciproce.

Și se credeau atât de deosebiți și de importanți că au făcut un rămășag: să se înapoieze în același loc după un an, fiecare aducând o carte care să descrie condiția umană. Evident că, odată depășit entuziasmul planurilor și comentariilor despre absurdul ființei omenești, au uitat de înțelegere.

Mary a fost de față la discuție. Nu fusese poftită, mai întâi fiindcă era femeie, și mai avea și circumstanța agravantă de a fi tânără. Împrejurarea trebuie să o fi marcat profund. De ce să nu scrie ceva numai ca să-și umple timpul? Avea tema, trebuia doar să o dezvolte – și să păstreze cartea pentru sine când o va fi terminat.

Dar, când s-au înapoiat în Anglia, Shelley a citit manuscrisul și a încurajat-o să-l publice. Ba mai mult: cum el era deja cunoscut, a decis că o va prezenta unui editor și va scrie el prefața. Mary s-a codit, dar a acceptat până la urmă, cu o condiție: numele ei să nu figureze pe copertă.

Tirajul inițial, de cinci sute de exemplare, s-a epuizat rapid. Mary a crezut că era probabil din cauza prefeței lui Shelley, dar, la a doua ediție, a fost de acord să i se menționeze numele. De atunci titlul nu a încetat *niciodată* să se găsească în librăriile din lumea întreagă. A inspirat scriitori, regizori de teatru și film, serbări de Halloween, baluri mascate. Recent a fost descris de un critic important drept „opera cea mai creativă din timpul Romantismului, poate chiar din ultimii două sute de ani".

Nimeni nu reușește să explice de ce. Cei mai mulți nu au citit cartea, dar practic toată lumea a auzit de ea.

Spune povestea lui Victor, un om de știință elvețian, născut la Geneva și educat de părinți ca să înțeleagă lumea prin intermediul științei. Copil încă, vede un fulger lovind un stejar și se întreabă: oare de acolo vine viața? Condiția umană poate fi creată de om?

Și, ca o versiune modernă a lui Prometeu, personajul mitologic care a furat focul din ceruri ca să ajute omul – (autoarea a folosit „Un Prometeu modern" drept subtitlu, dar nimeni nu-și mai amintește) –, încearcă să repete lucrarea lui Dumnezeu. Evident că, în pofida dedicării sale totale, experiența scapă de sub control.

Titlul cărții: *Frankenstein.*

O, Dumnezeule, la care mă gândesc puțin de obicei, dar în care mă încred atât de mult în orele de restriște, oare am ajuns aici din întâmplare? Sau mâna Ta nevăzută și implacabilă a fost cea care m-a condus la acest castel și m-a făcut să-mi reamintesc povestea asta?

Mary l-a cunoscut pe Shelley când avea 15 ani – deși el era căsătorit, nu s-a lăsat oprită de convențiile sociale, a mers după bărbatul acesta pe care îl considera iubirea vieții ei.

Cincisprezece ani! Și știa deja exact ce voia. Am 31 de ani, tot timpul doresc ceva și sunt incapabilă să obțin ce doresc, chiar dacă pot rătăci într-o după-amiază de melancolie și romantism, căutând inspirație pentru a fi mai convingătoare.

Nu sunt Mary Shelley. Sunt Victor Frankenstein și monstrul lui.

Am căutat să dau viață la ceva neînsuflețit, iar rezultatul va fi ca în carte: teroare și distrugere.

Nu mai sunt lacrimi. Nu mai există disperare. Mă simt de parcă inima mea ar fi renunțat la tot, iar corpul meu ar reflecta acum asta, fiindcă nu reușesc să mă mișc. E toamnă, acum seara se lasă repede, frumosul apus al soarelui e imediat înlocuit de înserare. Vine noaptea și încă stau așezată acolo, privind castelul și văzându-i pe oaspeții lui cum scandalizează burghezia din Geneva la începutul secolului al XIX-lea.

Unde e fulgerul care a dat viață monstrului?

Fulgerul nu vine. Traficul, care e slab în zonă, este încă și mai rar. Copiii mei așteaptă cina și soțul meu – care știe de starea mea psihică – se va îngrijora curând. Dar parcă aș avea o ghiulea de fier legată de picioare și încă nu sunt în stare să mă mișc.

Sunt o perdantă.

Poate fi cineva obligat să-și ceară iertare fiindcă a iscat o iubire imposibilă?

Nu, în nici un caz.

Pentru că și iubirea lui Dumnezeu pentru noi e imposibilă. Niciodată nu i se va răspunde pe măsură, și totuși El continuă să ne iubească. Și ne-a iubit atât încât și-a trimis singurul fiu ca să explice că iubirea e forța care mișcă Soarele și toate stelele. Într-una dintre epistolele către Corinteni (pe care la școală ne obligau să le știm pe dinafară) apostolul Pavel spune:

De-aș grăi în limbile oamenilor și ale îngerilor, iar dragoste nu am, făcutu-m-am aramă sunătoare și un chimval răsunător.

Și noi toți știm de ce. De multe ori auzim idei mari care vor să schimbe lumea. Dar sunt vorbe spuse fără emoție, golite de Dragoste. Oricât de logice și inteligente ar fi, nu ne ating.

Pavel compară Dragostea cu Prorocirea, cu Tainele, cu Credința și cu Milostenia.

De ce e Dragostea mai importantă decât Credința?

Pentru că Credința e doar o cale care duce la Dragostea mai Mare.

De ce Dragostea e mai importantă decât Milostenia?

Deoarece Milostenia e doar una dintre manifestările Dragostei. Și întregul e mereu mai important decât partea. Mai mult, Milostenia este doar una dintre căile pe care le folosește Dragostea ca să încurajeze omul să se apropie de seamănul său.

Și toți știm că există pe aici multă milostenie fără Dragoste. Săptămânal are loc câte un bal de „caritate" prin împrejurimi. Oamenii plătesc o avere ca să rezerve o masă, participă și se distrează, cu bijuteriile și hainele lor foarte scumpe. Plecăm crezând că lumea e mai bună din cauza totalului adunat în noaptea aceea pentru oamenii fără adăpost din Somalia, refugiații din Yemen, victimele foametei din Etiopia. Nu ne mai simțim vinovați de spectacolul crud al mizeriei, dar niciodată nu ne întrebăm unde se duc banii aceștia.

Cei care nu sunt suficient de bine conectați ca să meargă la bal ori nu au bani să susțină o asemenea extravaganță trec pe lângă un cerșetor și îi aruncă o monedă. Gata. E foarte ușor să arunci o monedă unui cerșetor pe stradă. În general, e mai ușor decât să nu i-o arunci.

Ce mare ușurare cu o simplă monedă! E ieftin pentru noi și rezolvă problema cerșetorului.

Și totuși, dacă l-am iubi într-adevăr, am face mult mai mult pentru el.

Sau nu am face nimic. N-am da moneda și – cine știe? – vina noastră pentru acea mizerie ar putea trezi adevărata Dragoste.

Pavel compară Dragostea cu jertfa și martiriul.

Azi înțeleg mai bine cuvintele lui. Chiar dacă aș fi femeia cu cea mai mare reușită din lume, chiar dacă aș fi mai admirată și mai dorită decât Marianne König, dacă nu am dragoste în inima mea, nu sunt nimic. *Nimic.*

În interviurile cu artiști sau politicieni, cu asistenți sociali și medici, cu studenți și funcționari publici, întreb întotdeauna „Pentru ce munciți?" Unii răspund: ca să-mi întemeiez o familie. Alții spun: ca să avansez în carieră. Dar când insist asupra întrebării, răspunsul aproape automat e: Pentru o lume mai bună.

Îmi vine să mă duc până în Podul Montblanc cu un manifest imprimat cu litere aurii și să-l dau fiecărei mașini și fiecărei persoane care ar trece pe acolo. Pe el ar scrie:

Îi implor pe cei care doresc într-o zi să lucreze pentru binele omenirii: să nu uite niciodată că, indiferent dacă trupurile lor ard în numele lui Dumnezeu, dacă nu au dragoste, nu folosește la nimic. La nimic.

Nu există nimic mai important ce putem dărui decât reflectarea Dragostei în viețile noastre. Acesta e adevăratul limbaj universal, care ne permite să vorbim chinezește sau dialectele din India. În tinerețe am călătorit mult – făcea parte din ritualul de maturizare al oricărui student. Am cunoscut țări sărace și bogate. În majoritatea cazurilor, nu vorbeam graiul locului. Dar în toate acele locuri elocvența tăcută a dragostei m-a ajutat să mă fac înțeleasă.

Mesajul Dragostei se află în modul cum îmi duc viața, și nu în cuvintele sau actele mele.

În epistola către Corinteni, Pavel ne spune, în trei versete mici, că dragostea e compusă din multe alte lucruri. Ca lumina. Învățăm la școală că, dacă o rază de soare traversează o prismă de sticlă, această rază se divide în culorile curcubeului.

Pavel ne arată curcubeul Dragostei, la fel cum prisma străbătută de o rază ne arată curcubeul luminii.

Și care sunt aceste elemente? Sunt virtuțile de care auzim vorbindu-se zilnic și pe care le putem practica în orice moment.

Răbdare: *Dragostea îndelung rabdă.*

Bunătate: *este binevoitoare.*

Generozitate: *Dragostea nu pizmuiește.*

Smerenie: *nu se laudă, nu se trufește.*

Delicatețe: *Dragostea nu se poartă cu necuviință.*

Dăruire: *nu caută ale sale.*

Toleranță: *nu se aprinde de mânie.*

Inocență: *nu gândește răul.*

Sinceritate: *nu se bucură de nedreptate, ci se bucură de adevăr.*

Toate aceste daruri se referă la viața noastră de zi cu zi, la ziua de astăzi și la cea de mâine, cred că se referă la Veșnicie.

Marea problemă e că oamenii cred că se referă la Dragostea de Dumnezeu. Dar cum se manifestă dragostea de Dumnezeu? Prin dragostea de om.

Pentru a afla pacea în ceruri, trebuie să aflăm pacea pe Pământ. Fără ea, nu valorăm nimic.

Iubesc și nimeni nu-mi poate lua asta. Îmi iubesc soțul, care m-a sprijinit întotdeauna. La fel cred că iubesc un bărbat pe care l-am cunoscut în adolescență. Și în timp ce mergeam spre el, într-o frumoasă după-amiază de toamnă, am lăsat să-mi cadă la pământ platoșa și nu mai reușesc s-o ridic. Sunt vulnerabilă, dar nu mă căiesc.

De dimineață, în timp ce-mi beam cafeaua, am privit lumina suavă de afară, mi-am amintit iar de drumul acesta și m-am întrebat pentru ultima dată: oare încerc să creez o problemă reală ca să izgonesc problemele mele imaginare? Sunt eu îndrăgostită, sau doar am transferat toate senzațiile dezagreabile din ultimele luni spre o fantezie?

Nu. Dumnezeu nu este nedrept și nu ar îngădui niciodată să mă îndrăgostesc în așa hal dacă nu ar exista posibilitatea să mi se răspundă la fel.

Și totuși uneori dragostea pretinde să lupți pentru ea. Asta voi face. În căutarea dreptății va trebui să îndepărtez fără exasperare sau nerăbdare răul. Când Marianne va fi departe și el lângă mine, Jacob îmi va mulțumi pe tot restul vieții.

Ori va pleca din nou, dar măcar voi ști că am luptat din răsputeri.

Sunt o femeie nouă. Vreau ceva ce nu va veni spre mine de bunăvoie. El e însurat și crede că orice pas greșit îi poate compromite cariera. Prin urmare, pe ce trebuie să mă concentrez? Pe divorțul lui, fără să-și dea seama.

Prima mea întâlnire cu un dealer!

Trăiesc într-o țară care a hotărât să se izoleze de lume și e foarte mulțumită de asta. Dacă pornești să vizitezi cătunele din jurul Genevei, un lucru îți devine clar imediat: nu există loc de parcare, dacă nu cumva te folosești de garajul vreunui cunoscut.

Mesajul este: nu veni aici, străinule, pentru că priveliștea lacului, acolo jos, Alpii impunători la orizont, florile de câmp primăvara și tonul auriu al viilor când vine toamna, toate astea sunt moștenite de la strămoșii noștri, care au trăit aici fără să fie niciodată tulburați. Vrem ca totul să continue așa, astfel că nu veni, străinule. Chiar dacă te-ai născut și ai crescut într-un oraș învecinat, nu ne interesează ce ai de spus. Dacă vrei să-ți parchezi mașina, caută un oraș mare, plin de asemenea locuri.

Suntem atât de izolați de lume încât mai credem încă în amenințarea unui mare război nuclear. Prin lege, toate construcțiile țării sunt prevăzute cu adăposturi antiatomice. De curând un deputat a încercat să abroge această lege iar parlamentul s-a opus: da, se prea poate să nu aibă niciodată loc un război nuclear, dar ce ziceți de amenințarea armelor chimice? Trebuie să ne protejăm cetățenii. Prin urmare, costisitoarele adăposturi antiatomice continuă să fie construite. Și transformate în crame și depozite cât timp nu vine Apocalipsa.

Și totuși sunt lucruri pe care, cu toate eforturile noastre ca să rămânem o insulă de pace, nu reușim să le împiedicăm să traverseze frontiera.

Ca drogurile, de pildă.

Guvernele statelor încearcă să controleze punctele de vânzare și închid ochii la cei care cumpără. Chiar dacă trăim într-un paradis, nu suntem oare toți stresați de traficul rutier, de responsabilități, de termene și de plictis? Drogurile stimulează productivitatea (cocaina, de exemplu) și micșorează tensiunea (ca hașișul). Prin urmare, ca să nu dăm un exemplu prost lumii, interzicem și tolerăm în același timp.

Totuși, de câte ori problema începe să ia proporții, „coincidența" face ca o vedetă sau o persoană publică să fie prinsă cu „amorțitoare", cum spunem în limbaj jurnalistic. Cazul ajunge în mass-media ca să servească drept exemplu, să-i descurajeze pe tineri, să spună populației că guvernul ține totul sub control, și vai de cel care ar îndrăzni să încalce legea!

Asta se întâmplă maximum o dată pe an. Și nu cred că numai o dată pe an cineva important reușește să iasă din rutină și să se ducă până la pasajul subteran de la Podul Montblanc ca să cumpere ceva de la dealerii care își fac veacul acolo în fiecare zi. Dacă ar fi așa, aceștia ar fi trebuit să fi dispărut deja din lipsă de clientelă.

Ajung la locul cuvenit. Familii se plimbă în sus și în jos, indivizii suspecți continuă să stea acolo fără să se lase deranjați și fără să-i incomodeze pe ceilalți. Cu excepția momentului când trec niște tineri vorbind într-o limbă străină, sau când un funcționar la costum traversează pasajul subteran și se întoarce în clipa următoare, privindu-i drept în ochi.

Trec prima oară, mă duc până în partea cealaltă, iau o apă minerală și mă plâng de frig unei persoane pe care nu am mai văzut-o niciodată. Nu-mi răspunde, cufundată în lumea sa. Mă înapoiez și sunt acolo aceiași oameni. Ne privim o clipă în ochi, dar trece multă lume, lucru rar. E ora prânzului și oamenii trebuie să meargă în restaurantele foarte scumpe răspândite prin zonă, încercând să încheie vreo afacere importantă sau să seducă turista care a sosit în oraș în căutarea unei slujbe.

Aștept puțin și trec pentru a treia oară. Îi privesc din nou și unul dintre ei, cu o simplă mișcare din cap, îmi cere să-l urmez. Niciodată în viața mea nu mi-am închipuit că aș face asta, dar anul acesta a fost atât de diferit că nu mă mai mir de purtarea mea.

Mă prefac nepăsătoare și merg după el.

Mergem două, trei minute până la Grădina Engleză. Trecem pe lângă turiști care fac fotografii în fața ceasului de flori, una dintre emblemele orașului. Traversăm micuța gară a trenului care se rotește în jurul lacului, ca și cum am trăi în Disneyland. În fine ajungem la parapet și privim în apă. Ca un cuplu care contemplă Jet d'Eau, uriașa fântână arteziană care poate atinge o înălțime de 100 de metri și care de mult timp a devenit simbolul Genevei.

El așteaptă să spun ceva. Dar nu știu dacă vocea mea va fi fermă, deși mă prefac sigură pe mine. Tac și îl oblig să rupă tăcerea:

— Iarbă, boabe, timbre sau praf?

Asta e. Sunt pierdută. Nu știu ce să răspund și dealerul pricepe că se află în fața unei novice. Am fost testată și nu am trecut proba.

Râde. Întreb dacă crede că sunt de la poliție.

— Bineînțeles că nu. Poliția ar ști imediat despre ce vorbesc.

Explic că e prima oară când fac asta.

— Se vede cât de colo. O femeie îmbrăcată ca dumneata nu s-ar osteni niciodată să vină personal. I-ar putea cere vreunui nepot sau vreunui coleg de serviciu ce i-a mai rămas din ce consumă. De asta am hotărât să te aduc până la malul lacului. Am fi putut face tranzacția în timp ce mergeam, și nu mi-aș fi pierdut atât timp, dar vreau să știu exact ce cauți sau dacă ai nevoie de vreo recomandare.

Nu-și pierde timpul. Probabil că o fi murind de plictiseală încremenit în pasajul ăla subteran. În cele trei dăți cât am trecut pe acolo nu a apărut nici un client.

— Foarte bine, o să te mai întreb o dată ca să înțelegi: marijuana, amfetamine, LSD sau cocaină?

Îl întreb dacă are crack sau heroină. Zice că sunt droguri interzise. Îmi vine să-i spun că și cele menționate de el sunt tot interzise, dar mă abțin.

Nu-i pentru mine, explic. E pentru o rivală.

— Vorbești de răzbunare? Vrei să omori pe cineva cu o supradoză? Te rog, cucoană, vezi-ți de drum.

Începe să se îndepărteze, dar îl rețin și îl rog să mă asculte. Observ că interesul meu pentru subiect trebuie să fi dublat deja prețul.

După câte știu, persoana în chestiune nu folosește droguri, explic. Dar mi-a prejudiciat serios relația sentimentală. Vreau doar să-i întind o cursă.

— Asta e un păcat.

Culmea: un vânzător de produse care cauzează dependență și pot ucide încearcă să mă readucă pe calea cea dreaptă!

Îi spun „povestea mea". Sunt măritată de zece ani, am doi copii minunați. Eu și soțul meu folosim același tip de telefon mobil și acum două luni l-am luat din greșeală pe al lui.

— Nu aveți parolă?

Sigur că nu. Avem încredere unul în altul. Sau poate că al lui are o posibilitate de blocare, dar era dezactivată în momentul acela? Fapt e că am descoperit aproape patru sute de mesaje text și o serie de fotografii ale unei femei atrăgătoare, blonde, după aspect cu o viață foarte plină. Am făcut ce nu trebuia: un scandal. L-am întrebat cine este, iar el nu a negat – a spus că e femeia de care s-a îndrăgostit. Era mulțumit că am descoperit înainte ca să trebuiască să-mi spună el.

— Asta se întâmplă de multe ori.

Dealerul a trecut de la preot la consilier matrimonial! Dar eu continui – fiindcă inventez toate astea pe loc și mă simt însuflețită de ceea ce povestesc. I-am cerut să plece din casă. A fost de acord și, a doua zi, m-a lăsat cu cei doi copii ca să trăiască el cu iubirea vieții lui. Dar ea l-a primit rece, deoarece i se părea mai interesant să aibă o relație cu un bărbat însurat decât să fie obligată să conviețuiască împreună cu un soț pe care nu și l-a ales.

— Femei! Cine să vă mai înțeleagă?

Asta gândesc și eu. Îmi continui povestirea: i-a spus că nu e pregătită să locuiască împreună și a pus capăt relației. Cum îmi închipui că se întâmplă în majoritatea cazurilor, s-a întors acasă cerându-mi iertare. L-am iertat. De fapt, ce voiam era să se întoarcă. Sunt o femeie pătimașă și nu aș putea trăi fără persoana pe care o iubesc.

Doar că acum, după câteva săptămâni, observ că el s-a schimbat iar. Dar nu mai e atât de prost încât să-și lase mobilul din mână, așa că nu am cum să știu dacă s-au întâlnit din nou. Dar bănuiesc că da. Și femeia – funcționară superioară blondă, independentă, plină de șarm și putere – îmi răpește ce am mai important în viață: iubirea. Dumneata știi ce înseamnă iubirea?

— Înțeleg ce vrei. Dar e foarte periculos.

Cum înțelegi, dacă nu am sfârșit să-ți explic?

— Ai de gând să-i întinzi o cursă femeii. Nu am marfa pe care mi-o ceri. Ca să-ți execuți planul, ți-ar trebui cel puțin 30 de grame de cocaină.

Își ia mobilul, tastează ceva și îmi arată. E o pagină dintr-un portal CNN Money, cu prețul drogurilor. Rămân surprinsă, dar descopăr că e vorba de un reportaj recent, despre dificultățile pe care le întâmpină marile carteluri.

— După cum poți vedea, te va costa 5 000 de franci elvețieni. Merită? Nu-i mai ieftin să te duci la femeia aceea acasă și să faci scandal? În plus, din câte am înțeles, ea nu are nici o vină.

Din pastor, a trecut la consilier matrimonial. Iar, din consilier matrimonial, tocmai a evoluat spre consultant financiar, încercând să mă oprească să-mi cheltuiesc banii inutil.

Spun că accept riscul. Știu că am dreptate. Și de ce 30 de grame în loc de 10?

— E cantitatea minimă pentru încadrarea la trafic. Pedeapsa e mult mai grea decât pentru consumatori. Ești sigură că vrei să faci asta? Pentru că, în drum spre casă sau spre casa femeii, poți să fii prinsă și nu vei putea explica de ce ai droguri asupra ta.

Oare toți traficanții sunt așa sau am căzut în mâinile unuia special? Mi-ar plăcea să stau ore întregi de vorbă cu omul ăsta, destul de ager și experimentat. Dar, după cum se vede, e foarte ocupat. Îmi cere să mă întorc peste o jumătate de oră cu banii cash. Mă duc până la un bancomat, surprinsă de naivitatea mea. E evident că dealerii nu transportă cantități mari. Altfel ar fi acuzați de trafic!

Mă întorc și e acolo. Îi dau banii discret și el îmi arată o pubelă pe care o putem vedea de unde stăm.

— Te rog, nu lăsa marfa la îndemâna femeii, fiindcă poate să o confunde cu alte prafuri și să o înghită. Ar fi o nenorocire.

Omul ăsta e nemaipomenit; se gândește la tot. Dacă ar fi directorul unei multinaționale, ar câștiga o avere din bonusuri.

Când dădeam să mai spun ceva, s-a îndepărtat. Mă uit din nou spre locul indicat. Și dacă nu va fi nimic acolo? Dar oamenii ăștia au o reputație și nu ar face așa ceva.

Mă duc acolo, mă uit în dreapta și în stânga, iau un plic de culoare gri, îl pun în geantă și imediat mă urc într-un taxi în direcția redacției. Am să întârzii din nou.

Am dovada crimei. Am plătit o avere pentru ceva care nu cântărește aproape nimic.

Dar cum să știu dacă omul nu m-a înșelat? Trebuie să descopăr singură.

Închiriez vreo două, trei filme cu drogați. Soțul meu rămâne surprins de noul meu interes.

— Doar nu te gândești să te apuci, nu-i așa?

Sigur că nu! E doar o documentare pentru ziar. Apropo, mâine am să întârzii. Am hotărât să scriu un articol despre castelul lordului Byron și trebuie să fac o plimbare până acolo. Să nu-și facă griji.

— Nu-mi fac griji. Găsesc că lucrurile merg mai bine de când ne-am dus la Nyon. Trebuie să călătorim mai mult, poate plecăm de Revelion. Data viitoare lăsăm copiii cu mama. Am stat de vorbă cu persoane care se pricep la chestia asta.

„Chestia" trebuie să fie ceea ce consideră el starea mea de depresie. Cu cine a vorbit, mai exact? Cu vreun prieten care poate să-și dea drumul la gură de îndată ce va bea un pic?

— Nici vorbă. Cu un consilier matrimonial.

Ce oroare! Consilierea matrimonială a fost ultimul lucru pe care l-am auzit în acea după-amiază teribilă la Clubul de Golf. Oare cei doi or fi vorbind unul cu altul într-ascuns?

— Poate că problema ta a fost provocată de mine. Nu ți-am dat atenția pe care o meriți. Vorbesc tot timpul de serviciu sau de lucrurile pe care trebuie să le facem. Pierdem romantismul necesar ca să țină o familie fericită. Să te preocupi numai de copii nu-i suficient. Ne trebuie mai mult, cât timp mai suntem tineri. Cine știe, poate să ne mai ducem la Interlaken, prima călătorie pe care am făcut-o împreună după ce ne-am cunoscut? Putem să urcăm o parte din Jungfrau și să ne bucurăm de peisajul de acolo, de sus.

Consilier matrimonial! Asta mai lipsea.

Discuția cu soțul meu mi-a amintit un vechi proverb: cel mai mare orb e cel care nu vrea să vadă.

Cum se poate gândi că m-a neglijat? De unde a mai scos ideea asta nebunească, dacă eu sunt cea care de obicei nu îl primește cu brațele deschise și picioarele desfăcute? A trecut ceva timp de când nu mai avem o relație sexuală intensă. Pentru o relație sănătoasă, asta e mai necesar decât să facem planuri de viitor sau să vorbim de copii. Interlaken îmi amintește de o epocă în care ne plimbam prin oraș la sfârșitul după-amiezii – fiindcă în majoritatea timpului stăteam încuiați în hotel, făcând dragoste și bând vin ieftin.

Când iubim pe cineva, nu ne mulțumim să-i cunoaștem doar sufletul; vrem să știm cum e corpul său. E necesar? Nu știu, dar instinctul ne împinge la asta. Și nu există un moment când trebuie să se întâmple, nici vreo regulă care să merite să fie respectată. Nimic mai bun decât descoperirea, timiditatea făcând loc îndrăznelii, gemetele înăbușite transformându-se în țipete și cuvinte obscene. Da, cuvinte obscene – îmi place să aud cuvinte interzise și „murdare" când sunt cu un bărbat în mine.

În acele momente, se ridică întrebările de totdeauna: „Strâng prea tare?" „Să mă mișc mai repede sau mai încet?"

Sunt întrebări neașteptate sau stânjenitoare, dar fac parte din inițiere, din cunoaștere și din respectul reciproc. E foarte important să vorbești în timpul acestei construcții a intimității perfecte. Contrariul ar fi o frustrare tăcută și mincinoasă.

Pe urmă vine căsătoria. Încercăm să menținem același comportament și reușim – în cazul meu a durat până am rămas gravidă prima oară, ceea ce s-a întâmplat repede. Și deodată ne-am dat seama că lucrurile s-au schimbat.

• Sex, acum, doar noaptea, de preferință puțin înainte de a adormi. Ca și cum ar fi o obligație pe care amândoi o acceptă, fără să se întrebe dacă celălalt are chef. Dacă lipsește sexul, apar bănuielile, așa că e mai bine să se mențină ritualul.

• Dacă nu a fost bine, nu spune nimic, fiindcă mâine poate fi mai bine. La urma urmei suntem căsătoriți, avem toată viața în fața noastră.

• Nu mai e nimic de descoperit și încercăm să găsim maximum de plăcere în aceleași lucruri. Ceea ce echivalează cu a mânca ciocolată zilnic, fără să schimbi marca și savoarea: nu e nici un sacrificiu, dar oare n-o fi existând nimic dincolo de asta?

Sigur că există: jucărioare care se pot cumpăra în sex-shopuri, cluburi de swing, chemarea unei a treia persoane ca să participe, riscarea în petreceri îndrăznețe în casa unor prieteni mai puțin convenționali.

Pentru mine, toate astea sunt foarte riscante. Nu știm care vor fi consecințele, mai bine să lăsăm totul așa cum e.

Și așa trec zilele. Vorbind cu prietene, descoperim că povestea asta a orgasmului simultan – să rămânem excitați împreună, în același timp, mângâind aceleași locuri și gemând la unison – e un mit. Cum pot să simt vreo plăcere dacă trebuie să fiu atentă la ce fac? Cel mai natural ar fi: atinge-mi corpul, înnebunește-mă, și pe urmă voi face la fel cu tine.

Dar în majoritatea cazurilor nu e așa. Comuniunea trebuie să fie „perfectă". Adică inexistentă.

Și atenție cu gemetele, să nu trezim copiii.

Ah, bine că s-a terminat, eram foarte obosit(ă) și nu știu cum am reușit. E meritul tău! Noapte bună.

Până ce vine o zi când amândoi își dau seama că trebuie ruptă rutina. Dar, în loc să meargă în cluburi de swing, la sex-shopuri cu aparate despre care nici nu știu bine cum funcționează, sau în casa unor prieteni nebuni care tot timpul descoperă lucruri noi, hotărăsc... să petreacă un timp fără copii.

Planificarea unei călătorii romantice. Fără nici o surpriză. În care absolut totul să fie prevăzut și organizat.

Și ni se pare o idee foarte bună.

Mi-am creat un cont de e-mail fals. Am drogul, pe care l-am încercat (după care m-am jurat să nu mai fac asta *niciodată*, fiindcă senzația e foarte plăcută).

Știu cum să intru la universitate fără să fiu văzută și să introduc dovada în biroul lui Marianne. Îmi mai trebuie să descopăr ce sertar nu va deschide foarte curând, ceea ce poate că e partea cea mai riscantă a planului. Dar asta mi-a sugerat dealerul și trebuie să dau ascultare vocii experienței.

Nu pot cere ajutorul nici unui student, trebuie să fac totul singură. Nu mai am nimic altceva de făcut decât să nutresc „visul romantic" al soțului meu și să-i umplu telefonul lui Jacob cu mesaje de dragoste și speranță.

Discuția cu dealerul mi-a dat o idee, pe care am și pus-o în practică: îi trimit zilnic mesaje text, cu declarații de dragoste și îndemnuri. Asta poate funcționa în două moduri. În primul rând, el o să-și dea seama că are sprijinul meu și că nu am rămas nici un pic supărată după întâlnirea de la Clubul de Golf. În al doilea rând, Madame König o să-și dea poate într-o zi osteneala să scormonească prin mobilul soțului ei.

Intru pe net, copiez ceva care mi se pare inteligent și apăs pe tasta „trimite".

De la alegeri, nu s-a mai petrecut nimic important la Geneva. Jacob nu mai e citat în presă și habar nu am ce se întâmplă cu el. Un singur lucru a mobilizat opinia publică zilele acestea: dacă orașul trebuie sau nu să anuleze sărbătorirea Revelionului.

După unii deputați, cheltuielile sunt exorbitante. Mi s-a dat responsabilitatea să cercetez ce înseamnă exact acest „exorbitante". M-am dus chiar la prefectură și am descoperit suma exactă: 115 000 de franci elvețieni, ceea ce două persoane – eu și colegul care lucrează lângă mine, de exemplu – plătim impozit.

Cu alte cuvinte: cu impozitele a doi cetățeni, care câștigă un salariu rezonabil, dar nu extraordinar, s-ar putea face fericite mii de persoane. Dar nu. Trebuie să facem economii, pentru că nu știe nimeni ce ne rezervă viitorul. Între timp seifurile orașului se umplu. Se poate să rămânem iarna fără sare și să înghețe drumurile, iar străzile mereu au nevoie de reparații. Pretutindeni se văd șantiere despre care absolut nimeni nu știe la ce servesc.

Bucuria poate să aștepte. Important e să se mențină aparențele. Și prin asta să se înțeleagă următoarele: să nu lăsăm pe nimeni să observe că suntem putred de bogați.

Trebuie să mă trezesc devreme mâine ca să mă duc la lucru. Faptul că Jacob mi-a ignorat mesajele a sfârșit prin a mă apropia de bărbatul meu. Chiar și așa, am să-mi duc răzbunarea la bun sfârșit.

Adevărul e că nu mai am chef să o duc până la capăt, dar nu-mi place să-mi las proiectele neterminate. A trăi înseamnă a lua decizii și a suporta consecințele. De mult nu mai fac asta, și poate că de aceea stau iar aici, în zori, cu ochii în tavan.

Faptul că-i trimit mesaje unui bărbat care mă respinge înseamnă pierdere de timp și de bani. Nu mai sunt interesată de fericirea lui. De fapt, vreau să fie foarte nefericit, pentru că i-am oferit ce era mai bun în mine, iar el m-a trimis la terapie de cuplu.

Și pentru asta trebuie să o bag pe vrăjitoare la închisoare, chiar dacă sufletul meu e în primejdie să ardă în purgatoriu secole la rând.

Trebuie? De unde am scos ideea asta? Sunt obosită, foarte obosită, și nu reușesc să dorm.

„Femeile măritate suferă mai mult de depresie decât cele nemăritate", spunea un articol publicat azi în ziar.

Nu l-am citit. Dar anul acesta a fost foarte, foarte ciudat.

Viața mea decurge superb, totul e așa cum visam în adolescență, sunt fericită... dar deodată se întâmplă ceva.

Ca un virus care infectează calculatorul. Atunci începe distrugerea, lentă, dar implacabilă. Totul merge mai încet. Câteva programe importante au nevoie de mai multă memorie ca să fie deschise. Unele arhive – fotografii, texte – dispar fără urmă.

Căutăm cauza și nu găsim nimic. Întrebăm prieteni care se pricep mai bine, dar nici ei nu pot detecta problema. Iar calculatorul se golește, e lent, și nu mai e al tău. Acum e stăpânit de virusul nedetectabil. Sigur, oricând putem schimba aparatul, dar lucrurile salvate acolo, pentru care mi-au trebuit atâția ani ca să le pun în ordine? Pierdute pentru totdeauna?

Nu e drept.

Nu am nici cel mai mic control asupra celor ce se întâmplă. Sunt atrasă de un bărbat care, în acest moment, trebuie să-și spună că îl hărțuiesc. Sunt măritată cu un bărbat care pare apropiat, dar care nu-mi arată niciodată slăbiciunile și vulnerabilitățile lui. Doresc să o nenorocesc pe o femeie pe care am văzut-o o singură dată, sub pretextul că asta mi-ar alunga demonii.

Mulți spun: timpul le vindecă pe toate. Dar nu-i adevărat.

După cum se vede, timpul vindecă doar acele lucruri bune pe care am vrea să le păstrăm pentru totdeauna. El ne spune: „Nu-ți face iluzii, realitatea e asta". De-aceea lucrurile pe care le citesc ca să-mi ridic moralul nu rămân mult timp cu mine. În sufletul meu e o gaură prin care se scurge toată energia pozitivă, lăsând în urmă doar vidul. Cunosc gaura – am conviețuit cu ea de câteva luni –, dar nu știu cum să scap din capcană.

Jacob crede că am nevoie de terapie de cuplu. Șeful mă consideră o excelentă jurnalistă. Copiii observă o schimbare în comportamentul meu, dar nu întreabă nimic. Soțul meu a înțeles abia când ne-am dus la un restaurant și am încercat să-mi deschid sufletul în fața lui.

Iau iPad-ul de pe noptieră. Înmulțesc 365 cu 70. Rezultatul e 25 350. E media zilelor trăite de o persoană normală. Câte am irosit deja?

Cei din jurul meu se plâng întruna. „Lucrez opt ore pe zi și, dacă voi fi avansat, voi lucra 12." „De când m-am căsătorit nu mai am timp pentru mine." „L-am căutat pe Dumnezeu și acum sunt obligat să mă duc la slujbe, liturghii și ceremonii religioase."

Tot ce căutăm cu mult entuziasm de îndată ce atingem vârsta adultă – dragoste, slujbă, credință – se transformă până la urmă într-o povară prea grea.

Există un singur mijloc de a scăpa din asta: prin iubire. A iubi înseamnă a transforma sclavia în libertate.

Dar, pentru moment, nu reușesc să iubesc. Simt doar ură.

Și, oricât ar părea de absurd, asta dă un oarecare sens zilelor mele.

Ajung în locul unde își ține Marianne cursurile de filozofie – o anexă care, spre surprinderea mea, se află în unul din campusurile Spitalului Universitar din Geneva. Încep să mă întreb: nu cumva faimosul curs care figurează în CV-ul ei e doar ceva extracurricular fără nici cea mai mică valabilitate academică?

Mi-am oprit mașina la un supermarket și am mers pe jos circa un kilometru până aici, o îngrămădire de clădiri scunde în mijlocul unui tăpșan frumos, cu un mic lac în mijloc, și indicatoare în formă de săgeată. Acolo sunt clădiri ale unor instituții care, deși par să nu aibă legătură, dacă stăm să ne gândim bine, sunt de fapt complementare: aripa spitalicească pentru vârstnici și un azil de nebuni. Balamucul se află într-un edificiu frumos de la începutul secolului al XX-lea, și acolo se vor forma psihiatri, surori, psihologi și psihoterapeuți veniți din toată Europa.

Trec prin dreptul a ceva straniu, asemănător cu balizele pe care le vedem la finalul unei piste de aterizare în aeroporturi. Pentru a mă dumiri trebuie să citesc placa alăturată. E vorba de o sculptură numită *Pasaj 2000*, o „muzică vizuală" formată din zece bariere de trecere de nivel echipate cu lumini roșii. Mă întreb dacă persoana care a făcut asta era unul dintre cei internați, dar continui să citesc și descopăr că opera aparține unui sculptor cunoscut.

Să respectăm deci arta. Dar să nu-mi veniți cu povestea asta că toată lumea e normală.

Este ora prânzului – singurul meu moment liber din timpul zilei. Lucrurile cele mai interesante din viața mea se întâmplă la ora prânzului – întâlniri cu prieteni, oameni politici, „surse" și dealeri.

Sălile de clasă trebuie să fie goale. Nu mă pot îndrepta spre cantină, unde Marianne – sau Madame König – și-o fi dând neglijent părul blond într-o parte, în timp ce tinerii care învață acolo stau și-și imaginează ce să facă pentru a o seduce pe femeia aceea atât de interesantă, iar fetele o privesc ca pe un model de eleganță, inteligență și comportament potrivit.

Mă duc la recepție și întreb care este sala unde predă Madame König. Sunt informată că e ora prânzului (evident că știu). Spun că nu vreau să o întrerup în momentul pauzei, de aceea am s-o aștept la ușă.

Sunt îmbrăcată ca o persoană absolut normală, din cele pe care le privești o dată și le uiți în clipa următoare. Singurul lucru suspect e că port ochelari negri într-o zi înnorată. O las pe recepționistă să observe niște pansamente sub lentilă. Ea va conchide fără îndoială că tocmai am făcut o operație estetică.

Mă îndrept spre locul unde predă Marianne, surprinsă cât de calmă sunt. Mi-am închipuit că-mi va fi teamă, că aș putea renunța în mijlocul drumului, dar nu. Ajung unde trebuie și mă simt absolut în largul meu. Dacă vreodată ar trebui să scriu despre mine însămi, aș face ca Mary Shelley cu Victor Frankenstein al ei: voiam doar să ies din rutină, să caut o rațiune mai bună pentru viața mea neinteresantă și lipsită de provocări. Rezultatul a fost un monstru în stare să compromită nevinovați și să salveze culpabili.

Toată lumea are o latură întunecată. Toți vor să experimenteze puterea absolută. Citesc relatări despre tortură și război și văd că oamenii care fac rău, în momentul când își pot exercita puterea, sunt imboldiți de un monstru necunoscut, dar, când revin acasă, se transformă în docili tați de familie, slujitori ai patriei și soți exemplari.

Mi-aduc aminte că odată, când eram tânără, un iubit m-a rugat să am grijă de pudelul lui. Nu puteam să-l sufăr pe cățelul ăla. Trebuia să împart cu el atenția bărbatului pe care îl iubeam. Voiam *toată* dragostea lui.

În ziua aceea am hotărât să mă răzbun pe acel animal irațional, care nu contribuia cu nimic la evoluția omenirii, dar a cărui pasivitate trezea iubire și afecțiune. Am început să-l chinui într-un mod care să nu lase urme: înțepându-l cu un ac înfipt în coada unei mături. Cățelul gemea, lătra, dar nu m-am oprit până nu am obosit.

Când s-a întors iubitul meu, m-a îmbrățișat și m-a sărutat ca întotdeauna. Mi-a mulțumit că am avut grijă de pudelul lui. Am făcut amor și viața a continuat ca înainte. Cățeii nu vorbesc.

Mă gândesc la asta în timp ce mă îndrept spre sala de curs a lui Marianne. Cum de sunt capabilă de asta? Fiindcă toată lumea e. Am văzut deja bărbați îndrăgostiți până peste cap de soțiile lor pierzându-și capul și bătându-le, pentru ca imediat după aceea să-și ceară iertare, plângând.

Suntem niște animale de neînțeles.

Dar de ce să-i fac asta lui Marianne, dacă tot ce mi-a făcut ea a fost să mă snobeze la o petrecere? De ce să elaborez un plan, să risc ducându-mă să cumpăr droguri și încercând să le introduc în biroul ei?

Pentru că ea a obținut ceea ce eu nu am obținut: atenția și dragostea lui Jacob.

E suficient acest răspuns? Dacă ar fi, în clipa asta 99,9% dintre oameni ar conspira să se distrugă unii pe alții.

Fiindcă am obosit să mă tot plâng. Pentru că nopțile astea de insomnie m-au înnebunit. Pentru că mă simt bine în nebunia mea. Pentru că n-am să fiu prinsă. Pentru că nu mai vreau să mă gândesc obsesiv la asta. Pentru că sunt grav bolnavă. Pentru că nu sunt singura. Dacă *Frankenstein* n-a ieșit niciodată din circulație e pentru că toată lumea se recunoaște în omul de știință și în monstru.

Mă opresc. „Sunt grav bolnavă." E o posibilitate. Poate că ar trebui să plec de aici chiar acum și să caut un medic. Am să fac asta, dar mai întâi trebuie să termin treaba pe care mi-am propus-o, chiar dacă pe urmă medicul va anunța poliția – protejându-mă din cauza secretului profesional, dar evitând totodată o nedreptate.

Ajung la ușa sălii de curs. Reflectez asupra tuturor acelor „pentru că" pe care i-am înșirat pe drum. Chiar și așa, intru fără ezitare.

Și mă trezesc în fața unei mese ieftine, fără sertar. Doar o tăblie de lemn pe picioare strunjite. Ceva care servește pentru sprijinirea câtorva cărți, a poșetei și nimic mai mult.

Ar fi trebuit să-mi închipui asta. Sunt frustrată și ușurată în același timp.

Coridoarele, mai înainte cufundate în tăcere, încep să dea semne de viață: persoanele se întorc la ore. Ies fără să mă uit în urmă, în direcția de unde se vine. Există o ușă la capătul coridorului. O deschid și ies în fața spitalului pentru vârstnici, o clădire cu ziduri masive și – sunt sigură – bine încălzită. Mă duc până acolo și, la recepție, întreb de cineva care nu există. Sunt informată că persoana trebuie să se afle altundeva, Geneva fiind orașul cu cele mai multe aziluri pe metrul pătrat. Asistenta se oferă să se intereseze pentru mine. Îi spun că nu-i nevoie, dar ea insistă.

— Nu mi-e greu deloc.

Ca să evit suspiciunile, sunt de acord. În timp ce e ocupată cu calculatorul, iau o carte din raft și încep să o răsfoiesc.

— Povești pentru copii, spune asistenta, fără să-și dezlipească ochii de pe ecran. Pacienților le plac foarte mult.

Firește. Deschid o pagină la întâmplare:

Un șoricel era tare abătut pentru că-i era teamă de pisică. Unui vrăjitor i s-a făcut milă de el și l-a transformat în pisică. Dar atunci a început să-i fie teamă de câine, iar vrăjitorul l-a transformat în câine.

Dar atunci a început să-i fie frică de tigru. Vrăjitorul, foarte răbdător, și-a folosit puterile ca să-l transforme în tigru. Atunci, a început să se teamă de vânător. Vrăjitorul a renunțat și l-a transformat din nou în șoarece, spunându-i:

— Nimic din ce voi face nu te va ajuta, pentru că nu ai înțeles niciodată că ai crescut. E mai bine să redevii ce ai fost.

Asistenta nu reușește să găsească pacientul imaginar. Își cere scuze. Îi mulțumesc și mă pregătesc să plec, dar, după cum se pare, e fericită să aibă pe cineva cu care să vorbească.

— Credeți că operațiile estetice ajută la ceva?

Operații estetice? Ah, da. Mi-amintesc de micii plasturi de sub ochelarii mei negri.

— Majoritatea pacienților de aici s-au operat. Dacă aș fi în locul dumneavoastră, aș evita asta. Provoacă un dezechilibru între trup și minte.

Nu i-am cerut părerea, dar pare pătrunsă de o datorie umanitară, și continuă:

— Bătrânețea e mai traumatizantă pentru cei care cred că pot controla trecerea anilor.

O întreb de ce naționalitate e: unguroaică. Evident. Elvețienii nu și-ar spune niciodată părerea fără să le-o ceri.

Îi mulțumesc pentru strădanie și plec, scoțându-mi ochelarii și plasturii. Deghizarea a funcționat, dar planul, nu. Campusul s-a golit din nou. Acum sunt toți ocupați să învețe cum să gândească, cum să se implice, cum să-i determine pe ceilalți să gândească.

Fac un ocol mare și ajung în locul unde mi-am lăsat mașina. De departe pot vedea spitalul de psihiatrie. Oare eu ar trebui să fiu înăuntru?

Suntem toți așa? îl întreb pe bărbatul meu după ce copiii au adormit și ne pregătim și noi de culcare.

— Așa, cum?

Așa ca mine, care mă simt când foarte bine, când foarte rău.

— Cred că da. Toată viața ne controlăm pentru ca monstrul să nu iasă din ascunzătoare.

E adevărat.

— Nu suntem ce am dori să fim. Suntem ce pretinde societatea. Suntem ceea ce au ales părinții noștri. Nu vrem să dezamăgim pe nimeni, avem o enormă nevoie să fim iubiți. De asta înăbușim ce-i mai bun în noi. Treptat, ceea ce a fost lumina visurilor noastre se transformă în monstrul coșmarurilor care ne chinuie. Sunt lucrurile nerealizate, posibilitățile netrăite.

După câte știu, psihiatria numea asta depresie maniacală, dar acum, ca să fie politic corectă, a început să îi spună tulburare bipolară. De unde au mai scos denumirea asta? Polul Nord și Polul Sud au oare ceva diferit? Oricum trebuie să fie o minoritate…

— Sigur că doar la o minoritate se manifestă aceste două personalități Dar pariez că toți oamenii au acest monstru în ei.

De o parte, criminala care se duce la o facultate ca să încerce să incrimineze o nevinovată, fără să poată explica bine motivul unei uri atât de puternice. De cealaltă, mama care are grijă de familie cu dragoste și muncește din greu pentru ca nimic să nu le lipsească ființelor dragi ei, de asemenea neînțelegând unde găsește putere ca să întrețină aceste sentimente.

— Ți-amintești de Jekyll și Hyde?

După cum pare, *Frankenstein* nu e singura carte care continuă să fie editată de când a fost publicată pentru prima oară: *Straniul caz al doctorului Jekyll și al lui mister Hyde*, pe care Robert Louis Stevenson a scris-o în trei zile, urmează aceeași cale. Acțiunea se petrece la Londra, în secolul al XIX-lea. Medicul și cercetătorul Henry Jekyll crede că binele și răul există în fiecare om. E hotărât să-și demonstreze teoria, care este ridiculizată de aproape toți cei pe care îi cunoaște, inclusiv de tatăl logodnicei sale, Beatrix. După ce a lucrat neobosit în laboratorul său, reușește să elaboreze o formulă. Ca să nu pună în primejdie viața nimănui, o bea chiar el.

Drept rezultat, latura sa demonică – pe care o numește Mr. Hyde – iese la suprafață. Jekyll crede că poate controla aparițiile lui Hyde, dar apoi își dă seama că s-a înșelat amarnic: când eliberăm latura noastră rea, ea sfârșește prin a eclipsa total ce este mai bun în noi.

Asta e valabil pentru toți indivizii. Așa se întâmplă cu tiranii, care în general au intenții excelente la început, dar, puțin câte puțin, ca să facă ce cred că e bine, dau drumul la tot ce e mai rău în firea omenească: teroarea.

Sunt confuză și speriată. Asta i se poate întâmpla oricăruia dintre noi?

— Nu. Doar o minoritate nu are o noțiune foarte clară despre ce e bine și ce e rău.

Nu știu dacă această minoritate e chiar atât de mică: am trecut prin ceva asemănător în școală. Aveam un profesor care putea să fie cel mai bun om din lume, dar care brusc se transforma și se descompunea complet. Tuturor elevilor le era frică de el, fiindcă era imposibil de prevăzut cum va fi.

Dar cine ar fi îndrăznit să reclame? Până la urmă, profesorii au întotdeauna dreptate. În plus, toți își spuneau că are o problemă acasă, care trebuia să se rezolve. Până ce într-o zi Mr. Hyde al lui și-a pierdut controlul și l-a atacat pe unul dintre colegi. Cazul a ajuns în fața conducerii și profesorul a fost dat afară.

De atunci am devenit bănuitoare față de persoanele care manifestă o tandrețe excesivă.

— Ca acele *tricoteuses*.

Da, ca femeile acelea muncitoare, care voiau dreptate și pâine pentru săraci și au luptat ca să elibereze Franța de excesele săvârșite de Ludovic XVI. Când s-a instalat Teroarea, se duceau devreme în piața ghilotinei, își păstrau locurile în rândul întâi și tricotau în timp ce-i așteptau pe condamnații la moarte. Probabil că erau mame de familie care în restul zilei aveau grijă de copii și de soț.

Tricotând ca să treacă timpul între un cap tăiat și altul.

— Ești mai puternică decât mine. Întotdeauna te-am invidiat pentru asta. Poate că de aceea nu ți-am arătat atâta sentimentele mele, să nu par că sunt slab.

Nu știe ce spune. Dar discuția s-a încheiat deja. Se întoarce cu spatele și adoarme.

Rămân singură cu „puterea" mea și cu ochii în tavan.

După o săptămână fac ceea ce-mi promisesem să nu fac niciodată: am fost la psihiatri.

Am obținut trei consultații cu medici diferiți. Agendele lor erau pline – semn că în Geneva există mai multe persoane dezechilibrate decât credem. Am început prin a spune că e urgent și secretarele mi-au răspuns că totul e urgent, mi-au mulțumit pentru interes, regretau mult, dar nu puteau amâna alți pacienți.

Am recurs atunci la trucul care nu dă greș niciodată: am spus unde lucrez. Cuvântul magic „jurnalistă", urmat de numele unui ziar important, e în stare atât să deschidă uși, cât și să le închidă. În cazul de față știam deja care va fi rezultatul. Consultațiile au fost programate.

Nu am anunțat pe nimeni – nici pe soțul meu, nici pe șef. Am fost la primul – un bărbat destul de ciudat, cu accent britanic, care m-a anunțat imediat că nu acceptă contracte cu asigurările sociale. Am bănuit că lucra ilegal în Elveția.

Am explicat, cu toată răbdarea din lume, ce se petrecea cu mine. Am dat exemplul lui Frankenstein și al monstrului său, al lui Dr. Jekyll și Mr. Hyde. L-am implorat să mă ajute să stăpânesc monstrul care apărea și amenința să scape de sub control. M-a întrebat ce vreau să spun.

Nu voiam să-i dau detaliile adevărate, care să mă compromită, ca tentativa de a face ca o anume femeie să fie pe nedrept reținută pentru trafic de droguri.

Am hotărât să-i spun o minciună: i-am explicat că am idei criminale, vreau să-mi ucid soțul în timp ce doarme. M-a întrebat dacă unul dintre noi doi are un amant sau amantă și i-am spus că nu. A înțeles perfect și mi-a spus că totul e normal. Un an de tratament, cu trei ședințe pe săptămână, va diminua cu 50% acest instinct. Am fost șocată! Și dacă-mi omor soțul înainte? Mi-a răspuns că ce se întâmpla era un „transfer", o „fantezie", și că adevărații asasini nu caută niciodată ajutor.

Înainte de a pleca, mi-a luat 250 de franci elvețieni și a rugat secretara să programeze consultații regulate începând de săptămâna viitoare. Am mulțumit, am spus că trebuie să-mi consult agenda și am închis ușa pentru totdeauna.

Al doilea psihiatru era o femeie. Accepta asigurarea socială și era mai dispusă să audă ce aveam de spus. Am repetat povestea despre dorința să-mi ucid soțul.

— Păi, uneori și eu mă gândesc să-l ucid pe al meu, mi-a spus ea, cu un zâmbet pe față. Dar știm amândouă că, dacă toate femeile și-ar realiza dorințele secrete, aproape toți copiii ar fi orfani de tată. E un impuls normal.

Normal?

După o discuție în timpul căreia mi-a explicat că mă simt „intimidată" de căsnicie, că fără îndoială „nu aveam spațiu ca să cresc" iar sexualitatea mea „provoca tulburări hormonale consemnate abundent în literatura medicală", și-a luat carnetul de rețete și a scris denumirea unui antidepresiv cunoscut. A adăugat că, până ce își va face medicamentul efectul, voi mai înfrunta o lună de infern, dar curând totul nu va mai fi decât o amintire neplăcută.

Dacă voi continua să iau comprimatele, evident. Cât timp?

— Depinde. Dar cred că în trei ani vei putea deja să diminuezi doza.

Marea problemă cu asigurarea socială e că decontul e trimis la pacient acasă. Am plătit cash, am închis ușa și, încă o dată, am jurat să nu mă mai întorc acolo niciodată.

În fine, m-am dus la a treia consultație, din nou la un bărbat într-un cabinet a cărui decorare trebuie să fi costat o avere. Spre deosebire de primii doi, m-a ascultat cu atenție și a părut să-mi dea dreptate. Chiar riscam să-mi ucid soțul. Eram o asasină potențială. Pierdeam controlul asupra unui monstru pe care după aceea nu aveam să reușesc să-l bag la loc în cușcă.

În cele din urmă, cu toată delicatețea din lume, m-a întrebat dacă iau droguri.

O singură dată, am răspuns.

Nu m-a crezut. A schimbat subiectul. Am vorbit puțin despre conflictele cu care toți trebuie să ne confruntăm zi de zi, și pe urmă a revenit asupra chestiunii drogurilor.

— Trebuie să ai încredere în mine. Nimeni nu folosește droguri doar o singură dată. Suntem protejați de secretul profesional. Mi-aș pierde dreptul de liberă practică dacă aș comenta ceva pe acest subiect. Mai bine să vorbim deschis, înainte de a te programa pentru viitoarea consultație. Nu numai dumneata trebuie să mă accepți ca medic. Și eu trebuie să te accept ca pacientă. Așa funcționează lucrurile.

Nu, am insistat. Nu folosesc droguri. Cunosc legea și nu am venit aici ca să mint. Vreau doar să rezolv problema asta, înainte să le fac vreun rău persoanelor pe care le iubesc și care-mi sunt aproape.

Are o față gânditoare, frumoasă, încadrată de barbă. A dat din cap înainte de a răspunde:

— Ani de zile ai acumulat aceste tensiuni și acum vrei să scapi de ele de pe o zi pe alta. Așa ceva nu există în psihiatrie sau psihanaliză. Nu suntem șamani care, cu o pasă magică, izgonesc spiritul malign.

E clar că era ironic, dar mi-a dat o idee excelentă. Zilele mele de căutare a ajutorului psihiatric au luat sfârșit.

Post tenebras lux. După întuneric, lumină.

Stau în fața vechiului zid al orașului, un monument de 100 de metri lățime, cu statuile impunătoare a patru bărbați, flancați de alte statui mai mici. Unul dintre ei iese în evidență dintre ceilalți. Are capul acoperit, o barbă lungă și poartă în mâini ceea ce, pe vremea aceea, avea mai multă putere decât o mitralieră: Biblia.

În timp ce aștept, mă gândesc: dacă bărbatul acesta s-ar fi născut azi, toți – mai ales francezii și catolicii din lumea întreagă – l-ar fi numit terorist. Tacticile sale pentru a instaura ce credea el că este a fi adevărul suprem mă îndeamnă să-l asociez cu mintea perversă a lui Osama Bin Laden. Amândoi aveau același obiectiv: întemeierea unui stat teocratic în care toți cei care nu respectă legile lui Dumnezeu trebuie pedepsiți.

Și nici unul dintre cei doi nu a ezitat înainte de a declanșa teroarea pentru a-și realiza obiectivele.

Jean Calvin e numele lui, iar Geneva i-a fost teatrul operațiunilor. Sute de persoane aveau să fie condamnate la moarte și executate. Nu doar catolicii care îndrăzneau să-și păstreze credința, ci și oamenii de știință care, în căutarea adevărului și a vindecării bolilor, sfidau interpretarea literală a Bibliei. Cazul cel mai celebru e a lui Michel

Servet, care a descoperit circulația pulmonară și a fost ars pe rug pentru asta.

Nu e greșit să pedepsim eretici și blasfemiatori. În felul acesta ne ferim a fi părtași la crimele lor [...]. Nu-i vorba aici de puterea omenească, ci de porunca lui Dumnezeu [...]. El cere de la noi ceva de o atât de extremă gravitate, ca să arătăm că-l cinstim cum se cuvine punând slujirea lui mai presus de orice, că nu cruțăm rude, nici semeni de vreun alt sânge, și uităm de orice omenie când trebuie să luptăm spre slava Sa.

Distrugerea și moartea nu s-au limitat la Geneva: discipolii lui Calvin, probabil reprezentați de statuile mai mici, i-au răspândit cuvintele și intoleranța prin întreaga Europă. În 1566, în Olanda au fost dărâmate mai multe biserici și „rebelii" – adică persoanele de altă credință – au fost asasinați. Nenumărate opere de artă au ajuns pe rug, fiind considerate „idolatrie". O parte din patrimoniul istoric și cultural al lumii a fost distrusă și pierdută pentru totdeauna.

Iar în ziua de azi copiii mei află de Calvin la școală unde e înfățișat ca un mare iluminist, un om cu idei noi care ne-a „eliberat" de sub jugul catolic. Un revoluționar care merită să fie preamărit de generațiile următoare.

După întuneric, lumină.

Ce se petrecea în capul acestui om? mă întreb. O fi avut nopți de insomnie știind că familii întregi piereau, că părinții erau despărțiți de copii și că sângele curgea pe străzi? Sau o fi fost atât de pătruns de misiunea lui, încât nu mai era loc pentru îndoieli?

Găsea că tot ce făcea putea să fie justificat în numele iubirii? Pentru că asta e și îndoiala mea, miezul problemelor mele actuale.

Dr. Jekyll și Mr. Hyde. Mărturiile unor persoane care l-au cunoscut spuneau că, în intimitate, Calvin era un om bun, capabil să urmeze cuvintele lui Isus și să facă gesturi de smerenie surprinzătoare. Era temut, dar și iubit – și putea înflăcăra mulțimile cu iubirea asta.

Cum istoria e scrisă de învingători, nimeni nu-și amintește de atrocitățile lui. Astăzi este văzut ca medicul sufletelor, marele reformator, cel care ne-a salvat de erezia catolicismului, cu îngerii, sfinții, fecioarele, aurul, argintul, corupția și indulgențele sale.

Omul pe care-l aștept vine și îmi întrerupe reflecțiile. E un șaman cubanez. Îi explic că mi-am convins editorul să facem un material despre terapiile alternative de combatere a stresului. Lumea afacerilor e plină de persoane care ba se comportă cu o extremă generozitate, ba își revarsă mânia asupra celor mai slabi. Oamenii sunt tot mai imprevizibili.

Psihiatrii și psihanaliștii au agendele încărcate și nu reușesc să primească toți pacienții. Și nimeni nu poate aștepta luni și ani de zile ca să-și trateze depresia.

Cubanezul mă ascultă fără să spună nimic. Îl întreb dacă ne putem continua discuția într-o cafenea, de vreme ce ne aflăm în aer liber și temperatura a scăzut mult.

— Din cauza norului, a spus, acceptându-mi invitația.

Faimosul nor rămâne pe cerul orașului până în februarie sau martie și e îndepărtat doar din când în când de mistral, care curăță cerul, dar scade și mai mult temperatura.

— Cum ai ajuns la mine?

Un paznic de la ziar mi-a vorbit de dumneata. Șeful redacției voia să le iau interviuri unor psihologi, psihiatri, psihoterapeuți, dar asta s-a mai făcut de sute de ori.

Am nevoie de ceva original, iar el poate fi persoana potrivită.

— Nu trebuie să-mi publici numele. Ce fac eu nu e decontat de asigurările sociale.

Îmi închipui că vrea să spună: „Ce fac nu e legal".

Vorbesc aproape douăzeci de minute, încercând să sparg gheața, dar cubanezul mă studiază tot timpul. E oacheș, cărunt, scund și poartă costum și cravată. Niciodată nu mi-am imaginat un șaman îmbrăcat așa.

Îi explic că tot ce-mi va spune va rămâne secret. Suntem interesați doar să știm dacă multă lume recurge la serviciile lui. Din câte am auzit, are capacitatea de a vindeca.

— Nu-i adevărat. Nu sunt capabil să vindec. Doar Dumnezeu poate face asta.

Perfect, suntem de acord. Dar zilnic întâlnim pe câte cineva care, de la o oră la alta, are un comportament ciudat. Și ne imaginăm: ce s-o fi petrecut cu persoana asta pe care întotdeauna credeam că o cunosc atât de bine? De ce este atât de agresiv? Să fie stresul de la serviciu?

Iar a doua zi persoana este din nou normală. Ești ușurat, dar imediat după aceea simți că îți fuge pământul de sub picioare când nici nu te aștepți. Și, în loc să te întrebi care e problema lui, te întrebi care e problema ta.

Cubanezul nu spune nimic. Încă nu are încredere în mine.

— Vindecare există, dar e de la Dumnezeu.

Da, știu, dar cum vindecă Dumnezeu?

— Depinde. Uită-te în ochii mei.

Îi dau ascultare și parcă aș intra într-un soi de transă fără să pot controla încotro merg.

— În numele forțelor care îmi călăuzesc munca, prin puterea hărăzită mie, rog spiritele care mă ocrotesc să-ți distrugă viața și apropiații dacă te hotărăști să mă predai poliției sau să mă denunți la servicul imigrări.

Face câteva pase cu mâna în jurul capului meu. Asta mi se pare lucrul cel mai suprarealist din lume și-mi vine să mă ridic și să plec. Dar, aproape imediat, a revenit la normal – nici foarte simpatic, nici distant.

— Poți întreba. Acum am încredere în dumneata.

Sunt puțin speriată. Dar chiar nu am intenția să-i fac vreun rău omului acestuia. Mai cer un ceai și îi explic exact ce doresc: medicii pe care i-am „intervievat" spun că vindecarea întârzie mult. Paznicul de la ziar a spus – îmi cântăresc bine cuvintele – că Dumnezeu a fost în stare să-l folosească pe cubanez drept canal ca să pună capăt unei probleme grave de depresie.

— Noi suntem cei care creăm confuzia în capul nostru. Ea nu vine de-afară. Ajunge să ceri ajutor de la un spirit protector, care îți intră în suflet și te ajută să faci ordine în casă. Totuși, nimeni nu mai crede în spirite protectoare. Ele stau și ne observă, își doresc să ajute, dar nimeni nu le invocă. Munca mea e să le aduc aproape de cel care are nevoie și să aștept ca ele să-și facă treaba. Atât.

Să presupunem, că într-unul din momentele sale de agresivitate, cineva concepe un plan machiavelic ca să distrugă pe altcineva. Cum îl putem face să se răzgândească?

— Asta se întâmplă zilnic.

Știu, dar, când agresivitatea dispare, când persoana respectivă revine la normal, nu va fi mistuită de vină?

— Ba da. Iar acest lucru, cu trecerea anilor, nu face decât să-i înrăutățească situația.

Deci motto-ul lui Calvin e greșit: după întuneric, lumina.

— Ce anume?

Nimic. Divaghez și eu despre monumentul din parc.

— Da, există lumină la capătul tunelului, dacă asta vrei să spui. Dar uneori, când omul a străbătut întunericul și a ajuns în partea cealaltă, a lăsat în urmă numai distrugere.

Perfect, să revenim la subiect: metoda dumitale.

— Nu e metoda mea. S-a folosit de-a lungul anilor pentru stres, depresie, iritabilitate, tentative de sinucidere și celelalte numeroase moduri pe care le-a găsit omul ca să-și facă rău singur.

Dumnezeule, am nimerit peste omul potrivit. Trebuie să-mi păstrez sângele rece.

Putem să numim asta...

— ...transă autoindusă. Autohipnoză. Meditație. Fiecare cultură are o denumire. Dar amintește-ți că Federația Medicilor Elvețieni nu vede chestiile astea cu ochi buni.

Îi explic că fac yoga și totuși nu reușesc să ajung la stadiul în care problemele să fie organizate și rezolvate.

— Vorbim de dumneata, sau de un reportaj pentru ziar?

De ambele. Las garda jos pentru că știu că nu am secrete față de omul acesta. Am fost sigură de asta din clipa când mi-a cerut să mă uit în ochii lui. Îi explic că îngrijorarea lui cu privire la anonimat e absolut ridicolă – multă lume știe că primește pacienți la el acasă, în Veyrier. Și multă lume, printre care polițiștii însărcinați cu paza închisorilor, recurge la serviciile lui. Asta mi-a spus tipul de la ziar.

— Problema dumitale are legătură cu noaptea, spune el.

Da, asta e problema mea. De ce?

— Noaptea, pentru simplul fapt că e noapte, poate să reînvie în noi spaimele din copilărie, frica de singurătate, teroarea de necunoscut. Totuși, dacă izbutim să înfrângem aceste fantome, le vom înfrânge cu ușurință și pe cele care apar în timpul zilei. Dacă nu ne e teamă de întuneric e fiindcă suntem părtași la lumină.

Mă simt ca în fața unui învățător de curs primar, care-mi explică lucruri evidente. Oare aș putea veni la el acasă pentru...

— ...un ritual de exorcizare?

Nu mă gândisem la denumirea asta, dar exact așa ceva îmi trebuie.

— Nu-i nevoie. Văd în dumneata mult întuneric, dar și multă lumină. Și, în cazul ăsta, sunt sigur că, până la urmă, lumina va învinge.

Aproape că-mi vine să plâng, fiindcă omul ăsta intră de fapt în sufletul meu, fără să-mi dau seama cum.

— Încearcă să te lași dusă de noapte din când în când, să privești stelele și să te îmbeți de senzația infinitului. Noaptea, cu toate vrăjile ei, este și ea o cale spre iluminare. La fel cum puțul întunecat are în fund apa care stinge setea, noaptea, al cărei mister ne apropie de Dumnezeu, poartă ascunsă în umbrele ei flacăra în stare să ne aprindă sufletele.

Stăm de vorbă aproape două ore. El îmi tot spune că n-am nevoie de nimic decât să mă las dusă – și că nici cele mai mari temeri nu au nici un temei. Îi explic dorința mea de răzbunare. Ascultă fără să facă nici un comentariu sau să judece vreun cuvânt de-al meu. Pe măsură ce vorbesc, mă simt mai bine.

Propune să plecăm de acolo și pornim prin parc. La una din porți, pe pământ sunt vopsite mai multe pătrate albe și negre, pe care sunt imense piese de șah din plastic. Câteva persoane joacă, în pofida frigului.

Acum el nu mai spune practic nimic – eu sunt cea care continuă să vorbească fără pauză, uneori mulțumind, alteori blestemând pentru viața pe care o duc. Ne oprim în fața uneia dintre uriașele table de șah. El pare mai atent la joc decât la cuvintele mele. Îmi încetez lamentațiile și încep și eu să urmăresc jocul, deși nu mă interesează câtuși de puțin.

— Mergi până la capăt, spune el.

Să merg până la capăt? Să-mi înșel bărbatul, să pun cocaină în geanta rivalei mele și să chem poliția?

Râde.

— Îi vezi pe jucătorii ăștia? Mereu trebuie să facă mișcarea următoare. Nu se pot opri la mijloc, fiindcă asta ar însemna să accepte înfrângerea. Vine un moment când ea e inevitabilă, dar măcar au luptat până la capăt. Noi avem deja tot ce ne trebuie. Nu e nevoie să schimbăm nimic. Să credem că suntem buni sau răi, drepți sau nedrepți, toate astea sunt prostii. Știm că Geneva e astăzi acoperită de un nor care poate să dăinuie luni în șir înainte de a dispărea, dar, mai devreme sau mai târziu tot va pleca. Prin urmare, mergi înainte și lasă-te dusă.

Nici un cuvânt care să mă împiedice să fac ce nu trebuie?

— Nici unul. Singură îți vei da seama că faci ce nu trebuie. Cum ți-am spus la restaurant, lumina din sufletul dumitale e mai mare decât întunericul. Dar pentru asta trebuie să joci până la capăt.

Cred că niciodată, în toată viața mea, nu am auzit un sfat atât de absurd. Îi mulțumesc pentru timpul acordat, îl întreb dacă îi datorez ceva, iar el spune că nu.

Înapoiată la ziar, redactorul întreabă de ce a durat atâta. Îi răspund că, fiind vorba de o temă nu foarte ortodoxă, mi-a fost greu să obțin explicația de care aveam nevoie.

— Și, dacă nu e foarte ortodoxă, promovăm cumva o practică ilicită?

Oare promovăm o practică ilicită când îi încurajăm pe tineri să consume deșănțat? Oare sporim numărul accidentelor când vorbim de automobilele noi care pot atinge 250 km la oră? Oare stimulăm depresia și tendințele sinucigașe când publicăm materiale despre persoane care au succes, fără să explicăm exact cum au ajuns aici făcându-i pe toți ceilalți să se convingă că nu valorează nimic?

Redactorul-șef nu vrea să discute prea mult. Poate să fie chiar interesant pentru ziar, al cărui material principal al zilei a fost „Lanțul Fericirii reușește să adune 8 milioane de franci pentru o țară asiatică".

Scriu un material de 600 de cuvinte – spațiul maxim ce mi s-a acordat –, totul inspirat de pe Internet, fiindcă nu am reușit să folosesc nimic din convorbirea cu șamanul, care s-a transformat în consultație.

Jacob!

Tocmai a reînviat și mi-a trimis un mesaj invitându-mă la o cafea – ca și cum nu ar exista atâtea alte lucruri interesante de făcut în viață. Unde e sofisticatul degustător de vinuri? Unde e bărbatul care are acum cel mai mare afrodiziac din lume, puterea?

Mai ales, unde este îndrăgostitul din adolescență pe care l-am cunoscut într-o perioadă când totul era posibil pentru amândoi?

S-a însurat, s-a schimbat și trimite un mesaj invitându-mă la o cafea. Nu poate să fie mai creativ și să propună un cros de nudiști la Chamonix? Poate că aș fi fost mai interesată.

Nici nu mă gândesc să-i răspund. Am fost umilită de tăcerea lui timp de mai multe săptămâni. Își închipuie că voi alerga doar pentru că mi-a făcut onoarea de a mă invita să facem ceva?

După ce m-am culcat, ascult (cu căștile la urechi) una dintre benzile pe care le-am înregistrat cu șamanul cubanez. În partea când mă prefăceam că sunt doar o jurnalistă – și nu o femeie speriată de ea însăși – , întrebasem dacă autotransa (sau meditația, cuvântul preferat de el) putea să facă pe cineva să uite altă persoană. Am abordat subiectul în așa fel încât el să poată înțelege „dragoste" sau „traumă prin agresiune verbală“, căci tocmai despre asta vorbeam în acel moment.

— Asta e o zonă cam tulbure, mi-a răspuns. Da, putem induce o amnezie relativă, dar, cum această persoană este asociată cu alte fapte sau întâmplări, ar fi practic imposibil s-o eliminăm complet. În plus, uitarea este o atitudine greșită. Cea corectă e înfruntarea.

Ascult toată banda, încerc să mă gândesc la altceva, fac promisiuni, îmi notez niște lucruri în agendă, dar nimic nu dă roade. Înainte de a adormi îi trimit un mesaj lui Jacob că accept invitația.

Nu reușesc să mă controlez, asta-i problema mea.

— N-am să-ți spun că ți-am simțit lipsa, fiindcă n-ai să mă crezi. N-am să-ți spun că n-am răspuns la mesajele tale fiindcă mi-e frică să mă îndrăgostesc din nou.

Chiar că n-aș crede nimic din toate astea. Dar îl las să continue să explice inexplicabilul.

Iată-ne într-o cafenea banală din Colombes-sur-Salève, un sat de la granița Franței, la cincisprezece minute cu mașina de biroul meu. Ceilalți rari clienți sunt șoferi de camioane și muncitori de la o carieră de piatră din împrejurimi.

Sunt singura femeie, cu excepția barmaniței, care merge de colo, colo, machiată strident și schimbând glume cu clienții.

— Trăiesc un infern de când ai apărut în viața mea. Din ziua aceea din cabinetul meu, când ai venit să-mi iei un interviu și am schimbat între noi intimități.

„Am schimbat între noi intimități" e o expresie forțată. I-am făcut sex oral. El nu mi-a făcut nimic.

— Nu pot spune că-s nefericit, dar sunt tot mai singuratic, deși nu știe nimeni asta. Chiar când sunt printre prieteni, când atmosfera și băutura sunt perfecte, conversația e animată și zâmbesc, fără nici un motiv, nu reușesc să fiu mai atent la discuții. Spun că am o întâlnire importantă și plec. Știu ce-mi lipsește: tu.

E momentul să mă răzbun: nu crezi că ai nevoie de consiliere matrimonială?

— Ba da. Dar ar trebui să mă duc cu Marianne, și nu reușesc s-o conving. Pentru ea, filozofia explică tot. A observat că sunt altul, dar atribuie asta alegerilor.

Cubanezul avea dreptate când spunea că trebuie să ducem anumite lucruri până la capăt. În clipa asta, Jacob tocmai și-a salvat soția de o gravă acuzație pentru trafic de droguri.

— Responsabilitățile mele sunt prea mari acum și încă nu m-am obișnuit. După ea, am să mă obișnuiesc curând. Dar tu?

Eu, ce anume? Ce vrea să știe?

Strădaniile mele de a rezista s-au spulberat în clipa când l-am zărit așezat la o masă din colț, cu un Campari cu apă minerală în față și un zâmbet care s-a deschis de îndată ce m-a văzut intrând. Suntem iar adolescenți, de astă dată îndreptățiți să cerem băuturi alcoolice fără să încălcăm nici o lege. Îi iau mâinile reci – nu știu dacă de frig sau de teamă.

E totul în regulă, răspund. Propun ca data viitoare să ne întâlnim mai devreme – deja s-a renunțat la ora de vară și se înserează repede.

E de acord și îmi dă un sărut discret pe buze, preocupat să nu atragă atenția bărbaților din jur.

— Unul dintre cele mai rele lucruri pentru mine sunt zilele frumoase cu soare din toamna asta. Dau la o parte perdeaua din cabinet, văd oamenii de afară, unii se plimbă ținându-se de mână fără nici o grijă. Iar eu nu-mi pot manifesta iubirea.

Iubire? Oare șamanului i s-o fi făcut milă de mine și a cerut ajutor de la spiritele misterioase?

Mă așteptam la orice de la această întâlnire, dar nu la un bărbat în stare să-și deschidă sufletul cum face el. Inima îmi bate tot mai tare – de bucurie, de surprindere. N-am să întreb, nici pe el nici pe mine, de ce se întâmplă asta.

— Vezi și tu, nu-i vorba că sunt invidios pe fericirea altora. Pur și simplu nu înțeleg de ce alte persoane pot fi fericite și eu nu.

Plătește în euro, trecem frontiera pe jos și ne îndreptăm spre mașinile noastre care au rămas staționate pe partea cealaltă a străzii – adică în Elveția.

Nu mai e locul să ne manifestăm afecțiunea. Ne luăm rămas-bun cu cele trei săruturi pe obraz și pornim fiecare pe drumul său.

Așa cum s-a întâmplat la Clubul de Golf, nu sunt în stare să conduc când ajung la mașină. Îmi pun o căciuliță ca să mă apăr de frig și pornesc prin cătunul acela, fără țintă. Trec pe lângă un oficiu poștal și un coafor. N-am nici cel mai mic interes să înțeleg ce se întâmplă. Vreau doar să se întâmple.

„Dau la o parte perdeaua din cabinet, văd oamenii de afară, unii se plimbă ținându-se de mână fără nici o grijă. Iar eu nu-mi pot manifesta iubirea", spusese el.

Iar când simțeam că nimeni, absolut nimeni nu e în stare să înțeleagă ce se petrece în mine – nici șamanii, nici psihoanaliștii, nici soțul meu –, ai apărut tu ca să-mi explici...

E singurătatea. Deși trăiesc înconjurată de oameni dragi, care au grijă de mine și-mi doresc ce e mai bun, dar care poate încearcă să mă ajute numai pentru că simt același lucru – singurătatea – și pentru că, în gestul de solidaritate, e gravat cu litere de fier și foc „sunt util, chiar dacă sunt singur".

Chiar dacă mintea spune că totul e în regulă, sufletul e pierdut, confuz, fără să știe exact de ce este nedrept cu viața. Dar ne trezim de dimineață și avem grijă de copii, de soți, de amanți, de șefi, de funcționari, de elevi, de acele zeci de persoane care umplu viața unei zile normale.

Și avem veșnic pe față un zâmbet și pe buze un cuvânt de încurajare, pentru că nimeni nu le poate explica celorlalți singurătatea, mai ales când e mereu însoțit. Dar singurătatea asta există și corodează ce avem mai bun în noi, fiindcă trebuie să ne folosim toată energia ca să părem fericiți, chiar dacă nu reușim niciodată să ne înșelăm singuri. Totuși, ne încăpățânăm să arătăm doar trandafirul care se deschide în fiecare dimineață și ascundem în noi tija plină de spini care ne rănește și ne face să sângerăm.

Chiar dacă știm că toți, la un moment dat, s-au simțit complet singuri, e umilitor să spui „sunt singur, am nevoie de companie, trebuie să ucid acest monstru despre care, la fel ca balaurii din basme, toți cred că e închipuire, dar nu e". Aștept un cavaler viteaz și neînfricat care să înfrângă acest balaur și să-l azvârle în prăpastie, dar cavalerul nu apare.

...În loc să căutăm companie, ne izolăm și mai mult, ca să ne putem linge rănile în tăcere. Sau ne ducem la cine și prânzuri cu persoane care nu au nimic comun cu viețile noastre și își petrec tot timpul vorbind de lucruri care nu au nici cea mai mică importanță. Ba chiar ne amuzăm un timp, bem și petrecem, dar balaurul rămâne viu. Până ce persoanele cu adevărat apropiate văd că e ceva greșit și încep să se simtă vinovate că n-au reușit să ne facă fericiți. Întreabă care-i problema. Răspundem că e totul în regulă, dar nu e...

E totul mai rău. Vă rog, lăsați-mă în pace pentru că nu mai am lacrimi ca să plâng sau inimă ca să sufăr, am doar insomnie, gol, apatie, iar voi simțiți același lucru, puteți să vă întrebați singuri. Dar ei insistă și spun că totul e numai o perioadă mai grea, sau o depresie, deoarece se tem să folosească adevăratul și blestematul cuvânt: singurătate.

Între timp căutăm necontenit singurul lucru care ne-ar face fericiți: cavalerul în armură strălucitoare care să ucidă balaurul, să culeagă trandafirul și să-i smulgă spinii.

Mulți afirmă că suntem nedrepți cu viața. Alții sunt mulțumiți, pentru că găsesc că merităm singurătatea, nefericirea, fiindcă noi avem totul, și ei nu.

Dar într-o zi cei care sunt orbi încep să vadă. Cei care sunt triști sunt mângâiați. Cei care suferă sunt mântuiți. Vine cavalerul și ne răscumpără, iar viața se justifică iar...

Dar chiar și așa trebuie să minți și să înșeli, fiindcă în acest moment împrejurările sunt altele. Cine n-a avut niciodată chef să abandoneze totul și să pornească în căutarea visului? Visul e întotdeauna riscant, are un preț care trebuie plătit, iar prețul ăsta e moartea prin lapidare în unele țări, în altele poate fi ostracizarea socială sau indiferența. Însă întotdeauna există un preț de plătit. Chiar dacă minți în continuare iar oamenii se prefac că te cred, în taină, sunt invidioși, te vorbesc de rău spunând că ești tot ce poate fi mai rău. Nu ești un bărbat adulter, care e tolerat și de multe ori admirat, ci o *femeie* adulteră, cea care se culcă cu altul, înșelându-și soțul, bietul ei soț atât de îndrăgostit și de iubitor...

Dar numai tu știi că soțul acesta a fost incapabil să alunge singurătatea. Fiindcă lipsea ceva pe care nici tu nu-l puteai numi, căci îl iubești și nu vrei să-l pierzi. Cu toate acestea imaginea cavalerului strălucitor făgăduind aventura pe tărâmuri îndepărtate este mult mai puternică decât dorința ta ca totul să rămână așa cum e, chiar dacă la petreceri oamenii te privesc și comentează între ei că mai bine ți s-ar lega o piatră de moară de gât și ai fi aruncată în mare, fiindcă ești un exemplu rău.

Și cel mai rău e că soțul tău rabdă totul în tăcere. Nu reclamă, nici nu face scene. Înțelege că asta va trece. Și tu știi că o să treacă, dar acum e ceva mai puternic decât tine.

Și astfel lucrurile se întind pe o lună, două luni, un an... Răbdând cu toții în tăcere.

Dar nu se pune problema să ceri permisiunea. Te uiți în urmă și vezi că ai gândit la fel ca persoanele astea care acum te acuză. La fel i-ai condamnat pe cei de care știai că sunt infideli și ți-ai imaginat că, dacă ar trăi altundeva, pedeapsa ar fi lapidarea. Până în ziua când ți se întâmplă ție. Atunci, găsești un milion de justificări pentru comportamentul tău, spunând că ai dreptul să fii fericită, chiar dacă pentru scurt timp, deoarece cavalerii care ucid balauri nu există decât în basmele pentru copii. Adevărații balauri nu mor niciodată, dar, chiar și așa, ai dreptul și obligația să trăiești un basm cu zâne pentru oameni mari măcar o dată în viață.

Atunci vine clipa pe care încercai să o eviți cu orice preț, care a fost amânată atâta timp: clipa în care trebuie să hotărăști dacă veți rămâne mai departe împreună sau vă veți despărți pentru totdeauna.

Odată cu această clipă vine însă și frica de a nu greși, orice decizie ai lua. Și te rogi să aleagă altcineva în locul tău, să te izgonească din casă sau din pat, fiindcă e imposibil ca lucrurile să continue așa. Până la urmă, nu mai suntem o persoană, suntem două sau multe, complet diferite unele de celelalte. Și, cum n-ai trecut niciodată prin asta, nu știi unde o să ajungi. Fapt e că acum te afli în fața acestei situații care va face să sufere o persoană, sau două, sau pe toate...

...Dar mai ales, te va distruge pe tine, oricare ar fi alegerea ta.

Circulația este oprită complet. Tocmai astăzi!

Geneva, care are mai puțin de 200 de mii de locuitori, se comportă de parcă ar fi centrul lumii. Și există unii care cred asta și zboară din țările lor până aici ca să aibă ceea ce se cheamă „reuniuni la vârf". Aceste întâlniri se petrec de obicei în împrejurimi și rareori afectează traficul. Cel mult vedem niște elicoptere zburând pe deasupra orașului.

Nu știu ce a fost azi, dar a fost închisă una dintre arterele principale. Am citit ziarele zilei, dar nu știrile orășenești, care conțin doar știri locale. Știu că marile puteri mondiale și-au trimis reprezentanții ca să discute „pe un teritoriu neutru" amenințarea proliferării armelor nucleare. Și cu ce afectează asta viața mea?

Cu multe. Risc să ajung în întârziere. Ar fi trebuit să iau un mijloc de transport în comun în locul mașinii ăsteia idioate.

Anual se cheltuiesc în Europa circa 74 de milioane de franci elvețieni (cam 80 de milioane de dolari) pentru angajarea unor detectivi particulari a căror specialitate este să urmărească, să fotografieze și să le dea oamenilor dovezile că sunt înșelați de consorți. În timp ce restul continentului e în criză și întreprinderile dau faliment și trimit oameni în șomaj, piața infidelității cunoaște o mare creștere.

Și nu câștigă doar detectivii. Tehnicile informatice au dezvoltat aplicații pentru telefoane, ca „SOS Alibi". Funcționarea e foarte simplă: la o oră anumită, îi trimite partenerului un mesaj de amor direct din biroul tău. Astfel, în timp ce tu stai între cearșafuri, bând șampanie, un mesaj ajunge în celularul partenerului, anunțând că vei pleca mai târziu de la serviciu din cauza unei reuniuni neașteptate. Altă aplicație, „Excuse Machine", oferă o serie de scuze în franceză, germană și italiană – și tu o poți alege pe cea care se potrivește mai bine în ziua aceea.

Dar, în afară de detectivi și de tehnicile informatice, cele mai câștigate sunt hotelurile. Cum unul din șapte elvețieni are o aventură extraconjugală (conform statisticilor oficiale), socotind numărul de persoane căsătorite din țară, vorbim de 450 de mii de indivizi care caută o cameră discretă unde să se poată întâlni. Ca să atragă clientela, gestionarul unui hotel de lux a declarat odată: „Avem un sistem care permite ca debitul de pe cardul de credit să apară ca un prânz în restaurantul nostru". Stabilimentul a devenit favoritul celor care pot să plătească 600 de franci elvețieni pentru o după-amiază. Exact într-acolo mă îndrept.

După o jumătate de oră de stres, las mașina valetului din parcare și urc alergând în cameră. Datorită unui mail, știu exact unde trebuie să mă duc fără să fie nevoie să întreb la recepție.

De la cafeneaua de la frontiera franceză până în locul unde mă aflu acum nu a mai fost nevoie de nimic – explicații, jurăminte de amor, nici măcar de altă întâlnire – ca să fim siguri că exact asta voiam. Amândurora ne era teamă să ne gândim prea mult și să renunțăm, decizia a fost luată imediat, fără multe întrebări nici răspunsuri.

Nu mai e toamnă. E din nou primăvară, am iar 16 ani, el are 15. În mod misterios mi-am recuperat virginitatea sufletească (de vreme ce pe cea trupească am pierdut-o pentru totdeauna). Ne sărutăm. Dumnezeule, uitasem cum este, cred. Trăiam doar în căutarea a ce voiam – ce și cum să fac, când să mă opresc – și acceptând aceeași atitudine de la soțul meu. Totul era greșit. Nu ne mai dăruiam cu totul unul celuilalt.

Poate că el o să se oprească acum. Niciodată n-am depășit faza săruturilor. Erau lungi și savuroase, schimbate între noi în câte un ungher ascuns al școlii. Dar dorința mea era ca toți să vadă și să mă invidieze.

El nu se oprește. Limba lui are un gust amar, un amestec de țigară și vodcă. Sunt jenată și crispată, trebuie să fumez o țigară și să beau o vodcă ca să fim la egalitate! îmi spun. Îl împing cu delicatețe, mă duc la minibar și, dintr-o singură înghițitură, golesc o sticluță de gin. Alcoolul îmi arde gâtlejul. Cer o țigară.

Îmi dă, nu fără a-mi aminti mai întâi că fumatul în cameră e interzis. Ce plăcere să încalci totul, inclusiv regulile stupide ca asta! Trag un fum și mi se face rău. Nu știu dacă e din cauza băuturii sau a țigării, dar mă duc în baie și vomit în toaletă. El vine după mine, mă apucă din spate, mă sărută pe ceafă și urechi, își lipește corpul de al meu și îi simt erecția pe fese.

Principiile mele morale unde sunt? Ce va fi în mintea mea după ce am să ies de aici și-mi voi relua viața normală?

Mă trage înapoi în cameră. Mă răsucesc și îi sărut din nou gura și limba cu gust de tutun, salivă și vodcă. Îi mușc buzele iar el îmi atinge sânii pentru prima oară. Îmi scoate rochia și o aruncă într-un colț. O fracțiune de secundă mi-e ușor rușine de corpul meu – nu mai sunt o fetișcană ca în primăvara aceea de la școală. Stăm în picioare. Perdelele sunt desfăcute și lacul Leman ne desparte de persoanele din clădirile de pe malul opus.

Însă eu prefer să cred că ne vede cineva, și asta mă excită și mai mult, mai mult chiar decât săruturile pe sânii mei. Sunt vagaboanda, prostituata pe care un executiv a angajat-o ca să meargă cu el într-un hotel, gata să facă absolut orice.

Dar senzația asta nu durează mult. Am din nou 15 ani, când mă masturbam de mai multe ori pe zi gândindu-mă la el. Îi trag capul la pieptul meu și-l rog să muște sfârcul, tare, și țip puțin de durere și plăcere.

El e tot îmbrăcat, iar eu sunt complet goală. Îi împing capul în jos și-l rog să-mi lingă sexul. În acest moment însă el mă aruncă pe pat, își scoate hainele și vine peste mine. Mâinile lui caută ceva pe noptieră. Asta ne face să ne pierdem echilibrul și cădem jos. Chestii de începători, da – suntem începători și nu ne e rușine de asta.

Găsește ce căuta: un prezervativ. Mă roagă să i-l pun cu gura. Mă supun, deși nu am experiență și nici chef. Nu pricep de ce e nevoie de așa ceva. Nu cred că se gândește că aș fi bolnavă sau că hoinăresc pe străzi culcându-mă cu oricine. Dar îi respect dorința. Simt gustul neplăcut al lubrifiantului care acoperă latexul, dar sunt hotărâtă să învăț să fac asta. Nu las să se întrevadă că e pentru prima oară.

Când termin, mă întoarce cu spatele și mă roagă să mă sprijin de pat. Dumnezeule, se întâmplă! Și sunt o femeie fericită din cauza asta, îmi spun.

Însă în loc să-mi penetreze sexul, încearcă să mă posede prin spate. Asta mă sperie. Îl întreb ce face, dar el nu răspunde, caută doar ceva pe noptieră și mi-l introduce în anus. Înțeleg că e vaselină sau ceva asemănător. Pe urmă mă roagă să mă masturbez și, foarte încet, începe să pătrundă.

Îi urmez instrucțiunile și iar mă simt o adolescentă pentru care sexul e un tabu, și doare. Vai, Dumnezeule, doare tare. Nu reușesc să mă mai masturbez, mă agăț doar de cearșafuri și-mi mușc buzele ca să nu țip de durere.

— Spune că te doare. Zi că n-ai mai făcut asta niciodată. Țipă, poruncește el.

Din nou îi dau ascultare. E totul aproape adevărat – am mai făcut asta de vreo patru, cinci ori și nu mi-a plăcut niciodată.

Mișcările lui devin tot mai intense. El geme de plăcere. Eu de durere. Mă apucă de păr ca și cum aș fi un animal, o iapă, și viteza galopului crește. Iese din mine brusc, smulge prezervativul, mă întoarce și juisează pe fața mea.

Încearcă să-și rețină gemetele, dar nu poate. Încet se lasă peste mine. Sunt speriată și totodată fascinată de toate astea. Se duce în baie, aruncă prezervativul și revine.

Se culcă lângă mine, își mai aprinde o țigară, folosește paharul de vodcă drept scrumieră, sprijinit pe burta mea. Stăm mult timp privind în tavan, fără să spunem nimic. Mă mângâie. Nu mai e bărbatul violent de acum câteva minute, ci tânărul romantic care, la școală, îmi vorbea de galaxii și de interesul său pentru astrologie.

— Nu trebuie să lăsăm nici un miros.

Cuvintele lui mă readuc brutal la realitate. Se vede că pentru el nu e prima dată. De aceea prezervativul și măsurile de prevedere pentru ca totul să rămână la fel ca înainte de a fi intrat în această cameră. În sinea mea îl insult și îl urăsc, dar maschez asta cu un zâmbet și-l întreb dacă are vreun truc pentru eliminarea mirosurilor.

Spune că e suficient să fac o baie când ajung acasă, înainte de a-mi îmbrățișa bărbatul. Mă mai sfătuiește să scap de chiloți, pentru că vaselina lasă urme.

— Dacă el e acasă, intră alergând și spune că trebuie să te duci la baie pentru că nu te mai poți ține.

Sunt scârbită. Am așteptat atâta timp ca să mă port ca o tigroaică și am sfârșit prin a fi folosită ca o iapă. Dar așa e viața: realitatea nu se aseamănă niciodată cu fanteziile noastre romantice din adolescență.

Perfect, așa am să fac.

— Aș vrea să te mai întâlnesc.

Gata. A fost suficientă această mică frază ca să transforme din nou în paradis un infern, o eroare, un pas greșit.

Da, și eu aș vrea să te mai întâlnesc. Am fost nervoasă și timidă, însă data viitoare va fi mai bine.

— Adevărul e că a fost foarte bine.

Da, a fost foarte bine, dar abia acum îmi dau seama. Știm că povestea asta e condamnată să se sfârșească, dar nu contează acum.

N-am să mai spun nimic. Doar să profit de acest moment lângă el, să aștept să-și termine țigara, să mă îmbrac și să cobor înaintea lui.

Am să ies pe ușa prin care am intrat.

Am să iau mașina și am să conduc spre locul unde mă întorc în fiecare seară. Am să intru alergând, spunând că am o indigestie și trebuie să mă duc la baie. Am să fac o baie, eliminând puținul din el care a rămas în mine.

Abia după aceea îmi voi săruta soțul și copiii.

Nu eram două persoane cu aceleași intenții în acea cameră de hotel.

Eu mergeam pe urmele unei iubiri pierdute; el era împins de instinctul vânătorului.

Eu căutam puștiul din adolescența mea; el voia femeia atrăgătoare și îndrăzneață care l-a intervievat înainte de alegeri.

Eu credeam că viața mea ar putea să capete alt sens; el și-a spus că după-amiaza îi va aduce ceva diferit de discuțiile plicticoase și nesfârșite din Consiliul de Stat.

Pentru el a fost o distracție simpatică, deși primejdioasă. Pentru mine a fost ceva de neiertat, crud, o demonstrație de narcisism amestecat cu egoism.

Bărbații trădează pentru că așa sunt construiți genetic. Femeia o face pentru că nu are destulă demnitate și, pe lângă că își dăruiește corpul, sfârșește întotdeauna prin a dărui și puțin din inima ei. O adevărată crimă. Un furt. Mai rău decât atacarea unei bănci, pentru că, dacă într-o zi va fi descoperită (și întotdeauna este), va provoca daune ireparabile familiei.

Pentru bărbați e doar o „greșeală prostească". Pentru femei, o asasinare spirituală a tuturor celor care o înconjoară cu tandrețe și o sprijină ca mamă și soție.

Așa cum stau culcată lângă soțul meu, mi-l imaginez pe Jacob culcat acum alături de Marianne. El are alte preocupări în cap: întâlnirile politice de mâine, sarcinile de îndeplinit, agenda plină de obligații. În timp ce eu, idioata, mă uit în tavan și-mi amintesc fiecare secundă pe care am petrecut-o în hotelul acela, revăd necontenit același film porno a cărui protagonistă am fost.

Mi-aduc aminte de momentul când m-am uitat pe fereastră și am dorit ca cineva să asiste la toate acelea cu un binoclu – posibil masturbându-se în timp ce mă vedea supusă, umilită, penetrată anal. Cum m-a excitat ideea asta! M-a înnebunit și m-a făcut să descopăr o latură a mea total necunoscută.

Am 31 de ani. Nu sunt copil și credeam că nu mă mai pot surprinde. Dar pot. Sunt un mister pentru mine însămi, am deschis niște ecluze și vreau să merg mai departe, să experimentez tot ce știu că există – masochism, sex în grup, fetișuri, totul.

Și nu reușesc să spun: nu mai vreau, nu-l iubesc, a fost doar o fantezie creată de singurătatea mea.

Poate că nici nu-l iubesc, de fapt. Dar iubesc ce a trezit în mine. M-a tratat fără nici un pic de respect, m-a umilit, nu s-a intimidat și a făcut exact ce voia, în timp ce eu încercam, încă o dată, să plac cuiva.

Mintea mea călătorește spre un loc tainic și necunoscut. De astă dată eu sunt dominatoarea. Pot să-l văd din nou gol, dar acum eu sunt cea care dă ordine, îi leg mâinile și picioarele, mă așez pe fața lui și-l oblig să-mi lingă sexul până ce nu mai pot suporta atâtea orgasme. Pe urmă îl întorc cu spatele și îl penetrez cu degetele: mai întâi unul, apoi două, trei. Geme de durere și de plăcere, în timp ce-l masturbez cu mâna liberă, simțind lichidul cald scurgându-mi-se printre degetele pe care le duc la gură și le ling, unul câte unul, pentru a i le freca apoi de obraz. El mai vrea. Îi spun că ajunge. Eu sunt cea care decide.

Înainte de a adormi, mă masturbez și am două orgasme.

Aceeași scenă de totdeauna: soțul meu citește știrile zilei pe iPad; copiii sunt pregătiți de școală; soarele intră pe fereastră; iar eu mă prefac a fi preocupată de ceva, când de fapt mor de frică să nu fiu bănuită.

— Pari mai fericită azi.

Par și chiar sunt, dar n-ar trebui. Experiența de ieri a fost riscantă pentru toată lumea, mai cu seamă pentru mine. O fi vreo bănuială ascunsă în spatele acestui comentariu? Mă îndoiesc. El crede absolut tot ce-i spun. Nu că ar fi idiot – departe de asta –, dar are încredere în mine. Și asta nu face decât să mă enerveze mai mult. Eu nu-s de încredere.

Sau, mai bine: da, sunt. M-am lăsat dusă în hotelul acela de niște împrejurări pe care nu le cunosc. O fi asta o scuză bună? Nu. E cât se poate de proastă, fiindcă nimeni nu m-a obligat să mă duc. Sigur, pot să mă justific spunând că mă simțeam singură, că nu primeam atenția de care aveam nevoie, doar înțelegere și toleranță. Pot să-mi spun mie însămi că am nevoie să fiu mai provocată, confruntată și chestionată în legătură cu ce fac. Pot să mă justific că asta se întâmplă cu toată lumea, chiar dacă numai în visuri.

Dar, în fond, ce s-a petrecut e mult mai simplu: m-am culcat cu un bărbat pentru că voiam să o fac. Nimic mai mult. Nici o justificare intelectuală sau psihologică. Am vrut. Punct final.

Cunosc persoane care s-au căsătorit pentru siguranță, statut, bani. Amorul era ultimul pe listă. Eu însă m-am măritat din dragoste.

Atunci, de ce am făcut ce am făcut?

Fiindcă mă simt singură. Și de ce?

— Mă bucur să te văd fericită, spune el.

Răspund că da, sunt chiar fericită. Dimineața de toamnă e frumoasă, casa, îngrijită, și sunt cu bărbatul pe care-l iubesc.

Se scoală și-mi dă un sărut. Copiii, chiar fără să înțeleagă prea bine convorbirea noastră, zâmbesc.

— Și eu sunt cu femeia pe care o iubesc. Dar de ce acum?

Și de ce nu?

— E dimineață. Vreau să-mi mai spui asta la noapte, când suntem împreună în pat.

Dumnezeule, cine sunt eu?! De ce spun lucrurile astea? Ca să nu bănuiască nimic? De ce nu mă comport ca în fiecare dimineață: o soție eficientă, preocupată de bunăstarea familiei? Ce sunt demonstrațiile astea de afecțiune? Dacă am să încep să fiu foarte tandră, poate că am să trezesc bănuieli.

— N-aș putea să trăiesc fără tine, spune el, așezându-se la locul lui de la masă.

Sunt pierdută. Dar, curios lucru, nu mă simt câtuși de puțin vinovată pentru ce s-a întâmplat ieri.

Când ajung la ziar, redactorul-șef mă felicită. Materialul pe care l-am propus a fost publicat de dimineață.

— Au sosit multe e-mailuri la redacție, cu felicitări pentru povestea cu misteriosul cubanez. Oamenii vor să știe cine e. Dacă ne va permite să-i facem publică adresa, va avea de lucru un timp îndelungat.

Șamanul cubanez! Dacă va citi ziarul va vedea că nu mi-a spus nimic din cele scrise. Am scos totul din blogurile despre șamanism. După cum se vede, crizele mele nu se limitează la probleme matrimoniale: încep să nu mai fiu profesionistă.

Îi descriu redactorului-șef momentul când cubanezul s-a uitat în ochii mei și m-a conjurat să nu-i dezvălui numele. El îmi răspunde că nu trebuie să cred aceste lucruri și mă întreabă dacă pot să-i dau adresa unei persoane: soția lui.

— E cam stresată.

Toată lumea e cam stresată, inclusiv șamanul. Nu promit nimic, dar am să vorbesc cu el.

Îmi cere să-i telefonez chiar *acum*. Fac asta și sunt surprinsă de reacția cubanezului. Îmi mulțumește că am fost cinstită și i-am ținut identitatea secretă și-mi laudă cunoștințele în materie. Mulțumesc, vorbesc de repercusiunile articolului și întreb dacă mai putem să fixăm o întâlnire.

— Păi am stat de vorbă timp de două ore! Materialul pe care îl ai trebuie să fie mai mult decât suficient!

Nu așa funcționează jurnalismul, îi explic. Am extras foarte puțin din cele două ore pentru materialul publicat. Am fost obligată să mă documentez singură. Acum trebuie să abordez subiectul în alt mod.

Șeful meu e tot lângă mine, auzind partea mea din convorbire și gesticulând. În cele din urmă, când cubanezul e aproape gata să închidă, insist că mai lipsește mult în articol. Trebuie să explorez mai profund rolul femeii în căutarea asta „spirituală" și că soția șefului meu ar vrea să-l întâlnească. Râde. Niciodată n-am să încalc acordul pe care l-am făcut cu el, dar insist că toți știu unde locuiește și zilele când primește.

Te rog, acceptă sau refuză. Dacă n-ai să vrei să continui convorbirea, am să găsesc pe altcineva. Nu duce lumea lipsă de persoane care se pretind specialiști în tratarea pacienților aflați în pragul unei crize de nervi. Singura deosebire e metoda dumitale, dar nu ești singurul tămăduitor spiritual care există în oraș. Mulți alții ne-au căutat în dimineața asta, majoritatea africani, căutând publicitate, să câștige bani și să cunoască oameni importanți care să-i protejeze de o posibilă procedură de expulzare.

Cubanezul se codește o vreme, dar vanitatea și teama de concurență au câștig de cauză. Stabilim o întâlnire la el acasă, la Veyrier. Sunt curioasă să văd cum locuiește – asta va da mai multă savoare materialului.

Ne aflăm în mica sală transformată în cabinet de consultație din casa lui, în satul Veyrier. Pe perete sunt niște diagrame care par importate din cultura indiană: poziția centrelor energetice, talpa picioarelor cu meridianele lor. Pe o mobilă, câteva cristale.

Am avut deja o discuție interesantă despre rolul femeii în ritualurile șamaniste. Mă lămurește că, la naștere, toți avem momente de revelație, și asta e mai frecvent la femei. Așa cum poate știe orice cercetător, zeițele agriculturii au fost întotdeauna de genul feminin, iar ierburile tămăduitoare au fost introduse de femei în rândul triburilor care locuiau în peșteri. Femeile sunt mult mai sensibile la lumea spirituală și emoțională, și asta le predispune la crizele pe care medicii din vechime le numeau „isterie" și astăzi sunt cunoscute drept „bipolaritate" – tendința de a trece de la entuziasm absolut la tristețe profundă de mai multe ori pe zi. Pentru cubanez, spiritele înclină să li se adreseze mai mult femeilor decât bărbaților, fiindcă ele înțeleg mai bine o limbă care nu folosește cuvinte.

Încerc să recurg la ceea ce cred că este limbajul lui: Oare din cauza sensibilității exagerate nu există posibilitatea ca, să spunem, un spirit malign să ne împingă să facem lucruri pe care nu vrem să le facem?

El nu înțelege întrebarea mea. O reformulez. Dacă femeile sunt atât de instabile încât să treacă de la bucurie la tristețe...

— Am folosit eu cuvântul instabil? Nu l-am folosit. Dimpotrivă. În pofida sensibilității lor extreme, ele sunt mai perseverente decât bărbații.

În dragoste, de exemplu. E de acord. Îi povestesc tot ce mi s-a întâmplat și izbucnesc în plâns. Rămâne impasibil. Dar inima lui nu e de piatră.

— Când e vorba de adulter, meditația ajută puțin sau deloc. În acest caz persoana e fericită cu ce se petrece. Siguranța nu îi este amenințată, dar trăiește aventura. E situația ideală.

Ce-i face pe oameni să comită adulter?

— Nu mă pricep. Am o viziune foarte personală pe tema asta, dar nu trebuie să fie publicată. Te rog, ajută-mă.

Aprinde o bucată de tămâie, îmi cere să mă așez turcește în fața lui și ia aceeași poziție. Bărbatul rigid pare acum un înțelept binevoitor, care încearcă să mă ajute.

— Dacă niște persoane căsătorite decid, dintr-un motiv oarecare, să-și caute un al treilea partener, asta nu vrea să spună neapărat că au probleme în căsnicie. La fel, nu cred că principala motivație este sexul. Are mai multă legătură cu plictisul, cu lipsa de pasiune pentru viață, cu raritatea provocărilor. E un concurs de împrejurări.

Și de ce se întâmplă asta?

— Pentru că, de când ne-am îndepărtat de Dumnezeu, trăim o existență fragmentată. Căutăm să găsim unitatea, dar nu cunoaștem drumul de întoarcere, și suntem mereu nemulțumiți. Societatea interzice și creează opreliști, dar asta nu rezolvă problema.

Mă simt ușoară, ca și cum aș fi dobândit un tip diferit de percepție. Pot să văd în ochii lui: știe despre ce vorbește pentru că a trecut deja prin asta.

— Am avut un pacient care, de câte ori se întâlnea cu amanta, era impotent. Chiar și așa, îi plăcea mult să stea lângă ea, iar ei de asemenea îi plăcea asta foarte mult.

Nu mă mai controlez. Întreb dacă bărbatul acela era el.

— Da. Nevasta m-a lăsat din cauza asta, deși nu e un motiv pentru o decizie atât de radicală.

Și cum ai reacționat?

— Puteam să invoc sprijin spiritual, dar aș fi plătit pentru asta în viața mea viitoare. Totuși, trebuia să înțeleg de ce a acționat ea așa. Ca să rezist la tentația de a o aduce înapoi folosind tot ce cunosc din magie, am început să studiez problema.

Destul de contrariat, cubanezul își ia un aer profesoral.

— Cercetătorii de la Universitatea din Austin, Texas, au încercat să răspundă la întrebarea pe care o pun mulți: de ce bărbații înșală mai des decât femeile, chiar dacă știu că acest comportament este autodistructiv și îi va răni pe cei dragi? Concluzia a fost că bărbații și femeile simt exact aceeași dorință de a-și înșela partenerul. Însă femeia se controlează mai bine.

Se uită la ceas. Îl rog să continue și-mi dau seama că poate e mulțumit să-și deschidă sufletul.

— Întâlnirile scurte, cu singurul obiectiv de satisfacere a instinctului sexual și fără nici o implicare emoțională din partea bărbatului, au făcut posibile conservarea și proliferarea speciei. Femeile inteligente nu ar trebui să-i învinovățească pe bărbați pentru asta. Ei încearcă să reziste, dar sunt, biologic vorbind, mai puțin apți de fidelitate. Mă exprim într-un mod prea tehnic pentru dumneata?

Nu.

— Ai observat că ființele omenești sunt mai speriate de păianjeni și de șerpi decât de automobile, deși morțile în accidente de circulație sunt mult mai frecvente? Asta se întâmplă pentru că mintea noastră încă se mai află pe timpul cavernelor, când șerpii și păianjenii ucideau. Așa e și necesitatea de a avea multe femei pe care o simte bărbatul. În vremurile acelea el se ducea la vânătoare, iar natura l-a învățat: conservarea speciei e o prioritate; trebuie să lași gravide cât mai multe femei.

Dar femeile nu se gândeau și ele la conservarea speciei?

— Ba da, desigur. Însă, în timp ce pentru bărbat această datorie față de specie durează unsprezece minute, pentru femeie fiecare copil înseamnă cel puțin nouă luni de gestație. Pe lângă faptul că trebuie să aibă grijă de odraslă, să o hrănească și să o ocrotească de primejdii, de păianjeni și de șerpi. Astfel că instinctul ei s-a dezvoltat sub altă formă. Afecțiunea și autocontrolul au devenit mai importante.

Vorbește despre el. Încearcă să justifice ce a făcut. Mă uit în jur și văd hărțile acelea indiene, cristalele, tămâia. În fond, suntem toți egali. Facem aceleași greșeli și continuăm să punem aceleași întrebări fără răspuns.

Cubanezul se mai uită o dată la ceas și spune că timpul nostru s-a isprăvit. Alt client o să vină și nu vrea ca pacienții să se întâlnească în sala de așteptare. Se ridică și mă conduce la ușă.

— Nu vreau să fiu nepoliticos, dar, te rog, nu mă mai căuta. Ți-am spus deja tot ce aveam de spus.

Stă scris în Biblie:

Odată, spre seară, sculându-se David din pat și plimbându-se pe acoperișul casei domnești, a văzut de pe acoperiș o femeie scăldându-se, și femeia aceasta era foarte frumoasă.

Atunci a trimis David să cerceteze cine este acea femeie, și i s-a spus că e „Batșeba, fata lui Eliam, femeia lui Urie, Heteul".

Apoi David a trimis slugile s-o ia. Ea a venit la el și el s-a culcat cu ea. Iară dacă s-a curățit ea de necurăția ei, s-a întors la casa sa.

Femeia aceasta a rămas însărcinată și a trimis de s-a vestit lui David, zicând: „Eu sunt însărcinată".

Atunci David a poruncit ca Urias, un războinic ce-i era credincios, să fie trimis pe câmpul de luptă într-o misiune periculoasă. A fost ucis iar Batșeba s-a dus să locuiască în palat cu regele.

David – marele exemplu, idol a mai multe generații, războinicul neînfricat – nu doar că a comis adulter, dar a și pus să fie asasinat rivalul său, profitând de loialitatea și bunăvoința acestuia.

Nu-mi trebuie justificări biblice pentru adulter și nici pentru asasinat. Dar mi-amintesc de povestea asta de pe vremea școlii – aceeași școală unde Jacob și cu mine ne sărutam primăvara.

Săruturile astea au trebuit să aștepte cincisprezece ani ca să se repete și, când s-a întâmplat asta, totul s-a petrecut exact cum *nu* îmi închipuiam. Părea ceva sordid, egoist, sinistru. Chiar și așa, mi-a plăcut mult și am vrut să se repete, cât mai repede. În decurs de cincisprezece zile eu și Jacob ne-am întâlnit de patru ori. Nervozitatea a dispărut treptat. Am avut atât relații normale cât și altele neconvenționale. Încă nu mi-am putut realiza fantezia de a-l lega și a-l face să-mi lingă sexul până n-am să mai pot îndura plăcerea, dar sunt pe cale.

Încetul cu încetul, Marianne pierde din importanță în povestea mea. Am fost din nou cu soțul ei ieri și asta arată cât de neînsemnată și absentă e ea din toate astea. Nu mai vreau ca Madame König să ne descopere, nici să se gândească la divorț, pentru că așa voi avea plăcerea unui amant, fără să trebuiască să renunț la tot ce am cucerit din greu și controlându-mi pornirile: copiii, bărbatul, slujba și casa asta.

Ce să fac cu cocaina păstrată aici și care poate fi găsită în orice moment? Am dat bani mulți pe ea. Nu pot încerca să o vând. M-aș trezi la închisoare la Vandœuvres. Am jurat să nu o mai folosesc niciodată. Pot s-o dau cadou unor persoane care consumă, dar asta mi-ar afecta reputația sau, mai rău, aș putea să fiu întrebată dacă mai pot face rost.

Realizarea visului de a mă culca cu Jacob m-a purtat în înaltul cerurilor și pe urmă m-a readus la realitate. Am descoperit că, deși credeam că este dragoste, ceea ce simt nu e decât pasiune, care poate lua sfârșit în orice clipă. Și nu-mi trece câtuși de puțin prin gând să păstrez flacăra aprinsă: am obținut deja aventura, plăcerea delictului, noile experiențe sexuale, bucuria. Și toate astea fără să resimt nici un pic de remușcare. Îmi fac un cadou pe care îl merit după atâția ani de bună purtare.

Sunt împăcată cu mine însămi. Sau, mai bine zis, am fost până astăzi.

După atâtea nopți în care am dormit bine, simt că balaurul a reînceput să urce din prăpastia de unde fusese aruncat.

Problema sunt eu, sau Crăciunul care se apropie? E perioada anului care mă deprimă cel mai mult – și nu mă refer la o dezordine hormonală sau la lipsa anumitor minerale din organism. Sunt mulțumită că la Geneva lucrurile nu sunt la fel de scandaloase ca în alte țări. Odată am petrecut sărbătorile de sfârșit de an la New York. Pretutindeni lumini, ornamente, coruri stradale, vitrine împodobite, reni, clopote, fulgi falși de zăpadă, pomi cu globuri de toate culorile și dimensiunile, zâmbete lipite pe toate fețele... Iar eu eram absolut convinsă că sunt o aberație, singura care se simte complet străină. Nu am luat niciodată LSD, dar îmi închipui că ar trebui să iei o doză triplă ca să vezi toate culorile acelea.

Aici nu vezi decât niște aluzii pe strada principală, poate din cauza turiștilor. (Cumpărați! Luați ceva din Elveția pentru copiii voștri!) Dar încă nu am ajuns acolo, astfel că senzația asta stranie nu poate fi din pricina Crăciunului. Nu se află prin apropiere nici un Moș Crăciun agățat de un horn, amintindu-ne că trebuie să fim fericiți toată luna decembrie.

Mă foiesc în pat, ca de obicei. Soțul meu doarme, ca de obicei. Am făcut dragoste. De la o vreme mi s-a întâmplat mai des, nu știu dacă din nevoia mea de a ascunde ceva, sau pentru că libidoul meu a crescut. Cert e că am mai multă inițiativă sexuală. Soțul meu nu mi-a pus întrebări când am întârziat, nici nu s-a arătat gelos. Cu excepția primei dăți când a trebuit să mă duc direct la baie ca să scap de mirosuri și de lenjeria pătată. Acum iau întotdeauna cu mine încă o pereche de chiloți, fac baie la hotel și mă înapoiez acasă cu machiajul impecabil. Nu mai sunt crispată și nici nu trezesc bănuieli. De două ori am întâlnit cunoscuți, i-am salutat și am lăsat să plutească îndoiala: „Oare s-o fi întâlnind cu cineva?" Face bine ego-ului și e ceva absolut sigur. În fond, dacă se află în ascensorul unui hotel, deși locuiesc în oraș, ei sunt la fel de vinovați ca și mine.

Dorm și mă trezesc din nou, după câteva minute. Victor Frankenstein și-a creat monstrul, Dr. Jekyll l-a lăsat pe Mr. Hyde să iasă la suprafață. Asta încă nu mă sperie, dar poate că trebuie să precizez de pe acum câteva reguli de comportament.

Am o latură cinstită, amabilă, drăgăstoasă, profesională, capabilă să reacționeze cu calm în momentele complicate, mai ales în timpul interviurilor, când vreunul dintre personaje devine agresiv și încearcă să scape de întrebările mele.

Dar descopăr și o latură mai spontană, sălbatică, nerăbdătoare, care nu se limitează la camera de hotel unde mă întâlnesc cu Jacob, ci începe să-mi afecteze rutina. Mă enervez mai ușor când vânzătorul stă de vorbă cu un client deși s-a format coadă. Mă duc la supermarket din obligație și am încetat să mai controlez prețurile și datele de valabilitate. Când cineva îmi spune ceva cu care nu sunt de acord, răspund imediat. Discut politică. Apăr filme pe care le detestă toți și le critic virulent pe cele care plac tuturor. Ador să surprind oamenii cu opinii absurde și nelalocul lor. În concluzie, am încetat să mai fiu femeia discretă de totdeauna.

Lumea a început să observe. „Te-ai schimbat!" spun ceilalți. Ăsta e primul pas către „ascunzi ceva", care curând va deveni „dacă te ascunzi înseamnă că faci ceva ce nu ar trebui".

Poate să fie doar paranoia, evident. Dar azi sunt în mine două persoane diferite.

Tot ce trebuia să facă David era să le poruncească oamenilor săi să i-o aducă pe femeia aceea. Nu datora explicații nimănui. Iar când a survenit o problemă, l-a trimis pe bărbatul ei pe câmpul de bătălie. În cazul meu e altfel. Oricât ar fi elvețienii de discreți, există două momente când nu-i putem recunoaște. Primul e în trafic. Dacă întârziem o fracțiune de secundă să demarăm după ce semaforul e pe verde, imediat încep să claxoneze. Dacă schimbăm banda, deși am semnalizat, vedem întotdeauna o față încruntată în oglinda retrovizoare.

Al doilea caz este când e vorba de schimbări: fie a casei, a serviciului sau a comportamentului. Aici totul e stabil, toți se poartă cum ne-am aștepta. Vă rog, nu încercați să fiți diferit și să vă reinventați de la o oră la alta, altfel veți amenința o întreagă societate. Țara aceasta a făcut eforturi ca să ajungă în stadiul de „operă încheiată", nu vrem să revenim la „reformă".

Sunt cu familia în locul unde a fost asasinat William, fratele lui Victor Frankenstein. Dintotdeauna aici fusese o mlaștină. După ce, sub conducerea implacabilă a lui Calvin, Geneva a devenit un oraș respectabil, aici erau lăsați bolnavii să moară de foame și de frig, iar orașul evita astfel izbucnirea unei epidemii.

Plainpalais este un loc imens, singurul punct din centrul orașului unde practic nu există vegetație. Iarna, vântul îți pătrunde în oase. Vara, soarele te arde fără milă. O absurditate. Dar de când trebuie lucrurile să aibă motive bune ca să existe?

E sâmbătă și peste tot sunt răspândite tarabe de vânzători de antichități. Târgul acesta a devenit o atracție turistică și chiar figurează în ghidurile de călătorie ca „idee inspirată". Piese din secolul al XVI-lea se amestecă printre videocasetofoane. Vechi sculpturi în bronz, venite din îndepărtata Asie, sunt expuse lângă mobile oribile din anii '80. Locul e ticsit. Câțiva cunoscători examinează cu răbdare câte o piesă și stau îndelung de vorbă cu vânzătorii. Majoritatea, turiști și curioși, găsesc lucruri care niciodată nu le vor trebui dar pe care, fiind foarte ieftine, sfârșesc prin a le cumpăra. Se întorc acasă, le întrebuințează o dată și pe urmă le țin în garaj, spunându-și „nu folosește la nimic, dar l-am luat pe degeaba".

Trebuie să-i supraveghez pe copii tot timpul, pentru că vor să pună mâna pe tot, de la prețioase vaze de cristal până la jucării sofisticate de la începutul secolului al XIX-lea. Dar cel puțin descoperă că există viață inteligentă și dincolo de jocurile electronice.

Unul din ei mă întreabă dacă putem cumpăra o paiață de metal, cu gură și membre articulate. Soțul meu știe că interesul pentru jucărie va dura doar până vom ajunge acasă. Spune că e „veche" și că putem cumpăra ceva nou pe drumul de întoarcere. În aceeași clipă atenția le e atrasă de niște cutii cu bile de sticlă cu care copiii de odinioară se jucau în curtea casei.

Ochii mi se opresc asupra unui tablou micuț: o femeie goală, culcată pe pat, și un înger care se îndepărtează. Îl întreb pe vânzător cât costă. Înainte de a-mi dezvălui prețul (un fleac), îmi spune că e o reproducere, făcută de un pictor local necunoscut. Soțul meu asistă fără să spună nimic și, înainte ca eu să pot mulțumi pentru informație și să plec mai departe, el a și cumpărat tabloul.

De ce ai făcut asta?

— Ilustrează un mit antic. Când o să ajungem acasă îți povestesc.

Simt nevoia să mă îndrăgostesc iar de el. Niciodată nu am încetat să-l iubesc – întotdeauna l-am iubit și îl voi iubi în continuare – , dar conviețuirea noastră s-a transformat în ceva foarte asemănător cu monotonia. Dragostea poate rezista la asta, dar pentru pasiune e ceva fatal.

Trăiesc un moment foarte complicat. Știu că relația mea cu Jacob nu are viitor și m-am îndepărtat de bărbatul cu care am construit o viață.

Cine spune că „dragostea e suficientă" minte. Nu e și n-a fost niciodată. Marea problemă este că oamenii cred în cărți și în filme – un cuplu care se plimbă pe plajă ținându-se de mână, privește apusul de soare, face amor cu pasiune zilnic în hoteluri frumoase cu vedere spre Alpi. Eu și soțul meu am făcut asta deja, dar vraja durează doar un an sau doi, cel mult.

Pe urmă vine căsnicia. Alegerea mobilei, planificarea camerei copiilor care vor veni, săruturile, visurile, clocnitul cupelor de șampanie în salonul gol care curând va arăta exact cum îl imaginăm – cu fiecare lucru la locul său. După doi ani s-a născut primul copil, în casă nu mai e loc pentru nimic și, dacă vom mai adăuga ceva, riscăm ostentația și dăm impresia că ne petrecem viața cumpărând și curățind antichități (care mai târziu vor fi vândute pe nimica toată de moștenitori și vor sfârși la târgul de la Plainpalais).

După trei ani de căsnicie, fiecare știe deja exact ce gândește celălalt. În timpul petrecerilor sau cinelor suntem obligați să ascultăm aceleași povești pe care le-am mai auzit de multe ori, întotdeauna prefăcându-ne surprinși și fiind, câteodată, siliți să le confirmăm. Sexul trece de la pasiune la obligație și de aceea devine tot mai rar. Curând se întâmplă o dată pe săptămână – dacă! Femeile se întâlnesc între ele și vorbesc despre înfocarea de nestăvilit a soților lor, dar nu-i decât o minciună sfruntată. Toate știu asta, dar nici una nu vrea să fie mai prejos.

Atunci vine momentul aventurilor extraconjugale. Femeile comentează – da, comentează! – despre amanții lor și înfocarea lor de nestăvilit. Aici există o parte de adevăr, pentru că majoritatea cazurilor se petrec în lumea fermecată a masturbării – la fel de reală ca lumea celor care au îndrăznit să riște și s-au lăsat seduse de primul venit, independent de calitățile lui. Cumpără haine scumpe și se prefac reținute, deși exhibă mai multă sexualitate decât o puștoaică de 16 ani – cu deosebirea că puștoaica știe ce putere are.

La sfârșit, sosește momentul resemnării. Soțul petrece multe ore plecat cu treburi, iar soția își dedică mai mult timp decât e nevoie îngrijirii copiilor. Ne aflăm în faza asta și sunt gata să fac tot posibilul ca să schimb situația.

Numai dragostea nu e suficientă. Trebuie să mă îndrăgostesc de soțul meu. Dragostea nu este doar un sentiment; e o artă. Și, ca orice artă, nu ajunge inspirația, trebuie și multă muncă.

De ce se îndepărtează îngerul și o lasă pe femeie singură pe pat?

— Nu e înger. E Eros, zeul grec al iubirii. Tânăra culcată în pat cu el e Psyche.

Destup o sticlă de vin, umplu paharele. El pune tabloul deasupra șemineului stins – o piesă decorativă în casele care au încălzire centrală. Și începe:

— A fost odată fiica unui rege, o frumusețe admirată de toți, dar pe care nu îndrăznea nimeni să o ceară în căsătorie. Disperat, regele i-a cerut ajutor zeului Apollo. Acesta i-a spus că Psyche trebuie lăsată singură, îmbrăcată în straie cernite, pe vârful unui munte. Înainte de revărsatul zorilor, un șarpe va veni să se însoare cu ea. Regele i-a dat ascultare. Psyche a așteptat toată noaptea, murind de frică și de frig, venirea soțului ei. Până la urmă a adormit. Când s-a trezit, s-a pomenit într-un palat frumos, încununată ca regină. În fiecare noapte soțul ei venea la ea și făceau dragoste. El i-a pus o singură condiție: să aibă încredere deplină în el și să nu încerce să-i vadă chipul niciodată.

Ce oroare, îmi spun, dar nu îndrăznesc să-l întrerup.

— Psyche a trăit fericită mult timp. Avea o viață îndestulată și era îndrăgostită de bărbatul care venea la ea noapte de noapte. Totuși, din când în când, îi era teamă să nu fie măritată cu un monstru. Într-o dimineață, când soțul ei dormea, a aprins un opaiț. Atunci l-a văzut pe Eros, un bărbat de o neasemuită frumusețe, culcat lângă ea. Lumina l-a trezit. Văzând că femeia pe care o iubea nu a fost în stare să-i împlinească singura dorință, Eros a dispărut. Ca să-i recâștige dragostea, Psyche s-a supus unor munci pe care i le-a impus Afrodita, mama lui Eros. Nu-i nevoie să spun că soacra invidia frumusețea nurorii și a făcut tot ce-i stătea în putință ca să împiedice împăcarea celor doi soți. Pe când îndeplinea aceste munci, Psyche a deschis o cutie și a căzut într-un somn adânc.

Încep să-mi pierd răbdarea.

— Și Eros era îndrăgostit și s-a căit că nu fusese mai îngăduitor. A reușit să intre în palat și s-o trezească cu vârful săgeții. „Era să pieri din cauza curiozității tale", a spus el. „Căutai siguranță în cunoaștere și ai distrus legătura noastră." Dar în iubire nimic nu e distrus pentru totdeauna. Încredințați de aceasta, cei doi au mers la Zeus, zeul zeilor, implorându-l să le facă uniunea indestructibilă. Zeus s-a îndurat de cei doi îndrăgostiți și s-a folosit de argumente și de amenințări până a reușit s-o îmbuneze pe Afrodita. Din ziua aceea Psyche (partea din noi inconștientă, totuși logică) și Eros (iubirea) au rămas împreună pentru totdeauna.

Mai torn vin în pahare. Îmi sprijin capul de umărul lui.

— Cine nu va accepta asta și va căuta mereu o explicație pentru fermecatele și misterioasele relații umane va pierde ce-i mai bun în viață.

Astăzi mă simt ca Psyche pe stâncă, cuprinsă de frig și de frică. Dar, dacă voi fi în stare să trec noaptea asta și să mă dăruiesc misterului și credinței în viață, mă voi trezi într-un palat. Am nevoie doar de timp.

În fine vine și ziua cea mare când cele două cupluri se vor întâlni la o petrecere – o recepție oferită de un important prezentator de televiziune. Am vorbit despre asta ieri în patul de la hotel, în timp ce Jacob își fuma ca de-obicei țigara înainte să se îmbrace și să plece.

Eu nu mai puteam refuza invitația, pentru că îmi confirmasem deja prezența. El la fel, și să se răzgândească în ultimul moment ar fi fost „foarte rău pentru carieră".

Ajung cu soțul meu la sediul televiziunii și suntem informați că recepția e la ultimul etaj. Telefonul meu sună înainte de a intra în ascensor, ceea ce mă obligă să ies din șir și să rămân în hol, discutând cu șeful meu, în timp ce sosesc celelalte persoane, ne zâmbesc, mie și soțului meu, și dau discret din cap. Din câte se pare, cunosc aproape pe toată lumea.

Șeful meu zice că articolele mele cu cubanezul – cel de-al doilea a fost publicat ieri, deși e scris de o lună – au mare succes. Trebuie să mai scriu unul ca să închei seria. Explic că șamanul cubanez nu vrea să mai stea de vorbă cu mine. El îmi cere să caut pe altcineva, cu condiția să fie „din domeniu" pentru că nu există nimic mai puțin interesant în acest caz decât opiniile convenționale (psihologi, sociologi etc.). Nu cunosc pe nimeni „din domeniu", dar, cum trebuie să închid, promit să mă gândesc la asta.

Jacob și Madame König trec și ne salutăm cu un gest din cap. Șeful meu aproape că închisese când hotărăsc să mai continui convorbirea. Ferească Dumnezeu să urc împreună cu ei în lift! Dacă am pune un păstor de turmă și un pastor protestant să stea de vorbă? N-ar fi interesant să înregistrez discuția lor despre cum fac față stresului sau plictiselii? Șeful zice că e o idee excelentă, dar mai bine ar fi totuși să găsesc pe cineva „din domeniu". Sigur, am să încerc. Ușile s-au închis deja și liftul urcă. Pot să închid telefonul fără temeri.

Îi explic șefului că nu vreau să ajung ultima. Am întârziat două minute. Trăim în Elveția, unde ceasurile indică întotdeauna ora exactă.

Da, m-am purtat ciudat în ultimele luni, dar ceva nu s-a schimbat: nu pot să sufăr recepțiile. Și nu reușesc să înțeleg de ce le plac unora.

E adevărat, unora le plac. Chiar când e vorba de ceva oficial cum e cocteilul de azi – e doar un cocteil; nu are nimic dintr-o petrecere –, se îmbracă, se machiază, comentează cu prietenii, nu fără un anume aer de plictis, că din păcate vor fi ocupați marți din cauza recepției date cu ocazia celor zece ani ai emisiunii *Pardonnez-moi*, prezentată de frumosul, inteligentul și fotogenicul Darius Rochebin. Toată lumea „importantă" va participa, iar ceilalți vor trebui să se mulțumească doar cu fotografiile ce vor fi publicate în singura revistă mondenă care ajunge la toată populația Elveției Romande.

Participarea la astfel de recepții conferă statut și vizibilitate. Din când în când ziarul nostru prezintă evenimente de acest tip și, a doua zi, primim telefoane de la asistenți ai persoanelor importante, întrebând dacă fotografiile în care apar acestea vor fi publicate și spunând că ne-ar fi deosebit de recunoscători. Cel mai bun lucru după ce ai fost invitat este să vezi că persoana ta a primit atenția pe care o merită. Și ce dovadă mai bună decât să apari în ziar după două zile, cu o ținută comandată special pentru această ocazie (deși nu se mărturisește niciodată) și același zâmbet de la alte petreceri și recepții? Tot e bine că nu răspund de rubrica mondenă; în situația mea actuală de monstru al lui Victor Frankenstein, aș fi fost dată afară.

Ușile ascensorului se deschid. Sunt doi sau trei fotografi în hol. Ne îndreptăm spre salonul principal, cu o perspectivă de 360 de grade asupra orașului. Se pare că norul veșnic s-a decis să colaboreze cu Darius și și-a ridicat puțin mantia cenușie: vedem marea de lumini acolo jos.

Nu vreau să stăm mult timp, îi spun bărbatului meu. Și încep să vorbesc convențional ca să îndepărtez tensiunea.

— Plecăm când vrei, răspunde el întrerupându-mă.

În clipa asta suntem foarte ocupați să salutăm nenumărați oameni care mă tratează ca și cum le-aș fi prietenă apropiată. Răspund în aceeași manieră, chiar dacă nu le cunosc numele. Când discuția se prelungește, am un truc infailibil: îl prezint pe soțul meu și nu spun nimic. El se prezintă și întreabă numele celeilalte persoane. Ascult răspunsul și repet, cu voce tare: „Dragul meu, nu-ți amintești de Cutare?"

Cât cinism!

Termin cu salutările, mergem într-un colț, și mă plâng: de ce au oamenii mania asta să întrebe dacă ne amintim de ei? Nu există nimic mai stânjenitor. Toți se cred suficient de importanți pentru ca eu, care cunosc persoane noi în fiecare zi din cauza profesiei, să-i am întipăriți pe vecie în amintire.

— Fii mai înțelegătoare. Oamenii se distrează și ei.

Bărbatul meu nu știe despre ce vorbește. Oamenii doar se prefac că se distrează, dar vor vizibilitate, atenție și – când și când – să întâlnească pe cineva cu care să încheie o afacere. Destinul acestor persoane care se cred foarte frumoase și puternice când calcă pe covorul roșu stă în mâinile unui individ prost plătit din redacție. Paginatorul, care primește fotografiile prin e-mail și decide cine trebuie sau nu să apară în mica noastră lume, tradițională și convențională. El este cel care plasează imaginile celor care sunt interesanți pentru ziar, lăsând un mic spațiu unde încape fotografia cu o vedere generală asupra petrecerii (cocteil, cină, recepție). Acolo, printre capetele anonime ale persoanelor care se consideră foarte importante, cu puțin noroc, poți să recunoști câte-un chip.

Darius urcă pe estradă și începe să-și relateze experiențele cu personalitățile pe care le-a intervievat în timpul celor zece ani de emisiune. Reușesc să mă relaxez puțin și mă duc la o fereastră cu soțul meu. Radarul meu interior i-a detectat deja pe Jacob și Madame König. Vreau distanță și-mi închipui că Jacob simte același lucru.

— S-a întâmplat ceva?

Știam. Azi ești Dr. Jekyll, sau Mr. Hyde? Victor Frankenstein, sau monstrul?

Nu, iubitule. Vreau doar să-l evit pe bărbatul cu care m-am culcat ieri. Bănuiesc că toți cei de aici știu totul, iar pe fruntea noastră scrie „amanți".

Zâmbesc și spun că, așa cum îi tot zic, nu mai sunt la vârsta să merg la recepții. Mi-ar plăcea foarte mult să fiu acasă acum, având grijă de copiii noștri în loc să-i fi lăsat cu o bonă. Nu-mi place să beau, mă zăpăcesc toți oamenii aceștia care mă salută și vor conversație, încerc să mă prefac interesată de problemele lor și să răspund cu o întrebare ca să pot, în fine, să pun saleul în gură și să-l termin de mestecat fără să par prost-crescută.

Se coboară un ecran și începe un clip cu principalii invitați care au trecut prin emisiunea respectivă. Cu unii dintre ei m-am întâlnit și eu ca ziarist, dar majoritatea sunt străini călătorind prin Geneva. După cum știm, întotdeauna este câte cineva important la Geneva, și apariția sa în emisiune e obligatorie.

— Atunci haide să plecăm. El te-a văzut deja. Ne-am îndeplinit obligația. Să închiriem un film și să profităm împreună de restul serii.

Nu. Mai rămânem puțin, fiindcă Jacob și Madame König sunt aici. Poate să pară suspect să plecăm de la recepție înainte de terminarea ceremoniei. Darius începe să-i cheme pe estradă pe câțiva dintre invitații la emisiunea lui, și ei spun câte ceva despre experiență. Mor de plictiseală. Bărbații singuri încep să se uite în jur, căutând discret femei singure. Femeile, la rândul lor, se uită unele la altele: cum sunt îmbrăcate, ce machiaj au, dacă sunt însoțite de bărbații sau de amanții lor.

Privesc orașul de afară, pierdută între totala mea lipsă de gânduri, așteptând doar să treacă timpul ca să putem pleca discret fără să creăm bănuieli.

— Tu!

Eu?

— Iubito, pe tine te cheamă!

Darius tocmai m-a invitat pe estradă și nu am auzit. Da, am trecut pe la emisiunea lui, împreună cu fostul președinte al Elveției, ca să vorbim despre drepturile omului. Dar nu sunt chiar atât de importantă. Nu-mi imaginam asta; nu fusese aranjat și nu m-am pregătit.

Însă Darius îmi face semn. Toate persoanele mă privesc zâmbind. Mă îndrept spre el – deja calmată și fericită în taină findcă Marianne nu a fost și nici nu va fi chemată. Nici Jacob, pentru că ideea este ca seara să fie plăcută, nu încărcată de discursuri politice.

Urc pe estrada improvizată – în realitate o scară care unește cele două zone ale salonului din vârful turnului TV – , îl sărut pe Darius și încep să povestesc ceva absolut neinteresant despre prezența mea în emisiune. Bărbații continuă să vâneze femeile, care se uită unele la altele. Cei mai din apropiere se prefac interesați de ceea ce spun. Stau cu ochii țintă pe soțul meu; toți cei care vorbesc în public aleg pe câte cineva ca să le servească drept sprijin.

Pe la jumătatea discursului meu improvizat, văd ceva improbabil: Jacob și Marianne König sunt lângă soțul meu. Totul s-a întâmplat în mai puțin de două minute, cât mi-a luat să ajung la estradă și să-mi încep discursul care, în acest moment, îi face deja pe chelneri să circule, în timp ce majoritatea invitaților se uită prin sală.

Mulțumesc cât mai repede posibil. Invitații aplaudă. Darius îmi dă un sărut. Încerc să mă duc spre soțul meu și cuplul König, dar sunt împiedicată de persoane care mă laudă pentru lucruri pe care nu le-am spus, afirmă că am fost minunată, sunt încântați de seria de materiale despre șamanism, sugerează teme, îmi dau cărți de vizită și se oferă discret drept „surse" pentru ceva ce poate să fie „foarte interesant" pentru mine. Toate astea îmi iau zece minute. Când sunt gata să-mi îndeplinesc misiunea și mă apropii de ținta mea, de locul unde se afla înainte să sosească invadatorii, cei trei zâmbesc. Mă felicită, îmi spun că sunt făcută să vorbesc public și primesc sentința:

— Le-am explicat că ești obosită și copiii noștri sunt cu bona, dar Madame König insistă să luăm cina împreună.

— Exact. Îmi închipui că nimeni de aici n-a cinat, nu-i așa? spune Marianne.

Jacob are un zâmbet căznit pe față și dă din cap, ca un miel dus la tăiere.

Într-o fracțiune de secundă, două sute de mii de scuze îmi trec prin minte. Dar de ce? Am o cantitate importantă de cocaină la dispoziție. Ce poate fi mai bun decât această „oportunitate" de a afla dacă să merg mai departe sau nu cu planul meu?

În plus, mă roade o curiozitate morbidă să văd cum se va desfășura cina asta.

Cu multă plăcere, Madame König.

Marianne alege restaurantul de la Hotel des Armures, ceea ce dovedește o oarecare lipsă de originalitate, pentru că acolo obișnuiesc toți să-și ducă vizitatorii străini. *Fondue* este excelentă, ospătarii de străduiesc să vorbească toate limbile posibile, e situat în inima orașului vechi... *Dar*, pentru un locuitor al Genevei, categoric nu e o noutate.

Sosim după familia König. Jacob e afară, dârdâind ca să-și satisfacă viciul fumatului. Marianne a intrat deja. Propun ca soțul meu să intre și el și să-i țină companie, în timp ce eu îl aștept pe dl. König să termine de fumat. El spune că ar fi mai bine invers, dar eu insist – nu se face să lași două femei singure la masă, chiar dacă numai pentru câteva minute.

— Invitația m-a luat și pe mine pe nepregătite, spune Jacob de îndată ce bărbatul meu a intrat.

Încerc să mă port ca și cum nu ar fi nici o problemă. Se simte cumva vinovat? Îngrijorat de posibilul sfârșit al căsniciei sale nefericite (cu scorpia aceea ca gheața, mi-ar plăcea să adaug)?

— Nu-i vorba de asta. Dar...

Suntem întrerupți de scorpie. Cu un surâs diabolic pe buze, mă salută (din nou!) cu cele trei săruturi obișnuite și îi *poruncește* soțului ei să-și stingă țigara ca să intrăm imediat. Citesc printre rânduri: am bănuieli; uneltiți voi ceva, dar, vedeți, sunt vigilentă, mult mai vigilentă și deșteaptă decât credeți.

Comandăm ca de obicei: *fondue* și *raclette*. Soțul meu spune că s-a săturat să mănânce brânză și alege ceva diferit: un cârnat care face și el parte din meniul pe care îl prezentăm vizitatorilor. Și vin, dar Jacob nu mai miroase, rotește paharul, degustă și dă din cap – asta a fost doar încercarea lui idioată de a mă impresiona în prima zi. În timp ce așteptăm mâncarea și spunem amabilități, se termină prima sticlă, care e imediat urmată de a doua. Îl rog pe soțul meu să nu mai bea, altfel va trebui să lăsăm mașina din nou la restaurant, și suntem mult mai departe decât data trecută.

Sosesc comenzile. Destupăm a treia sticlă cu vin. Amabilitățile continuă. Cum este rutina unui membru al Consiliului de Stat, felicitări pentru cele două articole ale mele despre stres („o abordare destul de neobișnuită"), dacă e adevărat că prețurile imobilelor o să scadă acum că secretul bancar dispare și, odată cu el, miile de bancheri care se mută în Singapore sau Dubai, unde o să petrecem sărbătorile de sfârșit de an.

Aștept să intre taurul în arenă. Dar el nu intră și las garda jos. Beau ceva mai mult decât ar trebui, încep să mă simt relaxată, veselă și, exact în acest moment porțile grajdului sunt deschise.

— Zilele trecute vorbeam cu niște prieteni despre sentimentul idiot de gelozie, spune Marianne König. Dumneavoastră ce părere aveți în privința asta?

Ce părere avem despre un subiect care nu are ce căuta într-o discuție la masă? Scorpia a știut să elaboreze bine fraza. Trebuie să se fi gândit toată ziua. A numit gelozia „sentiment idiot", anume ca să mă simt expusă și vulnerabilă.

— Am crescut asistând la scene teribile de gelozie acasă, spune bărbatul meu.

Cum? Vorbește de viața sa particulară? În fața unor străini?

— Așa că m-am juram că niciodată nu voi face așa ceva dacă am să mă însor. A fost greu la început, pentru că din instinct vrem să controlăm tot, chiar și ce e incontrolabil, ca dragostea și fidelitatea. Dar am reușit. Iar soția mea, care zilnic întâlnește persoane diferite și uneori ajunge acasă mai târziu ca de obicei, n-a auzit niciodată vreo critică sau vreo aluzie din partea mea.

N-am mai auzit nici această explicație. Nu știam că a crescut asistând la scene de gelozie. Scorpia a reușit să-i facă pe toți să-i asculte ordinele: mergem să cinăm, stinge țigara, vorbiți despre subiectul pe care l-am ales eu.

Există două motive posibile pentru cele afirmate de soțul meu. Primul: bănuiește scopul invitației și încearcă să mă protejeze. Al doilea: îmi spune, în fața tuturor, cât sunt de importantă pentru el. Întind mâna și o ating pe a lui. Niciodată nu mi-am închipuit asta. Credeam că pur și simplu nu-l interesa ce fac.

— Dar dumneata, Linda? Nu ești geloasă pe soțul dumitale?

Eu?

Bineînțeles că nu. Am deplină încredere în el. Gelozia e o manifestare a oamenilor bolnavi, nesiguri, fără respect de sine, care se simt inferiori și cred că oricine le poate amenința relația, dar dumneata?

Marianne a căzut în propria ei capcană.

— Cum am spus, mi se pare că e un sentiment idiot.

Da, ai spus asta deja. Dar, dacă ai descoperi că soțul dumitale te înșală, ce ai face?

Jacob pălește. Se controlează ca să nu-și golească paharul imediat după întrebarea mea.

— Cred că întâlnește zilnic femei nesigure pe ele, plictisite în căsnicie și menite unei vieți mediocre și repetitive. Îmi închipui că trebuie să ai la serviciu astfel de colege, care trec de la rolul de reporter începător direct la cel de pensionar...

Multe, răspund fără nici un pic de emoție în glas. Mai iau niște *fondue*. Ea mă privește fix în ochi, *știu* că de mine vorbește, dar nu vreau ca soțul meu să bănuiască ceva. Nu-mi pasă nici un pic de ea și nici de Jacob, care probabil nu a rezistat și a mărturisit tot.

Calmul meu mă surprinde și pe mine. Poate că e vinul sau monstrul trezit care se amuză de toate astea. Poate marea plăcere de a o putea înfrunta pe femeia aceea care crede că știe tot.

Continuă, o rog în timp ce amestec bucățica de pâine cu brânza topită.

— După cum știți, femeile astea neiubite nu sunt o amenințare pentru mine. Eu nu sunt ca voi doi, nu am încredere în Jacob. Știu că m-a înșelat deja de câteva ori, deoarece carnea e slabă...

Jacob râde, nervos, mai ia o înghițitură de vin. Sticla s-a terminat, Marianne îi face un semn chelnerului, cerându-i încă una.

— ...dar încerc să văd asta ca parte a unei relații normale. Dacă bărbatul meu nu ar fi dorit și urmărit de vagaboandele astea ar însemna că e complet neinteresant. În loc de gelozie, știi ce simt? Dorință. De multe ori mă dezbrac, mă apropii de el goală, desfac picioarele și-l rog să facă cu mine exact ce a făcut cu ele. Uneori îl rog să-mi povestească cum a fost și asta mă face să juisez de mai multe ori.

— Astea-s fanteziile Mariannei, spune Jacob fără să fie foarte convingător. Are obiceiul să inventeze asemenea chestii. Zilele trecute m-a întrebat dacă mi-ar plăcea să merg la un club de swing la Lausanne.

Evident că nu glumește, dar toată lumea râde, inclusiv ea.

Spre oroarea mea, descopăr că lui Jacob îi place foarte mult să fie numit „mascul infidel". Soțul meu pare foarte interesat de răspunsul lui Marianne și o roagă să spună mai multe despre excitarea pe care o simte aflând de aventurile extraconjugale. Îi cere adresa clubului de swing și mă fixează cu ochi strălucitori. Spune că e momentul să mai experimentăm și lucruri diferite. Nu știu dacă încearcă să controleze atmosfera aproape insuportabilă de la masă, sau este cu adevărat interesat să experimenteze.

Marianne spune că nu cunoaște adresa, dar, dacă-i dă numărul de telefon, o să-i trimită un mesaj.

E momentul să intru în acțiune. Spun că, în general, persoanele geloase caută să arate exact contrariul în public. Le place să facă insinuări ca să vadă dacă află vreo informație despre comportamentul partenerului, dar sunt naive dacă-și închipuie că lumea nu-și dă seama. Eu, de exemplu, aș putea avea o relație cu soțul dumitale și nu ai ști niciodată, pentru că nu sunt destul de idioată ca să cad în capcană.

Tonul vocii mele se alterează puțin. Soțul meu mă privește, surprins de răspunsul acesta.

— Iubito, nu crezi că ai mers prea departe?

Nu, nu cred. Nu eu am început această discuție și nu știu unde vrea să ajungă Madame König. Dar de când am intrat aici nu încetează să insinueze diverse și m-am cam săturat. De pildă, n-ai observat cum mă privea tot timpul în timp ce ne făcea să discutăm despre un subiect care nu interesează pe nimeni de la masa asta, cu excepția ei?

Marianne se uită la mine uluită. Cred că nu se aștepta la nici un fel de răspuns, fiind obișnuită să controleze totul.

Spun că am cunoscut multe persoane obsesiv de geloase, și nu pentru că ar crede că soțul sau soția comit vreun adulter, ci pentru că nu sunt în centrul atenției tot timpul, așa cum le-ar plăcea. Jacob cheamă chelnerul și cere nota. Perfect. În fond, ei au făcut invitația și trebuie să suporte cheltuielile.

Mă uit la ceas și mă prefac foarte surprinsă: a trecut ora pe care am stabilit-o cu bona! Mă ridic, mulțumesc pentru cină și mă duc la garderobă să-mi iau jacheta. Discuția a trecut deja la copii și la responsabilitățile pe care le aduc cu ei.

— Oare chiar o fi crezut că vorbeam de ea? o aud pe Marianne întrebându-și soțul.

— Sigur că nu. Nu ar fi avut nici un motiv.

Ieșim în aerul rece fără să discutăm prea mult. Sunt enervată, neliniștită și explic răstită că da, de mine vorbea, femeia aceea e atât de nevrotică încât în ziua alegerilor făcuse deja mai multe aluzii. Tot timpul vrea să iasă în evidență, pesemne că moare de gelozie pentru un idiot care este obligat să se comporte cum trebuie și pe care ea îl controlează cu mână de fier ca să aibă un viitor în politică, deși de fapt ei i-ar plăcea să fie pe scenă spunând ce e bine și ce e rău.

Bărbatul meu spune că am băut prea mult și ar fi mai bine să mă liniștesc.

Trecem prin fața catedralei. O pâclă acoperă din nou orașul și totul pare un film de groază. Mi-o închipui pe

Marianne după vreun colț așteptându-mă cu un pumnal, ca pe timpurile când Geneva era un oraș medieval, mereu în conflict cu francezii.

Nici frigul, nici mersul pe jos nu mă calmează. Luăm mașina și, acasă, mă duc direct în dormitor și înghit două pastile de Valium, în timp ce soțul meu plătește bona și culcă copiii.

Dorm zece ore fără întrerupere. A doua zi, când mă scol pentru rutina matinală, soțul meu e un pic mai reținut. E o schimbare aproape imperceptibilă, dar probabil l-a deranjat ceva ieri. Nu știu ce să fac, niciodată nu am luat două calmante concomitent. Sunt într-un soi de letargie care nu seamănă deloc cu cea pe care o provoacă singurătatea și nefericirea.

Mă duc la serviciu și, automat, îmi verific telefonul. E un mesaj de la Jacob. Ezit să-l deschid, dar curiozitatea e mai mare decât ura.

Mi l-a trimis de dimineață, foarte devreme.

„Ai stricat tot. Ea nici măcar nu bănuia că ar fi ceva între noi, dar acum este sigură. Ai căzut într-o capcană pe care nu ți-a întins-o."

Trebuie să trec pe la oroarea asta de supermarket ca să fac cumpărături pentru casă, ca o femeie neiubită și frustrată. Marianne are dreptate: nu-s altceva; nu-s decât o distracție sexuală pentru porcul imbecil care doarme cu ea în pat. Conduc imprudent fiindcă nu reușesc să mă opresc din plâns, iar lacrimile nu mă lasă să văd bine celelalte automobile. Aud claxoane și înjurături; încerc să merg mai încet, aud mai multe claxoane și înjurături.

A fost o prostie să o las pe Marianne să bănuiască ceva, dar o prostie și mai mare a fost să risc tot ce am – soțul, familia, serviciul.

În timp ce conduc, sub efectul întârziat al celor două tranchilizante și cu nervii întinși la maximum, înțeleg că acum îmi risc și viața. Opresc pe o străduță laterală și mă pun pe plâns. Suspinele mele sunt atât de puternice încât se apropie cineva și mă întreabă dacă am nevoie de ajutor. Spun că nu și persoana se îndepărtează. Adevărul e că am nevoie de ajutor, da – și încă mult. Sunt cufundată în interiorul meu, în marea de mocirlă de acolo, și nu reușesc să înot cum trebuie.

Ura mă sufocă. Îmi închipui că Jacob și-a revenit deja după cina de ieri și n-o să vrea să mă mai vadă niciodată. E vina mea, fiindcă am vrut să-mi depășesc limitele, găsind tot timpul că sunt suspectă, că toți bănuiesc ce fac.

Poate că ar fi o idee bună să-l sun și să-i cer scuze, dar știu că nu-mi va răspunde. Cine știe, poate că ar fi mai bine să-l sun pe bărbatul meu ca să văd dacă totul e în regulă? Îl recunosc după voce, știu când e enervat și încordat, deși e maestru în a se controla. Dar nu vreau să știu. Mi-e tare frică. Stomacul mă doare, mâinile mi s-au crispat pe volan, și plâng cât pot de tare, țip, mă dau în spectacol în singurul loc din lume unde sunt în siguranță: mașina mea. Persoana care s-a apropiat mă privește acum de departe, îi e teamă să nu fac vreo prostie. Nu, nu voi face nimic. Vreau doar să plâng. Nu cer prea mult, nu-i așa?

Simt că mi-am făcut rău singură. Vreau să dau totul înapoi, doar că e imposibil. Vreau să fac un plan ca să recuperez terenul pierdut, dar nu reușesc să gândesc cum se cuvine. Tot ce fac e să plâng, să simt rușine și ură.

Cum de am putut să fiu atât de naivă? Să cred că Marianne se uita la mine și vorbea de lucruri pe care le știa? Fiindcă mă simțeam vinovată. Voiam s-o umilesc, s-o distrug în fața bărbatului ei, ca să nu mă mai vadă doar ca pe o jucărie cu care se distrează. Știu că nu-l iubesc, dar el îmi reda încetul cu încetul bucuria pierdută și mă îndepărta de puțul de singurătate în care simțeam că mă înec. Și acum înțeleg că zilele acelea s-au dus pentru totdeauna. Trebuie să revin la realitate, la supermarket, la zilele mereu egale, la securitatea din casa mea – înainte atât de importantă pentru mine, dar care s-a preschimbat într-o închisoare. Trebuie să adun cioburile care au rămas din mine. Poate să-i mărturisesc bărbatului meu tot ce s-a întâmplat.

Știu că va înțelege. E un om bun, inteligent, care a pus întotdeauna familia pe primul loc. Dar dacă nu o să înțeleagă? Dacă va hotărî că ajunge, că am atins limita și că s-a săturat să trăiască lângă o femeie care înainte se plângea de depresie și acum se lamentează că a fost părăsită de amant?

Plânsul cu sughițuri se mai potolește. Trebuie să ajung la ziar, nu pot rămâne toată ziua pe străduța asta plină de cămine fericite, cu câteva ornamente de Crăciun la porți, cu oameni care trec pe lângă mine fără să mă observe, în timp ce eu văd cum se prăbușește lumea mea și nu pot face nimic.

Trebuie să reflectez. Trebuie să fac o listă de priorități. Oare în viitoarele zile, luni, în viitorii ani voi reuși să mă prefac că sunt o femeie devotată, nu un animal rănit? Disciplina nu a fost niciodată punctul meu forte, dar nu mă pot purta ca o dezechilibrată.

Îmi șterg lacrimile și privesc înainte. E momentul să plec? Încă nu. Mai aștept puțin. Dacă există un singur motiv să fiu fericită pentru ce s-a întâmplat, acesta e că mă săturasem să trăiesc în minciună. Oare cât bănuiește soțul meu? Oare bărbații simt când femeile se prefac că au un orgasm? Posibil, dar nu am cum să știu.

Cobor din mașină, plătesc staționarea pe mai mult timp decât necesar, așa pot să umblu pe străzi fără țintă. Telefonez la serviciu și îngaim o scuză penibilă: unul dintre copii a făcut diaree și trebuie să-l duc la medic. Șeful mă crede, la urma urmelor elvețienii nu mint.

Dar eu mint. Am mințit zilnic. Mi-am pierdut mândria și nu mai știu pe unde calc. Elvețienii trăiesc în lumea reală. Eu trăiesc într-o lume a închipuirii. Elvețienii știu să-și rezolve problemele. Incapabilă să mi le rezolv, am creat o situație în care aveam o familie ideală și un amant perfect.

Umblu prin orașul acesta pe care îl iubesc, cu magazinele lui care – cu excepția locurilor pentru turiști – par să se fi oprit în anii 1950 și să nu aibă nici cea mai mică intenție să se modernizeze. E frig, dar, slavă Domnului, nu bate vântul, așa că temperatura e suportabilă. Încercând să-mi abat gândurile și să mă liniștesc, mă opresc într-o librărie, într-o măcelărie și într-un magazin de îmbrăcăminte. De câte ori ies iar pe stradă, simt că temperatura joasă stinge un pic din văpaia în care m-am transformat.

E posibil să te educi ca să iubești bărbatul potrivit? Sigur că da. Problema este să reușești să-l uiți pe bărbatul nepotrivit, care a intrat fără să ceară voie pentru că era în trecere și a văzut ușa deschisă.

Ce voiam eu exact de la Jacob? Știam de la început că relația noastră e condamnată, deși nu-mi puteam închipui că se va sfârși atât de umilitor. Poate că am vrut doar ce am avut: aventură și bucurie. Sau poate că voiam mai mult – să locuiesc cu el, să-l ajut să avanseze în carieră, să-i ofer sprijinul pe care părea că nu-l mai primește de la soție, tandrețea de a cărei lipsă s-a plâns la una din primele noastre întâlniri. Să-l smulg din casă așa cum se smulge o floare dintr-o grădină străină, și s-o plantez pe terenul meu, chiar dacă știam că florile nu rezistă la acest tip de tratament.

Sunt cuprinsă de un val de gelozie, dar de astă dată nu mai vărs lacrimi, mă îneacă furia. Mă opresc și mă așez pe banca dintr-o stație de autobuz oarecare. Privesc persoanele care vin și pleacă, toate foarte ocupate în lumile lor atât de mici încât încap pe ecranul unui telefon, de pe care nu-și dezlipesc ochii și urechile.

Autobuzele vin și pleacă. Oamenii coboară și umblă grăbiți, poate din cauza frigului. Alții se urcă încet, fără chef să ajungă acasă, la muncă, la școală. Dar nimeni nu manifestă furie sau entuziasm, fericire sau tristețe, sunt doar niște suflete chinuite care-și îndeplinesc mecanic misiunea trasată în destinul lor în ziua când s-au născut.

După o vreme reușesc să mă relaxez puțin. Am identificat vreo câteva piese din șarada mea interioară. Una dintre ele e tocmai cauza acestei uri care vine și pleacă, precum autobuzele din stația asta. E posibil să fi pierdut ce aveam mai important în viață: familia. Am fost înfrântă în lupta de căutare a fericirii, și asta nu numai că mă umilește, ci mă și împiedică să văd drumul înainte.

Dar soțul meu? Trebuie să am o discuție deschisă cu el diseară, să-i mărturisesc totul. Am impresia că asta mă va elibera, chiar dacă ar fi să sufăr consecințele. Am obosit să tot spun minciuni – lui, șefului, mie însămi.

Doar că nu vreau să mă gândesc la asta acum. Mai mult decât orice, gelozia îmi mistuie gândurile. Nu reușesc să mă ridic din stația asta de autobuz pentru că am descoperit că sunt legată cu lanțuri. Sunt grele și mi-e greu să le port după mine.

Oare îi face plăcere să asculte povești de infidelitate când este în pat cu bărbatul ei, el făcând aceleași lucruri pe care le făcea cu mine? Când a luat prezervativul de pe noptieră, în prima noastră zi împreună, ar fi trebuit să deduc că mai avea și alte amante. După felul cum m-a posedat, ar fi trebuit să știu că eram doar una dintr-un lung șir. De multe ori am plecat din hotelul acela blestemat cu senzația asta, spunându-mi că nu vreau să-l mai revăd – și conștientă că asta era încă una dintre minciunile mele și că, dacă va telefona, voi fi întotdeauna pregătită, la ora și în ziua când va voi.

Da, știam toate astea. Și încercam să mă conving că urmăresc doar sexul și aventura. Dar nu era adevărat. Azi înțeleg că, deși am negat asta în toate nopțile mele de insomnie și în zilele mele goale, eram îndrăgostită, da. Foarte îndrăgostită.

Nu știu ce să fac. Îmi imaginez – de fapt, am certitudinea – că persoanele căsătorite simt întotdeauna o atracție secretă pentru cineva. E un lucru interzis, și să flirtezi astfel e o transgresiune ce dă farmec vieții. Dar sunt rare persoanele care merg mai departe: una din șapte, cum spunea materialul pe care l-am citit în ziar. Și cred că doar una dintr-o sută e capabilă să se zăpăcească în așa hal încât să se lase purtată de fantezie cum am făcut eu. Pentru majoritatea, nu e decât o mică pasiune, ceva despre care se știe de la bun început că nu o să dureze mult. Un pic de emoție care face sexul mai plăcut și duce la declarații de „te iubesc" în momentul orgasmului. Nimic mai mult.

Dacă soțul meu și-ar găsi o amantă, eu cum aș reacționa? Aș fi radicală. Aș spune că viața e nedreaptă cu mine, că nu valorez nimic, îmbătrânesc, aș face scandal, aș plânge întruna de gelozie, care de fapt ar fi invidie – el reușește, și eu, nu. Aș pleca imediat trântind ușa și m-aș duce cu copiii la părinții mei. După două, trei luni m-aș căi, căutând vreo scuză ca să mă înapoiez și închipuindu-mi că și el își dorește asta. După patru luni aș fi deja înspăimântată că va trebui, poate, să iau totul de la început. În cinci luni aș face un gest prin care să-i cer să mă întorc, „pentru binele copiilor", dar ar fi prea târziu: el ar locui acum cu amanta, mult mai tânără și plină de energie, care a început să-i redea plăcerea vieții.

Sună telefonul. Șeful mă întreabă cum se simte copilul. Îi spun că sunt într-o stație de autobuz și nu aud bine, dar e totul în regulă, peste puțin timp ajung la ziar.

O persoană înspăimântată nu distinge niciodată realitatea. Preferă să se ascundă în fanteziile sale. Nu pot continua în starea asta mai mult de o oră, trebuie să-mi revin. Slujba mă așteaptă și poate că asta mă va ajuta.

Plec din stația de autobuz și mă îndrept spre mașină. Privesc frunzele veștede de pe caldarâm. Îmi spun că, la Paris, ele ar fi fost deja adunate. Dar suntem la Geneva, un oraș mult mai bogat, și ele încă mai sunt acolo.

Cândva frunzele astea au făcut parte dintr-un copac, care acum s-a retras și se pregătește pentru un sezon de repaus. Oare copacul a avut vreun sentiment de considerație pentru mantia aceea verde care îl acoperea, îl hrănea și îi permitea să respire? Nu. S-a gândit el la insectele care trăiau acolo și contribuiau la polenizarea florilor, menținând vie natura? Nu. Copacul se gândește numai la el: anumite lucruri, ca frunzele și gâzele, sunt îndepărtate la nevoie.

Sunt una dintre acele frunze de pe caldarâmul orașului, care au trăit crezându-se veșnice și au murit fără să știe exact de ce; care au iubit soarele și luna și mult timp au asistat la trecerea autobuzelor, tramvaielor zgomotoase, și nimeni n-a avut niciodată delicatețea să le atragă atenția că mai există și iarna. Ele au profitat la maximum, până ce într-o zi s-au îngălbenit iar copacul le-a spus adio.

N-a spus la revedere, ci adio, știind că ele nu se vor mai întoarce niciodată. Și a cerut ajutorul vântului ca să le desprindă de pe ramuri cât mai repede și să le poarte departe. Copacul știe că nu va putea crește decât dacă va reuși să se odihnească. Iar dacă va crește, va fi respectat. Și va putea face flori și mai frumoase.

Ajunge. Cea mai bună terapie pentru mine acum e munca, pentru că am plâns deja toate lacrimile pe care le aveam și m-am gândit la tot ce trebuia să mă gândesc. Chiar și așa, nu am reușit să mă eliberez de nimic.

Trec pe pilot automat, ajung pe străduța unde am lăsat mașina și dau peste unul dintre paznicii aceia în uniformă roșie și albastră scanând numărul de înmatriculare al automobilului cu un aparat.

— E vehiculul dumneavoastră?

Da.

El își vede mai departe de treabă. Nu spun nimic. Numărul de înmatriculare scanat a intrat deja în sistem, a fost trimis în centrală, va fi procesat și va genera o corespondență cu antetul discret al poliției pe ferestruica de celofan a plicurilor oficiale. Am treizeci de zile ca să plătesc cei 100 de franci, dar pot și să contest amenda și să cheltuiesc 500 de franci pe avocați.

— Ați depășit cu douăzeci de minte. Timpul maxim aici e o jumătate de oră.

Abia dau din cap. Văd că e surprins – nu-l implor să se oprească, promițând că n-am să mai fac asta niciodată, nici n-am alergat să-l întrerup când l-am văzut acolo. Nu am avut nici una dintre reacțiile cu care este deprins.

Din aparatul cu care a scanat numărul mașinii mele iese un bon, ca și cum am fi fost la un supermarket. Îl pune într-un plic de plastic (ca să-l protejeze de intemperii) și se îndreaptă spre parbriz ca să-l prindă sub ștergător. Apăs butonul cheii și luminile clipesc, indicând că portiera a fost deschisă.

El își dă seama de prostia pe care era gata să o facă, dar, ca și mine, era pe pilot automat. Sunetul portierelor descuiate îl trezește, atunci se apropie de mine și îmi întinde amenda.

Plecăm amândoi mulțumiți. El pentru că nu a trebuit să suporte reclamații; eu pentru că am primit puțin din ceea ce merit: o pedeapsă.

Nu știu – dar voi descoperi curând – dacă bărbatul meu se stăpânește la perfecție, sau dacă pur și simplu nu acordă nici cea mai mică importanță celor întâmplate.

Ajung acasă la ora cuvenită, după încă o zi de muncă în cursul căreia am pigulit subiectele cele mai comune din lume: antrenamentele piloților, surplusul de brazi de Crăciun pe piață, instalarea semafoarelor automate la nodurile de cale ferată. Asta mi-a produs o imensă bucurie, pentru că nu aveam condiția fizică și psihologică să mă gândesc prea mult.

Pregătesc cina ca și cum ar fi încă o seară oarecare printre miile pe care le-am trăit deja împreună. Stăm un timp la televizor. Copiii urcă mai întâi în camera lor, atrași de tablete și de jocurile în care ucid teroriști sau militari, depinde de zi.

Pun farfuriile în mașina de spălat vase. Soțul meu va încerca să culce copiii. Până acum am vorbit numai despre obligații. Nu pot să spun dacă a fost întotdeauna așa și eu eram cea care nu observam niciodată, sau dacă este deosebit de ciudat astăzi. Voi descoperi curând.

În timp ce el e sus, aprind șemineul pentru prima oară anul acesta: când privesc focul mă liniștesc. Îi voi dezvălui ceva ce-mi închipui că știe deja, dar am nevoie de toți aliații pe care îi pot avea. Destup și o sticlă cu vin. Pregătesc un platou cu diferite brânzeturi. Beau prima înghițitură și-mi pironesc ochii asupra flăcărilor. Nu mă simt neliniștită, nici nu mi-e frică. Ajunge cu viața asta dublă! Orice s-ar întâmpla astăzi, va fi mai bine pentru mine. Dacă va trebui să ia sfârșit căsnicia noastră, așa să fie: într-o zi de toamnă, înainte de Crăciun, privind șemineul și stând de vorbă ca niște persoane civilizate.

Coboară, vede gustarea pregătită și nu întreabă nimic. Doar se așază lângă mine pe canapea și rămâne și el cu ochii ațintiți în foc. Își bea vinul și mă pregătesc să-i mai torn, dar face un gest cu mâna, indicând că e suficient.

Fac un comentariu idiot: temperatura a coborât astăzi sub zero. Dă din cap că da.

După cum se vede, va trebui să am eu inițiativa.

Îmi pare rău pentru ce s-a întâmplat ieri-seară...

— N-a fost vina ta. Femeia aceea e foarte ciudată. Te rog, nu mă mai invita la asemenea întâlniri.

Vocea lui pare calmă. Dar toți învățăm, încă de copii, că înainte de cele mai mari furtuni vine un moment când vântul se oprește și totul dă impresia că e absolut normal.

Insist asupra subiectului. Marianne își manifesta gelozia ascunzându-se în spatele măștii de femeie cu idei avansate și liberală.

— E adevărat. Gelozia este sentimentul care ne avertizează: „poți pierde tot ce te-ai străduit atât de mult să obții". Ne orbește față de tot restul, față de ce trăim cu bucurie, față de momentele fericite și de legăturile create în acele momente. Cum de poate ura să șteargă toată istoria unei căsnicii?

Pregătește terenul ca să spun eu tot ce trebuie. Continuă:

— Toți avem zile în care spunem: „Păi viața mea nu se desfășoară exact așa cum îmi doream". Dar, dacă viața ne-ar întreba ce am făcut noi pentru ea, ce ai răspunde?

E o întrebare pentru mine?

— Nu. Mă întreb pe mine. Nimic nu se face fără efort. Trebuie să ai credință. Și, pentru asta, trebuie să doborâm barierele prejudecății, lucru care ne cere curaj. Ca să ai curaj, trebuie să-ți stăpânești frica. Și așa mai departe. Haide să ne împăcăm cu zilele pe care le avem. Să nu uităm că viața e de partea noastră. Și ea vrea să fie mai bună. Hai să o ajutăm!

Îmi mai torn vin în pahar. El mai pune lemne pe foc. Oare când voi avea curajul să-i mărturisesc?

Dar el nu pare dispus să mă lase să vorbesc.

— A visa nu e atât de simplu cum pare. Dimpotrivă. Poate fi periculos. Când visăm, punem în mișcare energii puternice și nu mai putem ascunde de noi înșine adevăratul sens al vieților noastre. Când visăm, facem și o alegere a prețului de plătit.

Acum. Cu cât voi întârzia mai mult, cu atât mai multă suferință ne voi provoca amândurora.

Ridic paharul, rostesc o urare și spun că există ceva care-mi apasă tare sufletul. Răspunde că am mai vorbit despre asta la restaurantul Le Valon, când mi-am deschis inima și i-am spus că mi-e teamă să nu fac o depresie. Îi răspund că nu la asta mă refer.

Mă întrerupe și își continuă raționamentul:

— Să alergăm după un vis are un preț. Poate să ne ceară să renunțăm la obiceiurile noastre, poate să ne facă să trecem prin dificultăți, poate să ne ducă la decepții... Totuși, oricât de scump ar fi, nu e atât de scump cât prețul plătit de cel care nu a trăit. Fiindcă persoana asta într-o zi o să privească în urma sa și-și va auzi inima spunând: „Mi-am irosit viața".

Nu-mi ușurezi situația. Să presupunem că ce am de spus nu-i o prostie, ci este ceva într-adevăr concret, adevărat, amenințător?

Râde.

— Mi-am controlat gelozia pe care o simt față de tine și sunt fericit pentru asta. Știi de ce? Fiindcă mereu trebuie să mă arăt demn de dragostea ta. Trebuie să lupt pentru căsnicia noastră, pentru uniunea noastră, și asta n-are nici o legătură cu copiii. Te iubesc. Aș suporta tot, absolut orice, ca să te am mereu lângă mine. Dar nu te pot împiedica să pleci într-o zi. Așadar, dacă va veni ziua aceea, vei fi liberă să pleci și să-ți cauți fericirea. Dragostea mea pentru tine e mai puternică decât orice și niciodată nu te-aș împiedica să fii fericită.

Mi se umplu ochii de lacrimi. Nu știu exact despre ce vorbește. Dacă e doar o conversație despre gelozie, sau dacă îmi transmite un mesaj.

— Nu mi-e teamă de singurătate, continuă. Mi-e mai teamă să trăiesc amăgindu-mă, văzând realitatea așa cum mi-ar plăcea să fie, și nu cum este cu-adevărat.

Mă ia de mână.

— Ești o binecuvântare pentru mine. Se poate să nu fiu cel mai bun soț din lume, fiindcă aproape niciodată nu-mi arăt sentimentele. Și știu că duci lipsă de asta. Știu și că, din cauza asta, poți să crezi că nu ești importantă pentru mine, poți să te simți nesigură, chestii din astea. Dar nu e așa. Trebuie să ne așezăm mai des în fața șemineului și să vorbim despre orice, dar nu despre gelozie. Pentru că asta nu mă interesează. Cine știe, nu ar fi bine să facem o călătorie amândoi, numai noi doi? Să petrecem Anul Nou în alt oraș sau într-un loc pe care îl știm deja?

Dar copiii?

— Sunt convins că bunicii ar fi încântați să aibă grijă de ei.

Și completează:

— Când iubești, trebuie să fii pregătit pentru orice. Fiindcă dragostea e ca un caleidoscop, din acelea de care aveam când eram copii. E în continuă mișcare și nu se repetă niciodată. Cine nu înțelege asta e condamnat să sufere pentru ceva care există numai ca să ne facă fericiți. Și știi ce-i mai rău? Persoanele ca femeia aceea, veșnic preocupate de ce gândesc ceilalți despre căsnicia lor. Pentru mine, asta nu contează. Singurul lucru care contează e ce gândești tu.

Îmi sprijin capul de umărul lui. Tot ce aveam de spus și-a pierdut importanța. El știe ce se întâmplă și reușește să înfrunte situația așa cum eu n-aș fi fost niciodată în stare.

— E simplu: din moment ce nu e ceva ilegal, să câștigi sau să pierzi bani pe piața financiară este permis.

Fostul magnat caută să-și mențină imaginea unuia dintre oamenii cei mai bogați din lume. Dar averea i s-a evaporat în mai puțin de un an, când marii finanțiști au descoperit că vindea iluzii. Încerc să mă arăt interesată de ce spune. În fond, eu i-am cerut șefului să renunțe la seria de materiale despre căutarea unor soluții la stres.

A trecut o săptămână de când am primit mesajul de la Jacob că stricasem tot. O săptămână de când am rătăcit plângând pe stradă, moment care în curând îmi va fi amintit din cauza unei amenzi de circulație. O săptămână de la discuția aceea cu soțul meu.

— Întotdeauna trebuie să știm cum să vindem o idee. În asta stă succesul oricui: să știe să vândă ce dorește, continuă fostul magnat.

Dragul meu, cu toată morga dumitale, cu aura dumitale de seriozitate și apartamentul din acest hotel de lux; cu toată priveliștea minunată și hainele impecabil croite de un croitor londonez, cu zâmbetul acesta și părul vopsit îngrijit lăsând câteva fire albe ca să dea impresia de „natural"; cu toată siguranța cu care vorbești și te miști, la un lucru mă pricep mai bine decât dumneata: să cauți să vinzi o idee nu este totul. Trebuie să găsești și pe cel care să o cumpere. Asta e valabil în afaceri, în politică și în amor.

Îmi închipui, dragul meu ex-milionar, că înțelegi despre ce îți vorbesc: dumneata ai grafice, asistenți, prezentări... dar oamenii vor rezultate.

Și dragostea cere rezultate, chiar dacă toți spun că nu, că ea se justifică prin sine însăși. Serios? Aș putea să mă plimb prin Grădina Engleză, cu haina mea de blană cumpărată de soțul meu când a fost în Rusia, privind peisajul de toamnă, zâmbind spre cer și spunând: „Iubesc, și asta e destul". Ar fi adevărat?

Evident că nu. Iubesc, dar în schimb vreau ceva concret – ținut de mână, sărutări, sex înfocat, un vis de împărtășit, posibilitatea de a întemeia o familie, de a-mi crește copiii, de a îmbătrâni lângă persoana iubită...

— Avem nevoie de un obiectiv foarte clar pentru fiecare pas pe care îl facem, explică figura jalnică din fața mea, cu un zâmbet aparent încrezător.

După câte văd, sunt din nou în pragul nebuniei. Sfârșesc prin a pune absolut tot ce aud sau citesc în legătură cu situația mea afectivă, inclusiv acest interviu plicticos cu un personaj insipid. Mă gândesc la asta 24 de ore pe zi – mergând pe stradă, gătind, sau irosind momente prețioase din existența mea ascultând lucruri care, în loc să mă amuze, mă împing și mai mult spre prăpastie.

— Optimismul e contagios...

Fostul magnat nu mai tace, sigur că mă va convinge, că voi publica asta în ziar și el își va începe mântuirea. E minunat să intervievezi asemenea persoane. N-ai nevoie decât să pui o întrebare, și ele vorbesc apoi o oră. Spre deosebire de discuțiile mele cu cubanezul, de astă dată nu sunt atentă nici măcar la un singur cuvânt. Reportofonul înregistrează și pe urmă o să reduc acest monolog la șase sute de cuvinte, echivalentul, mai mult sau mai puțin, a patru minute de convorbire.

— Optimismul e contagios, afirmă el.

Dacă ar fi așa, ar fi suficient să te duci la persoana iubită cu un zâmbet imens, plin de planuri și idei, și să știi cum să prezinți pachetul. Funcționează? Nu. Contagioasă propriu-zis e frica, spaima permanentă de a nu întâlni niciodată pe cineva care să ne însoțească până la sfârșitul zilelor noastre. Și în numele acestei frici suntem în stare să facem orice, să acceptăm persoana nepotrivită și să ne convingem că ea e cea potrivită, unica, cea pe care a așezat-o Dumnezeu pe drumul nostru. În foarte scurt timp căutarea siguranței se transformă în dragoste sinceră, lucrurile devin mai puțin amare și dificile, iar simțămintele noastre pot fi puse într-o cutie și împinse în fundul unui sertar din capul nostru, unde vor rămâne ascunse și invizibile pentru totdeauna.

— Se spune că sunt unul dintre bărbații cu cele mai bune relații din țara mea. Cunosc alți întreprinzători, oameni politici, industriași. Ceea ce se întâmplă cu întreprinderile mele e temporar. În curând veți asista la revenirea mea.

Și eu sunt o persoană cu bune relații, cunosc același tip de oameni pe care-i cunoaște și el. Dar nu vreau să-mi pregătesc revenirea. Vreau doar un deznodământ civilizat pentru una din aceste „relații".

Fiindcă lucrurile care nu se termină clar lasă întotdeauna o ușă deschisă, o posibilitate neexplorată, o șansă ca totul să redevină cum a fost înainte. Nu, nu sunt obișnuită cu așa ceva, deși cunosc multă lume care adoră asemenea situații.

Dar ce fac eu acum? Compar economia cu dragostea? Încerc să stabilesc relații între lumea financiară și lumea afectivă?

De o săptămână nu mai știu nimic de Jacob. Tot de o săptămână relația cu soțul meu a revenit la normal, după noaptea aceea din fața șemineului. Oare vom reuși să ne refacem căsnicia?

Până în primăvara aceasta eram o persoană normală. Într-o zi am descoperit că tot ce aveam ar putea să dispară de la o oră la alta și, în loc să reacționez ca o persoană inteligentă, am intrat în panică. Asta m-a dus la inerție. Apatie. Incapacitate de a reacționa și a mă schimba. Și după multe nopți fără somn, multe zile în care nu găseam nici o noimă vieții, am făcut exact de ce mă temeam mai mult: am pornit în sens opus, sfidând primejdia. Știu că nu sunt singura, oamenii au tendința să se autodistrugă. Întâmplător, sau pentru că viața voia să mă pună la încercare, am întâlnit pe cineva care m-a apucat de păr – atât în sens literal, cât și în sens figurat –, m-a scuturat, a îndepărtat praful care deja se așeza și m-a făcut să respir din nou.

Totul absolut fals. Tipul de fericire pe care cei dependenți de droguri trebuie să-l cunoască atunci când se droghează. Mai curând sau mai târziu efectul trece, iar disperarea devine și mai mare.

Fostul magnat începe să vorbească de bani. N-am întrebat nimic despre asta, dar el tot vorbește. Are o imensă nevoie să spună că nu e sărac, că-și poate menține stilul de viață timp de multe decenii.

Nu mai suport să stau acolo. Mulțumesc pentru interviu, închid reportofonul și mă duc să-mi iau haina.

— Ești liberă diseară? Putem să bem ceva și să mai vorbim, propune el.

Nu e prima dată că mi se întâmplă așa ceva. De fapt, e aproape o regulă cu mine. Sunt drăguță, inteligentă – deși Madame König nu admite asta – și m-am folosit deja de șarmul meu ca să determin unele persoane să-mi spună lucruri pe care în mod normal nu le-ar spune unor jurnaliști, avertizându-i întotdeauna că s-ar putea să public tot. Dar bărbații... ah, bărbații! Fac posibilul și imposibilul ca să-și ascundă fragilitățile și orice puștoaică de 18 ani reușește să-i manipuleze fără prea mult efort.

Mulțumesc pentru invitație și spun că am deja un program pentru seara asta. Sunt tentată să întreb cum a reacționat cea mai recentă dintre iubitele lui la valul de știri negative despre el și prăbușirea imperiului său. Dar îmi închipui că ziarul nu e interesat de așa ceva.

Ies, traversez strada până în Grădina Engleză, unde mi-am închipuit cu puțin timp în urmă că mă plimb. Merg până la o gelaterie de la colțul străzii 31 Decembrie. Îmi place numele acestei străzi, deoarece întotdeauna îmi amintește că, mai curând sau mai târziu, alt an se va sfârși, și voi face din nou mari planuri pentru anul următor.

Comand o înghețată de fistic cu ciocolată. Merg până pe chei, îmi mănânc înghețata privind spre simbolul Genevei, jetul de apă care țâșnește spre cer, creând o perdea de mici picături în fața mea. Niște turiști se apropie și fac fotografii, care vor ieși prost expuse. Nu ar fi mai simplu să cumpere o carte poștală?

Am vizitat multe monumente în lume. Bărbați importanți ale căror nume au fost deja uitate, dar care dăinuie călare pe vecie pe caii lor frumoși. Femei care întind coroane sau spade spre cer, simbolizând victorii care nu mai sunt pomenite nici în manualele școlare. Copii singuratici și fără nume, sculptați în piatră, cu inocența pierdută în timpul orelor și zilelor cât au fost obligați să pozeze pentru vreun artist al cărui nume istoria l-a șters de asemenea.

La sfârșit, cu mici excepții, nu statuile sunt ceea ce marchează orașul, ci lucrurile neașteptate. Când Eiffel a construit un turn de oțel pentru o expoziție, nici nu visa ca va sfârși prin a deveni simbolul Parisului – detronând Luvrul, Arcul de Triumf, impunătoarele grădini. Un măr reprezintă New Yorkul. Un pod nu foarte frecventat e simbolul orașului San Francisco. Altul, peste Tejo, figurează pe cărțile poștale ale Lisabonei. Barcelona are drept monument emblematic o catedrală neterminată.

Așa e și cu Geneva. În acest punct fluviul Ron intră în lacul Leman, provocând un curent de ape foarte puternic. Ca să profităm de forța apei (suntem maeștri ai profitului) am construit o hidrocentrală, dar, când muncitorii se duceau acasă și închideau valvele, presiunea era atât de mare, încât turbinele au explodat la un moment dat.

Până când un inginer a avut ideea să pună o fântână arteziană acolo, permițând eliminarea excesului de apă.

Cu timpul, ingineria a soluționat problema și fântâna nu a mai fost necesară. Dar locuitorii Genevei au decis prin referendum să o mențină. Orașul avea deja multe fântâni, iar asta era în mijlocul unui lac. Cum putea deveni mai vizibilă?

Așa s-a născut monumentul schimbător. S-au instalat pompe puternice și astăzi el e un jet foarte înalt din care țâșnesc 500 de litri de apă pe secundă, cu o viteză de 200 de kilometri pe oră. Se spune, și pot să confirm, că e vizibil și din avion, de la 10 000 de metri înălțime. Nu are o denumire anume; se numește chiar Jet d'Eau, „Jetul de

Apă", și e simbolul orașului – în pofida statuilor cu bărbați călare, femei eroice, copii singuratici.

Odată am întrebat-o pe Denise, o femeie de știință elvețiancă, ce părere are despre Jet d'Eau.

— Corpul nostru e format aproape numai din apă, străbătută de descărcări electrice care comunică informații. Una dintre aceste informații se numește dragoste și poate afecta tot organismul. Dragostea se schimbă tot timpul. Cred că simbolul Genevei e cel mai frumos monument ridicat dragostei creat de mâna omului, fiindcă nici el nu este niciodată la fel.

Îmi iau mobilul și sun la cabinetul lui Jacob. Da, l-aș putea suna la numărul personal, dar nu vreau. Vorbesc cu asistentul și anunț că o să trec pe acolo.

Asistentul mă cunoaște. Mă roagă să nu închid și îmi va confirma imediat. După un minut revine și-și cere scuze, dar agenda este plină, cine știe, poate la începutul anului viitor? Spun că nu, trebuie să-l întâlnesc acum; e o problemă urgentă.

„Problema urgentă" nu deschide întotdeauna multe uși, dar în cazul acesta sunt sigură că am șanse mari. De astă dată asistentul întârzie două minute. Întreabă dacă poate fi la începutul săptămânii viitoare. Îi spun că voi fi acolo în douăzeci de minute,

Mulțumesc și închid.

Jacob mă roagă să mă îmbrac imediat – în fond cabinetul lui e un spațiu public, susținut din bani publici și, dacă s-ar descoperi, ar putea merge la închisoare. Studiez cu atenție pereții acoperiți cu lambriuri sculptate și frumoasele fresce de pe plafon. Rămân culcată, goală pușcă, pe canapeaua de piele destul de uzată.

El devine tot mai nervos. E în costum și cu cravată, privindu-și ceasul, neliniștit. Pauza de prânz s-a terminat. Secretarul particular s-a înapoiat deja; a bătut discret la ușă, a auzit drept răspuns „sunt în ședință" și n-a insistat. De atunci au trecut deja patruzeci de minute – măturând astfel câteva audiențe și întâlniri care vor trebui reprogramate.

Când am sosit, m-a salutat cu trei săruturi pe obraz și mi-a arătat, într-o manieră formală, scaunul din fața biroului. Nu am avut nevoie de intuiția mea feminină ca să observ cât era de speriat. Care e motivul acestei întâlniri? Nu înțeleg că are agenda foarte încărcată, fiindcă în curând va începe sesiunea parlamentară și trebuie să rezolve diverse chestiuni importante? Nu am citit mesajul pe care mi l-a trimis, că soția lui se convinsese acum că a existat ceva între noi? Trebuie să așteptăm un timp, să lăsăm apele să se liniștească înainte de a ne întâlni iar.

— Bineînțeles că am negat tot. M-am prefăcut că sunt profund șocat de insinuările ei. I-am spus că demnitatea mea a fost ofensată. Că m-am săturat de bănuielile astea și că poate să întrebe pe cine vrea despre comportamentul meu. N-a spus chiar ea că gelozia e un semn de inferioritate? Am făcut tot ce am putut, dar ea s-a limitat să răspundă: „Nu mai face pe prostul. Nu-ți reproșez nimic, doar îți spun că am descoperit de ce erai atât de drăguț și atent în ultimul timp". A fost...

Nu l-am lăsat să-și termine fraza. M-am sculat și l-am luat de guler. A crezut că vreau să-l pocnesc. Dar în schimb l-am sărutat lung. Jacob era lipsit de reacție, fiindcă-și imaginase că venisem să fac scandal. Dar am continuat să-l sărut pe gură, pe gât, în timp ce-i deznodam cravata.

M-a împins. I-am dat o palmă pe obraz.

— Trebuie doar să încui ușa înainte. Și mie mi-era dor.

A traversat biroul frumos decorat, cu mobile din secolul al XIX-lea, a încuiat cu cheia și, când s-a întors, mă dezbrăcasem deja – rămăsesem doar în chiloți.

În timp ce-și smulgea hainele, a început să-mi sugă sfârcurile. Am gemut de plăcere, el mi-a astupat gura cu palma, dar mi-am tras capul și am continuat să gem încetișor.

Și reputația mea este în joc, cum poți să-ți închipui. Nu-ți face griji.

A fost singurul moment când ne-am oprit și am spus ceva. Pe urmă am îngenuncheat și am început să-l sug. Din nou el m-a ținut de păr, impunând ritmul – mai repede, tot mai repede. Dar eu nu voiam să juiseze în gura mea. L-am împins și m-am dus spre canapeaua de piele, unde m-am culcat, cu picioarele desfăcute. El s-a aplecat și a început să-mi lingă sexul. Când am avut primul orgasm, mi-am mușcat mâna ca să nu țip. Unda de plăcere părea să nu se mai termine și eu continuam să-mi mușc mâna.

Atunci i-am pronunțat numele, i-am spus să intre în mine și să facă tot ce are chef. M-a penetrat, m-a apucat de umeri și m-a scuturat ca un sălbatic. Mi-a ridicat picioarele ca să poată intra mai adânc. Întețise ritmul, dar i-am poruncit să nu juiseze încă. Îmi trebuia mai mult și mai mult și mai mult.

M-a tras pe podea, în patru labe ca un câine, m-a lovit și m-a penetrat iar, în timp ce eu smuceam din șolduri. După gemetele lui înăbușite am înțeles că e gata să juiseze, că nu se mai poate controla. L-am făcut să iasă din mine, m-am întors și i-am cerut să intre din nou, cu ochii în ochii mei, spunând cuvintele obscene pe care ne plăcea să ni le spunem unul altuia de câte ori făceam dragoste. I-am spus lucrurile cele mai ordinare pe care le poate spune o femeie unui bărbat. El îmi rostea numele încetișor, rugându-mă să-i spun că-l iubesc. Dar eu nu vorbeam decât obscenități și îi ceream să mă trateze ca pe o prostituată, o oarecare, să mă folosească drept sclavă, cineva care nu merită respect.

Corpul meu era înfiorat tot. Plăcerea venea în valuri. Am juisat încă o dată, și încă o dată, în timp ce el se controla ca să prelungească actul. Corpurile noastre se loveau cu violență, iar el nu se mai sinchisea că zgomotele surde ar putea fi auzite de cineva din spatele ușii.

Cu ochii în ochii lui și auzindu-l cum îmi repetă numele la fiecare mișcare, am înțeles că va juisa, și nu își pusese prezervativ. Din nou m-am mișcat, făcându-l să iasă din mine și i-am cerut să juiseze pe fața mea, în gura mea, și să spună că mă iubește.

Jacob a făcut exact ce i-am cerut, în timp ce mă masturbam și juisam odată cu el. Apoi m-a îmbrățișat, și-a sprijinit capul pe umărul meu, mi-a șters colțurile gurii cu mâinile, și a spus din nou, de multe ori, că mă iubește și că i-a fost foarte dor de mine.

Dar acum mă roagă să mă îmbrac, iar eu nu mă clintesc. A redevenit bărbatul respectabil pe care îl admiră alegătorii. Simte că e ceva la mijloc, dar nu știe ce este. Începe să înțeleagă că nu sunt acolo doar pentru că e un amant minunat.

— Ce vrei de fapt?

Să pun punct. Să termin, oricât mi-ar sfâșia asta inima și m-ar lăsa răvășită emoțional. Să mă uit în ochii lui și să-i spun că s-a isprăvit. Niciodată, de-acum încolo.

Ultima săptămână a fost insuportabilă. Am plâns lacrimile pe care nu le mai aveam și m-am văzut în închipuirea mea transportată în campusul universitar, unde lucrează soția lui, și internată cu forța în ospiciul de acolo. Am descoperit că eșuasem în toate, cu excepția slujbei și a rolului de mamă. Am fost la un pas de viață și de moarte în fiecare minut, visând la tot ce aș fi putut trăi cu el, dacă am mai fi fost doi adolescenți privindu-și împreună viitorul, ca și cum ar fi prima oară. Dar a venit un moment când am înțeles că ajunsesem la limita disperării, nu mă puteam afunda mai mult, iar când priveam în sus, vedeam întinsă o singură mână: a soțului meu.

Și el trebuie să fi avut bănuieli, dar dragostea lui a fost mai puternică. Am încercat să fiu cinstită, să-i povestesc tot și să-mi iau povara din spate, dar n-a fost nevoie. M-a făcut să văd că, indiferent de alegerile pe care le-aș face în viață, va fi mereu lângă mine și prin asta mi-a ușurat povara.

Am înțeles că mă învinovățeam de lucruri pentru care el nu mă condamna și nici nu mă culpabiliza. Îmi spuneam singură: „Nu sunt demnă de omul ăsta, el habar nu are cine sunt".

Dar știe, da. Și asta îmi permite să-mi regăsesc respectul față de mine. Pentru că dacă un bărbat ca el, care nu ar avea nici o dificultate să-și găsească o amantă a doua zi după despărțire, vrea să rămână lângă mine chiar și așa e pentru că valorez ceva; valorez mult.

Am descoperit că puteam din nou să mă culc lângă el fără să mă simt spurcată sau să mă gândesc că îl înșel. M-am simțit iubită și mi-am spus că merit această iubire.

Mă scol, îmi adun lucrurile și mă duc în baia sa particulară. Știe că e ultima oară când mă vede goală.

Am un lung proces de vindecare în față, continui când mă întorc în cabinet. Îmi închipui că simți același lucru, dar sunt sigură că tot ce vrea Marianne e ca aventura asta să se termine, ca să te poată îmbrățișa din nou cu aceeași dragoste și aceeași încredere ca înainte.

— Da, dar ea nu-mi spune nimic. A înțeles ce se întâmplă și s-a închis încă și mai mult în sine. Niciodată nu a fost tandră, iar acum pare un automat, dedicându-se muncii mai mult ca niciodată. E modul ei de a evada.

Îmi potrivesc fusta, îmi pun pantofii, scot un pachet din geantă și-l pun pe masa lui.

— Ce-i asta?

Cocaină.

— Nu știam că tu...

Nu trebuie să știe nimic, îmi spun. Nu trebuie să știe până unde eram dispusă să merg ca să lupt pentru bărbatul de care eram atât de îndrăgostită. Pasiunea mai există încă, dar flacără scade cu fiecare zi. Știu că se va stinge complet până la urmă. Orice ruptură e dureroasă și pot simți durerea asta în fiecare fibră a corpului. E ultima dată când îl văd singur. Ne vom mai întâlni la petreceri sau cocteiluri, la alegeri și interviuri, dar nu vom mai fi niciodată așa cum am fost astăzi. A fost perfect că am făcut dragoste în felul acesta și că terminăm așa cum am început: dăruiți cu totul unul altuia. Știam că e ultima oară; el, nu, dar nu putea spune nimic.

— Ce trebuie să fac cu asta?

Arunc-o. M-a costat o mică avere, dar arunc-o. Așa mă eliberezi de viciu.

Nu explic de ce viciu anume vorbesc. Are un nume: Jacob König.

Îi văd expresia de uimire și zâmbesc. Mă despart cu trei sărutări pe obraz și ies. În anticameră, mă întorc spre asistentul lui și-i fac semn. Își ferește privirea, se preface atent la un teanc de hîrtii și abia murmură un salut.

În stradă, îl sun pe soțul meu și-i spun că prefer să fac revelionul acasă, cu copiii. Dacă vrea să facem o călătorie, atunci să fie de Crăciun.

— Vrei să ieșim la plimbare înainte de masă?

Dau din cap, dar nu mă mișc din loc. Mă uit fix spre parcul dinaintea hotelului și, dincolo de el, spre Jungfrau, veșnic înzăpezit, luminat de soarele după-amiezii.

Creierul uman e fascinant: uităm un miros până îl simțim iar, ștergem o voce din memorie până o auzim din nou, și chiar și emoțiile care păreau pierdute pentru totdeauna pot fi trezite când revenim în același loc.

Călătoresc înapoi în timp, spre zilele când am fost la Interlaken pentru prima oară. Atunci ne-am cazat într-un hotel ieftin, am mers de la un lac la altul de mai multe ori, și de fiecare dată păream fi descoperit un drum nou. Soțul meu urma să participe la maratonul nebunesc al cărui traseu trece prin munți. Eu eram mândră de spiritul lui de aventură, de dorința lui de a realiza imposibilul, de a cere tot mai mult de la corpul său.

Nu era singurul scrântit care făcea asta: veneau oameni din toate colțurile lumii, hotelurile erau pline, iar persoanele fraternizau împreună în numeroasele baruri și restaurante din orășelul de cinci mii de locuitori. N-am idee cum arată Interlaken iarna, dar de la fereastra mea pare mai gol, mai distant.

De astă dată ne-am cazat la cel mai bun hotel. Avem un apartament frumos. Pe masă se află o carte de vizită a directorului, un mesaj de bun venit și o sticlă de șampanie, pe care am golit-o imediat.

Mă cheamă. Revin la realitate și coborâm ca să ne plimbăm puțin pe străzi înainte de căderea nopții.

Dacă mă va întreba dacă e totul în regulă, voi minți, pentru că nu pot să-i stric buna dispoziție. Adevărul e însă că rănile din inima mea se vindecă greu. Își amintește banca pe care ne-am așezat ca să ne bem cafeaua într-o dimineață și am fost abordați de o pereche de hipioți străini care ne-au cerut bani. Trecem prin fața unei biserici, bat clopotele, el mă sărută și-i răspund la sărut, făcând tot posibilul ca să ascund ce simt.

Nu mergem ținându-ne de mână din cauza frigului – mănușile mă enervează. Ne oprim într-un bar simpatic și bem ceva. Mergem până la gară. El cumpără același suvenir ca data trecută – o brichetă cu simbolul orașului. Pe atunci fuma și participa la maratonuri.

Azi nu mai fumează și constată că-și pierde suflul pe zi ce trece. Mereu gâfâie când mergem mai repede și, deși a încercat să se controleze, am observat că a obosit mai tare decât era firesc atunci când am alergat pe malul lacului, la Nyon.

Telefonul meu vibrează. Îmi trebuie o eternitate până îl găsesc în geantă. Când reușesc, persoana a închis. Pe ecran văd că era prietena mea, cea care a avut depresie și, grație medicamentelor, azi este din nou un om fericit.

— Dacă vrei să suni înapoi, nu mă deranjează.

De ce să sun înapoi? Nu e bucuros de compania mea? Vrea să fie întrerupt de persoane care nu au nimic de făcut decât să petreacă ore întregi la telefon, vorbind nimicuri?

Și el se enervează pe mine. Poate că e efectul sticlei de șampanie la care se adaugă cele două pahare de aquavit pe care tocmai le-am băut? Enervarea lui mă calmează și mă face să mă simt mai în largul meu: merg alături de o ființă umană, cu emoții și sentimente.

Ce ciudat e Interlaken fără maraton, comentez. Pare un oraș fantomă.

— Pe aici nu sunt pârtii de schi.

Nici nu ar putea să fie. Suntem în mijlocul unei văi, cu munți foarte înalți de ambele laturi și lacurile la extremități.

Mai cere două pahare de gin. Propun să schimbăm barul, dar el e decis să combată frigul cu băutura. N-am mai făcut asta de mult timp.

— Știu că au trecut doar zece ani, dar când am fost aici prima dată eram tânăr. Aveam ambiții, îmi plăceau spațiile deschise și nu mi-era teamă de necunoscut. M-oi fi schimbat mult?

Ai abia 30 de ani. Asta s-o fi numind oare bătrân?

Nu răspunde. Dă paharul peste cap și rămâne cu ochii în gol. Nu mai e soțul perfect și, oricât ar părea de incredibil, asta mă bucură.

Plecăm din bar și ne înapoiem la hotel. Pe drum dăm peste un restaurant frumos și fermecător, dar am rezervat deja loc în altă parte. E încă foarte devreme – un aviz informează că cina începe să fie servită abia la șapte seara.

— Hai să mai bem un gin.

Cine e bărbatul ăsta de lângă mine? Oare Interlaken i-a trezit amintiri vechi și s-a deschis cutia terorii?

Nu spun nimic. Și începe să-mi fie frică.

Îl întreb dacă vrea să anulăm rezervarea de la restaurantul italian și să luăm cina chiar aici.

— Nu contează.

Nu contează? Oare el simte acum pe pielea lui tot prin ce am trecut eu când mă consideram deprimată?

Pentru mine nu există „nu contează". Vreau să merg la restaurantul unde am rezervat masa. Cel în care am schimbat între noi jurăminte de dragoste.

— Călătoria asta a fost o idee foarte proastă. Vreau să mă întorc mâine. Aveam cele mai bune intenții: să retrăim din nou zorile iubirii noastre. Dar este cu putință? Sigur că nu. Suntem maturi. Acum trăim sub o presiune care nu exista înainte. Trebuie să ne asigurăm resursele fundamentale de educație, sănătate, hrană. Căutăm să ne distrăm la sfârșiturile de săptămână pentru că asta face toată lumea și, cum n-avem chef să plecăm de acasă, credem că e ceva în neregulă cu noi.

Eu n-am niciodată chef. Prefer să stau fără să fac nimic.

— Și eu. Dar copiii? Ei vor altceva. Nu-i putem lăsa în fața calculatoarelor. Sunt prea mici pentru asta. Atunci ne forțăm să-i ducem undeva, facem același lucru pe care-l făceau părinții cu noi, și-l făceau bunicii noștri cu părinții. O viață *normală.* Suntem o familie bine structurată din punct de vedere emoțional. Dacă unul dintre noi are nevoie de ajutor, celălalt e întotdeauna gata să facă tot posibilul și imposibilul.

Înțeleg. Călătorind într-un loc plin de amintiri, de exemplu.

Încă un pahar cu gin. Rămâne un timp tăcut, înainte de a răspunde la comentariul meu.

— Chiar așa. Dar crezi că amintirile pot umple prezentul? Ba dimpotrivă: ele mă sufocă. Descopăr că nu mai sunt același om. Până am ajuns aici și am băut sticla aceea de șampanie, totul era în regulă. Acum îmi dau seama că sunt departe de a trăi cum visam când am vizitat Interlaken pentru prima oară.

Și ce visai?

— O prostie. Dar ăsta era visul meu. Și aș fi putut să-l realizez.

Dar ce era?

— Să vând tot ce aveam pe vremea aceea, să cumpăr o ambarcațiune și să parcurg lumea cu tine. Tata ar fi fost furios că nu-i urmam exemplul, dar asta n-ar fi avut nici cea mai mică importanță. Ne-am fi oprit prin porturi, făcând munci temporare care să ne ofere suficient ca să mergem mai departe, și, de îndată ce am fi adunat banii necesari, am fi pornit din nou. Să fim cu oameni pe care nu i-am văzut niciodată și să descoperim locuri care nu figurează în ghidurile turistice. Aventură. Singura mea dorință era *a-ven-tu-ra*.

Mai cere un pahar cu gin și-l bea cu o repeziciune cum n-am mai văzut. Eu nu mai beau, pentru că deja mi s-a făcut greață; n-am mâncat nimic. Mi-ar plăcea să-i spun că, dacă și-ar fi realizat visul, aș fi fost femeia cea mai fericită din lume. Dar mai bine tac, fiindcă altfel s-ar simți mai rău.

— Pe urmă a venit primul copil.

Și ce dacă? Probabil că există milioane de perechi cu copii care fac exact ce ai sugerat tu.

Rămâne puțin pe gânduri.

— Milioane, n-aș spune. Poate mii.

Ochii i se schimbă; nu mai reflectă agresivitate, ci tristețe.

— Sunt momente când ne oprim ca să analizăm totul: trecutul și prezentul. Ce am învățat și când am greșit. Întotdeauna mi-a fost teamă de momentele astea. Reușesc să le înșel, afirmând că am făcut cele mai bune alegeri, dar că ele cer puțin sacrificiu din partea mea. Nimic grav.

Îi propun să mai ieșim puțin. Ochii lui încep să arate ciudat, și-au pierdut strălucirea.

Lovește cu pumnul în masă. Femeia de la restaurant se uită speriată și-i cer încă un pahar cu gin pentru mine. Mă refuză. Trebuie să închidă barul pentru că peste puțin timp se deschide restaurantul. Și aduce nota de plată.

Îmi închipui că soțul meu va reacționa. Dar își scoate doar portofelul și aruncă o bancnotă pe tejghea. Mă ia de mână și ieșim în frig.

— Mă tem că dacă am să mă gândesc mult la tot ce ar fi putut să fie și n-a fost o să intru într-o gaură neagră...

Cunosc senzația asta. Am discutat despre ea la restaurant, când mi-am deschis sufletul în fața ta.

El pare să nu mă audă.

— ...iar în adâncul ei am să dau peste o voce spunându-mi: nimic din toate astea nu are rost. Universul există de miliarde de ani, va continua să existe după ce murim. Trăim pe o părticică microscopică dintr-un mister gigantic, continuăm să rămânem fără răspuns la întrebările noastre din copilărie: există viață pe altă planetă? Dacă Dumnezeu e bun, de ce permite suferința și durerea celorlalți? Chestii din astea. Și ce-i mai rău: timpul continuă să treacă. De multe ori, fără nici un motiv aparent, simt o spaimă imensă. Uneori se întâmplă când sunt la lucru, în mașină, când culc copiii. Îi privesc cu duioșie și teamă: ce se va întâmpla cu ei? Trăim într-o țară care ne dă siguranță și liniște, dar viitorul?

Da, înțeleg. Îmi închipui că nu suntem singurii care gândesc așa.

— Pe urmă te văd pregătind micul dejun sau cina și din când în când mă gândesc că peste vreo cincizeci de ani, sau chiar mai puțin, unul dintre noi va dormi singur în pat, plângând noapte de noapte pentru că am fost fericiți cândva. Copiii vor fi departe, mari. Acela dintre noi care a supraviețuit va fi bolnav și va avea mereu nevoie de ajutorul unor străini.

Tace și mergem o vreme în tăcere. Trecem pe lângă o placă pe care e anunțată petrecerea revelionului. El îi dă un șut. Doi, trei trecători se uită la noi.

— Iartă-mă. Nu voiam să spun toate astea. Te-am adus aici ca să te simți mai bine, fără presiunile pe care le suportăm zilnic. E de la băutură.

Sunt îngrozită.

Trecem pe lângă un grup de fete și băieți prinși într-o conversație însuflețită printre multe cutii de bere goale răspândite în jurul lor. Soțul meu, în general serios și timid, se apropie și îi invită să mai bea puțin.

Tinerii îl privesc speriați. Le cer scuze, dau de înțeles că suntem amândoi beți și orice picătură în plus ar putea provoca o catastrofă. Îl apuc de braț și mergem mai departe.

De cât timp n-am mai făcut asta! Întotdeauna el era protectorul, cel care ajuta, care rezolva problemele. Azi eu sunt cea care nu-l lasă să alunece și să cadă. Dispoziția i s-a schimbat iar, acum cântă o melodie pe care n-am auzit-o niciodată – o fi un cântec tipic pentru regiunea aceea.

Când ne apropiem de biserică, clopotele bat din nou.

E semn bun, spun.

— Aud clopotele, ele vorbesc de Dumnezeu. Dar oare Dumnezeu ne aude? Abia am trecut de treizeci de ani și nu mai găsim nici o noimă vieții. Dacă nu ar fi copiii, ce rost ar avea toate astea?

Mă pregătesc să spun ceva. Dar nu am un răspuns. Ajungem la restaurantul unde am schimbat primele jurăminte de dragoste și urmează o cină deprimantă, la lumina lumânărilor, într-unul din orașele cele mai frumoase și mai scumpe ale Elveției.

Când mă trezesc, s-a luminat deja. Am dormit un somn fără vise și nu m-am trezit în toiul nopții. Mă uit la ceas: e nouă dimineața.

Soțul meu doarme. Mă duc la baie, mă spăl pe dinți, cer micul dejun pentru amândoi. Îmi pun halatul și mă duc să mă uit la geam așteptând micul dejun.

În acest moment observ ceva: cerul e plin de parapante! Oamenii aterizează în parcul din fața hotelului. Începători, majoritatea nu sunt singuri, ci au un instructor în spate, care-i pilotează.

Cum de pot face o asemenea nebunie? Oare am ajuns la un punct când riscarea vieții e singurul lucru care ne eliberează de plictis?

Altă parapantă aterizează. Și încă una. Prietenii filmează tot, zâmbind veseli. Îmi închipui cum trebuie să fie priveliștea de acolo, de sus, fiindcă munții care ne înconjoară sunt foarte, foarte înalți.

Deși îi invidiez foarte tare, n-aș avea niciodată curajul să sar.

Sună la ușă. Chelnerul intră cu un platou de argint, o vază cu trandafiri, cafea (pentru soțul meu), ceai (pentru mine), croasanți, pâine prăjită caldă, pâine de secară, gem, ouă, suc de portocale, ziarul local și toate celelalte lucruri care ne fac fericiți.

Îl trezesc cu un sărut. Nu-mi amintesc când am făcut asta ultima oară. El se sperie, dar pe urmă surâde. Ne așezăm la masă și savurăm bunătățile din fața noastră. Vorbim puțin despre beția de ieri.

— Cred că aveam nevoie de asta. Dar nu-mi lua comentariile foarte în serios. Când explodează un balon, sperie pe toată lumea, dar nu-i decât un balon care a explodat. Inofensiv.

Îmi vine să-i spun că m-am simțit foarte bine descoperindu-i toate slăbiciunile, dar zâmbesc și continui să-mi mănânc croasantul.

Observă și el parapantele. Îi strălucesc ochii. Ne îmbrăcăm și coborâm ca să profităm de dimineață.

Mergem direct la recepție. Spune că vom pleca astăzi, cere să ni se aducă valizele și achită nota de plată.

Ești sigur? Nu putem rămâne până mâine de dimineață?

— Sunt sigur. Noaptea de ieri mi-a ajuns ca să înțeleg că e imposibil să te întorci în timp.

Mergem spre ușă, traversând holul lung cu tavan de sticlă. Am citit într-o broșură că înainte exista aici o stradă; acum au unit cele două clădiri care erau pe trotuare opuse. După cum se vede, turismul prosperă aici, chiar dacă nu există pârtii de schi.

Dar, în loc să iasă pe ușă, o ia spre stânga și i se adresează portarului.

— Cum putem sări?

Putem? N-am nici cea mai mică intenție să fac asta.

Portarul îi întinde o broșură. Scrie totul acolo.

— Și cum ajungem sus?

Portarul spune că nu trebuie să mergem până acolo. Drumul e foarte complicat. Ajunge să fixăm ora și vin ei să ne caute la hotel.

Nu e foarte periculos? Să sari în gol, între două lanțuri muntoase, fără să mai fi făcut asta niciodată? Cine sunt responsabilii? Există un control al guvernului asupra instructorilor și echipamentelor?

— Doamnă, lucrez aici de zece ani. Sar cel puțin o dată pe an. Niciodată n-am văzut un accident.

Zâmbește. Trebuie să fi repetat cuvintele astea de mii de ori în cei zece ani.

— Mergem?

Ceee? De ce nu mergi singur?

— Pot să merg singur, bineînțeles. Tu mă aștepți aici jos cu aparatul de fotografiat. Dar trebuie și vreau să am experiența asta în viață. Întotdeauna m-a înspăimântat. Chiar ieri am vorbit despre momentul când totul se așază pe osii și nu ne mai testăm limitele. A fost o noapte foarte tristă pentru mine.

Știu.

Îl roagă pe portar să fixeze o oră.

— Acum de dimineață sau după-amiază, când veți putea vedea apusul soarelui reflectat pe zăpada din jur?

Acum, răspund.

— O persoană sau două?

Două, dacă e acum. Dacă n-am să am șansa de a mă gândi la ce fac. Dacă n-o să am timp să deschid cutia din care o să iasă demonii ca să mă sperie – frică de înălțime, de necunoscut, de moarte, de senzațiile-limită. Acum ori niciodată.

— Puteți alege între douăzeci de minute, jumătate de oră și o oră.

Există și zboruri de zece minute?

Nu.

— Vreți să săriți de la 1 350 sau de la 1 800 de metri?

Încep deja să dau înapoi. N-aveam nevoie de toate informațiile astea. Bineînțeles că vreau săritura cea mai joasă posibil.

— Iubito, n-are nici un sens. Sunt sigur că nu sa va întâmpla nimic, dar, dacă s-ar întâmpla, pericolul e același. O cădere de la 21 de metri, adică de la etajul șapte al unei clădiri, ar avea aceleași consecințe.

Portarul râde. Râd și eu ca să-mi ascund emoția. Ce naivă am fost ca să-mi închipui că niște prăpădiți de 500 de metri ar face o diferență.

Portarul ia telefonul și vorbește cu cineva.

— N-are loc decât pentru sărituri de la 1350 de metri.

Mai absurdă decât frica pe care am simțit-o înainte e ușurarea care mă inundă acum. Ah, ce bine!

Mașina va fi la poarta hotelului în zece minute.

Sunt în fața prăpastiei cu soțul meu și încă vreo cinci, șase persoane, așteptându-mi rândul. Pe drumul până aici sus m-am gândit la copiii mei, care ar putea să-și piardă părinții... Atunci mi-am dat seama de ce nu vom sări împreună...

Ne punem echipamentul special și căștile. De ce casca? Pentru ca să alunec peste o mie de metri până jos cu craniul intact, în caz că mă lovesc de o stâncă?

— Casca e obligatorie.

Perfect. Îmi pun casca – la fel cu a cicliștilor care bântuie străzile Genevei. Nimic mai stupid, dar n-am să discut.

Mă uit în față: între noi și prăpastie mai există o pantă acoperită cu zăpadă. Pot întrerupe zborul din prima secundă, coborâm acolo și urcăm pe jos. Nu sunt obligată să merg până la capăt.

Niciodată nu mi-a fost frică de avioane. Ele au făcut parte dintotdeauna din viața mea. Doar că, atunci când suntem într-un avion, nu ne trece prin gând că e exact același lucru ca săritura cu parapanta. Singura diferență este că acel cocon de metal pare un scut și ne dă senzația că suntem protejați. Atâta tot.

Atâta tot? Cu slabele mele cunoștințe despre legile aerodinamicii, îmi închipui că da.

Trebuie să mă conving. Am nevoie de un argument mai bun.

Iată argumentul mai bun: avionul e de metal. Foarte greu. Și transportă multe valize, persoane, echipamente, tone de combustibil inflamabil. Parapanta, în schimb, este ușoară, coboară cu vântul, ascultă de legile naturii, ca o frunză ce cade din copac. Are mult mai mult sens.

— Vreți să săriți prima?

Da, vreau. Pentru că, dacă mi se întâmplă ceva, vei ști să te ocupi de copiii noștri. În plus, ai să te simți vinovat pe tot restul vieții că ai avut ideea asta nesăbuită. Voi fi amintită drept tovarășa ta de drum, mereu alături de bărbatul ei în clipele de durere și în bucurie, în aventură și în rutină.

— Suntem gata, doamnă.

Păi cum, dumneata ești instructorul? Nu ești prea tânăr pentru asta? Aș prefera să merg cu șeful vostru, fiindcă e prima oară.

— Sar de când am vârsta permisă, 16 ani. Am sărit nu numai de aici, ci și din diferite locuri din lume, de cinci ani. Nu vă faceți griji, doamnă.

Tonul lui condescendent mă irită. Cei mai bătrâni și temerile lor ar trebuie să fie respectați. În plus, probabil că le spune asta tuturor.

— Amintiți-vă de instrucțiuni. Iar când vom începe să alergăm, să nu vă opriți. Lăsați-mă pe mine să mă ocup de tot.

Instrucțiuni. Parcă am fi familiarizați cu toate astea, când de fapt ne-a zis doar că riscul cel mai mare e să vrem să ne oprim la mijloc. Și că, atunci când vom ajunge la sol, trebuie să continuăm să alergăm până vom simți că picioarele ni s-au înfipt bine în pământ.

Visul meu: picioarele pe pământ. Mă duc la soțul meu și-l rog să fie ultimul care sare, ca să aibă timp să vadă ce s-a întâmplat cu mine.

— Vreți să luați aparatul de fotografiat? întreabă instructorul.

Aparatul poate fi prins pe vârful unui baston din aluminiu de circa 60 de centimetri. Nu, nu vreau. Mai întâi, nu fac asta ca să le arăt altora. Pe urmă, dacă îmi depășesc panica, voi fi mai preocupată să filmez decât să admir peisajul. Am învățat asta de la tata, când încă mai eram adolescentă: făceam o plimbare pe Materhorn și eu mă opream la fiecare minut ca să fotografiez. Până când el s-a enervat: „Crezi că toată frumusețea și măreția asta încap într-un pătrățel de film? Gravează-ți lucrurile în inimă. E mai important decât să încerci să le arăți oamenilor ce trăiești".

Partenerul meu de zbor, de la înălțimea înțelepciunii lui de 21 de ani, începe să prindă corzi de corpul meu, folosind carabiniere mari de aluminiu. Scaunul e legat de parapantă; eu voi fi în față, el în spate. Încă mai pot renunța, dar parcă nu mai sunt eu. Sunt complet lipsită de reacție.

Ne așezăm în poziția de start, în timp ce veteranul de 21 de ani și șeful escadrilei schimbă între ei opinii despre vânt.

Și el se leagă de scaun. Îi simt respirația în ceafă. Mă uit în spate și nu-mi place ce văd: pe zăpada albă e un șir de pânze colorate întinse pe jos, cu persoane legate de ele. Îl văd și pe soțul meu, tot cu casca pe cap. Îmi închipui că nu a avut de ales și trebuie să sară la două, trei minute după mine.

— Suntem gata. Începeți să alergați.

Nu mă mișc.

— Haideți. Începeți să alergați.

Îi explic că nu vreau să rămân să mă învârt prin aer. O să coborâm ușor. Cinci minute de zbor sunt suficiente pentru mine.

— O să-mi spuneți asta în timp ce zburăm. Dar, vă rog, s-a format o coadă. Trebuie să sărim acum.

Cum nu mai am voință proprie, urmez ordinele. Încep să alerg în direcția hăului.

— Mai repede.

Alerg mai repede, bocancii zvârlind zăpada în toate părțile. În realitate nu sunt eu cea care aleargă, ci un automat care ascultă de comenzi. Încep să țip – nu de frică sau de surescitare, ci din instinct. Am redevenit o femeie a cavernelor, cum a spus cubanezul. Ne e teamă de păianjeni, de insecte și țipăm în asemenea situații. Țipăm mereu.

Deodată picioarele mele se dezlipesc de sol, mă țin cu toate forțele de hamul care mă leagă de scaun și încetez să mai țip. Instructorul continuă să alerge câteva secunde și pe urmă nu mai înaintăm în linie dreaptă.

Vântul ne controlează viețile.

În primul minut nu deschid ochii – așa că nu am noțiunea înălțimii, a munților, a pericolului. Încerc să-mi imaginez că sunt acasă, în bucătărie, povestindu-le copiilor ceva ce s-a întâmplat în timpul călătoriei; poate despre oraș, poate despre camera de hotel. Nu le pot spune că tatăl lor a băut atâta încât a căzut pe jos când ne întorceam seara la hotel. Nu le pot spune că m-am încumetat să zbor, fiindcă vor vrea să facă și ei la fel. Sau mai rău: ar putea încerca să zboare singuri, aruncându-se de la etajul întâi al casei.

Atunci îmi dau seama de stupizenia mea: de ce să stau cu ochii închiși? Nu m-a obligat nimeni să sar. „Sunt aici de ani de zile și n-am văzut niciodată un accident", a spus portarul.

Deschid ochii.

Nu voi reuși niciodată să descriu cu precizie ceea ce văd, ceea ce simt. Jos se află valea care unește cele două lacuri, cu orașul în mijloc. Zbor, liberă în spațiu, fără nici un zgomot – fiindcă înaintăm cu vântul, navigând în cercuri. Munții care ne înconjoară nu mai par atât de înalți și amenințători, ci niște prieteni îmbrăcați în alb și luminați de razele soarelui.

Mâinile mi se relaxează, dau drumul hamului și deschid brațele, ca și cum aș fi o pasăre. Bărbatul din spatele meu trebuie să-și fi dat seama de transformare și, în loc să continue coborârea, începe să urce, folosindu-se de curenții invizibili de aer cald din atmosfera care mai înainte părea omogenă.

În fața noastră e un vultur, navigând pe același ocean, folosindu-și fără efort aripile ca să-și controleze zborul misterios. Unde vrea să ajungă? Oare doar se amuză, bucurându-se de viață și de frumusețea din jur?

Parcă aș comunica prin telepatie cu vulturul. Instructorul de zbor îl urmează, el e călăuza noastră. Ne arată pe unde trebuie să trecem ca să urcăm tot mai sus, spre cer – zburând tot timpul. Simt același lucru ca în ziua aceea la Nyon, când m-am imaginat alergând până ce corpul meu nu mai putea suporta efortul.

Iar vulturul îmi spune: „Vino. Tu ești cerul și pământul; vântul și norii; zăpada și lacurile".

Parcă aș fi în pântecul mamei, absolut sigură și ocrotită, trăind lucruri pentru prima oară. Curând mă voi naște, mă voi transforma iar într-o ființă umană care pășește cu amândouă picioarele pe fața Pământului. Pentru moment însă, stau în pântecul acesta fără să opun rezistență, lăsându-mă purtată oriunde.

Sunt liberă.

Da, sunt liberă. Iar vulturul are dreptate, eu sunt munții și lacurile. Nu am trecut, prezent sau viitor. Încep să înțeleg ceea ce oamenii numesc „eternitate".

O fracțiune de secundă mă gândesc: oare toți cei care sar au aceeași senzație? Dar ce contează? Nu vreau să mă gândesc la ceilalți. Plutesc în eternitate. Natura îmi vorbește ca și cum aș fi fiica ei preaiubită. Muntele îmi zice: ai forța mea. Lacurile îmi spun: ai pacea și calmul meu. Soarele îmi dă sfaturi: strălucește ca mine, lasă-te dusă dincolo de tine însăți. Ascultă.

Atunci încep să aud vocile care erau de atâta timp în mine, care erau înăbușite de gândurile repetitive, de singurătate, de terorile nocturne, de teama de a mă schimba și teama că totul va continua la fel. Cu cât urcăm mai sus, cu atât mă desprind mai mult de mine.

Sunt în altă lume, unde lucrurile se potrivesc perfect. Departe de viața aceea plină de sarcini de îndeplinit, dorințe imposibile, suferință și plăcere. Nu am nimic și sunt totul.

Vulturul începe să se îndrepte spre vale. Cu brațele desfăcute, imit mișcare aripilor lui. Dacă m-ar putea vedea cineva în momentul acesta, nu ar ști cine sunt, pentru că sunt lumină, spațiu și timp. Sunt în altă lume.

Iar vulturul îmi spune: asta e eternitatea.

În eternitate, nu existăm; suntem doar un instrument al Mâinii care a creat munții, zăpada, lacurile și soarele. M-am înapoiat în timp și în spațiu la momentul când totul se creează și stelele înaintează în direcții opuse. Vreau să-i slujesc acestei Mâini.

Gânduri se nasc și mor în mintea mea fără să schimbe ceea ce simt. Mintea mea a părăsit corpul și s-a amestecat cu natura.

Ah, ce păcat că vulturul și cu mine vom ajunge în parcul din fața hotelului, acolo jos. Dar ce contează ce se va întâmpla în viitor? Sunt aici, în acest pântec matern alcătuit din nimic și din tot.

Inima mea umple fiecare colț al universului. Încerc să explic toate astea în cuvinte pentru mine însămi, încerc să fac în așa fel încât să-mi amintesc ce simt acum, dar imediat gândurile astea dispar și hăul pare a se umple iar cu tot.

Inima mea!

Înainte vedeam un univers gigantic în jurul meu; iar acum universul pare un mic punct în inima mea, care s-a întins la nesfârșit, ca spațiul. Un instrument. O binecuvântare. Mintea mi se străduiește să mențină controlul și să explice măcar câte ceva din ce simt, dar forța e mai puternică.

Forța. Senzația de Eternitate îmi conferă misterioasa senzație de putere. Pot tot, inclusiv să pun capăt suferinței din lume. Zbor vorbind cu îngerii, aud voci și dezvăluiri care curând vor fi uitate, dar care în clipa aceasta sunt la fel de reale ca vulturul din fața mea. Niciodată nu voi fi în stare să explic ce simt. Nici măcar mie însămi, dar ce importanță are asta? E viitorul, și încă nu am ajuns acolo, sunt în prezent.

Mintea rațională dispare din nou și îi sunt recunoscătoare. Mă închin în fața inimii uriașe, plină de lumină și de putere, care poate îmbrățișa tot ce s-a întâmplat deja și ce se va întâmpla de astăzi până la sfârșitul timpurilor.

Pentru prima oară aud ceva: lătrat de câini. Ne apropiem de sol și realitatea începe să capete contur. Curând voi călca pe planeta pe care trăiesc, dar am experimentat toate planetele și toți sorii cu inima, care era mai mare ca totul.

Vreau să rămân în starea asta, dar gândirea revine. Văd hotelul în partea dreaptă. Lacurile sunt deja ascunse de păduri și coline.

Dumnezeule, oare nu pot rămâne așa pentru totdeauna?

Nu poți, spune vulturul, care ne-a condus până la parcul unde vom ateriza în câteva clipe, și acum își ia rămas-bun, fiindcă a dat peste un nou curent de aer cald, urcă iar fără nici cel mai mic efort, fără să bată din aripi, doar controlând vântul cu penele. Dacă ai rămâne așa pentru totdeauna, n-ai putea trăi pe lume, spune el.

Și ce dacă? Încep să vorbesc cu vulturul, dar văd că fac asta în mod rațional, încercând să argumentez. Cum voi putea trăi pe lume după ce am trecut prin ce am trecut în Eternitate?

Încearcă, răspunde vulturul, dar abia îl mai aud. Atunci se îndepărtează – pentru totdeauna – din viața mea.

Instructorul șoptește ceva – mi-amintește că trebuie să alerg din momentul când picioarele mele vor atinge solul.

Văd iarba în fața mea. Ceea ce îmi doream atât de mult înainte – să ajung pe pământ – acum devine sfârșitul a ceva.

A ce anume?

Picioarele mele ating solul. Alerg puțin și imediat instructorul controlează parapanta. Apoi, vine spre mine și desface curelele. Se uită la mine. Eu mă uit la cer. Tot ce văd sunt alte parapante colorate, apropiindu-se de locul unde stau.

Îmi dau seama că plâng.

— Vă simțiți bine?

Fac din cap semn că da. Nu știu dacă înțelege ce am trăit.

Da, înțelege. Spune că, o dată pe an, zboară cu cineva care are aceeași reacție ca mine.

— Când îi întreb ce e, nu reușesc să-mi explice. Cu prietenii mei se întâmplă la fel: unele persoane par să intre în stare de șoc și nu-și revin decât când pun picioarele pe pământ.

E exact invers. Dar nu sunt dispusă să explic nimic.

Îi mulțumesc pentru cuvintele de „îmbărbătare". Mi-ar plăcea să spun că nu vreau ca ce am simțit acolo sus să se termine. Dar descopăr că s-a terminat deja, și nu am nici o obligație să dau explicații. Mă îndepărtez și mă duc să iau loc pe o bancă din parc, așteptându-mi soțul.

Nu pot să mă opresc din plâns. El aterizează, se apropie de mine cu un zâmbet larg, spune că a fost o experiență fantastică. Continui să plâng. Mă îmbrățișează, spune că gata, a trecut, că nu ar fi trebuit să mă oblige să fac ceva ce nu voiam.

Nu-i asta, răspund. Lasă-mă în pace, te rog. În scurt timp am să fiu bine.

Cineva din echipă vine după echipament și ne restituie paltoanele. Fac totul automat, dar fiecare gest mă readuce într-o lume diferită, cea pe care o numim „reală" și unde nu voiam să revin în nici un chip.

Totuși, n-am de ales. Singurul lucru pe care îl pot face e să-l rog pe soțul meu să mă lase puțin singură. Mă întreabă dacă vreau să intrăm în hotel, pentru că e frig. Nu, e bine aici.

Rămân acolo o jumătate de oră, plângând. Lacrimi de binecuvântare, care-mi spală sufletul. În cele din urmă îmi dau seama că e momentul să mă întorc din nou în lume.

Mă ridic, merg spre hotel, luăm mașina și soțul meu conduce înapoi la Geneva. A dat drumul la radio – așa că nu e nimeni obligat să vorbească. Treptat încep să simt o durere de cap teribilă, dar știu ce este: sângele reîncepe să circule prin părțile blocate de emoțiile care acum se risipesc. Momentul eliberării este însoțit de durere, dar întotdeauna a fost așa.

El nu are nevoie să explice ce a spus ieri. Eu nu am nevoie să explic ce am simțit azi.

Lumea e perfectă.

Mai e o oră până la sfârșitul anului. Prefectura a decis o tăiere semnificativă a chetuielilor cu tradiționalul revelion din Geneva, astfel încât vom avea mai puține focuri de artificii. Mai bine: am văzut artificii toată viața și nu mă mai emoționează din copilărie.

Nu pot spune că-mi va fi dor de aceste 365 de zile. Vântul a suflat cu furie, fulgerele au lovit, valurile aproape că mi-au răsturnat barca, dar până la urmă am reușit să străbat oceanul și am ajuns pe uscat.

Uscat? Nu, nici o relație nu poate căuta așa ceva. Ceea ce ucide legătura între două persoane e tocmai lipsa de provocări, senzația că nimic nu mai este o noutate. Avem nevoie să fim în continuare o surpriză unul pentru celălalt.

Totul începe cu o mare sărbătoare. Suntem înconjurați de prieteni, pastorul spune lucruri pe care le-a repetat deja la sute de cununii pe care le-a oficiat, de exemplu să construim o casă pe stâncă, și nu pe nisip, invitații aruncă orez. Zvârlim buchetul, femeile nemăritate ne invidiază în taină; cele măritate știu că pornim pe un drum care nu seamănă cu cel din basmele cu zâne.

Și atunci realitatea se instalează încetul cu încetul, dar nu acceptăm. Vrem ca partenerul nostru să rămână *exact* persoana pe care am întâlnit-o la altar și cu care am schimbat verighetele. Ca și cum am putea opri timpul.

Nu putem. Nu trebuie. Înțelepciunea și experiența nu transformă omul. Timpul nu transformă omul. Singurul lucru care ne transformă e dragostea. Cât timp am fost în văzduh, am înțeles că dragostea mea de viață, de univers, e mai puternică decât orice.

Mi-amintesc de o predică pe care un tânăr pastor necunoscut a scris-o în secolul al XIX-lea, analizând epistola Sfântului Pavel către Corinteni și diferitele chipuri pe care le dezvăluie dragostea pe măsură ce crește. El spune că multe din textele spirituale pe care le vedem azi se adresează doar unei părți din om.

Oferă Pace, dar nu vorbesc de Viață.

Discută de Credință, dar uită Dragostea.

Vorbesc de Dreptate, și nu pomenesc de Revelație, cum a fost cea pe care am avut-o când am sărit din abisul de la Interlaken și care m-a făcut să ies din gaura neagră pe care singură mi-o săpasem în suflet.

Să-mi fie întotdeauna limpede că numai Dragostea Adevărată poate să se măsoare cu orice altă dragoste de pe lumea asta. Când dăruim totul, nu mai avem nimic de pierdut. Și atunci dispar frica, gelozia, plictisul și rutina, și rămâne doar lumina unui gol care ne sperie, dar ne apropie unul de celălalt. O lumină care se schimbă tot timpul, și asta e ceea ce o face frumoasă, plină de surprize – nu întotdeauna cele pe care le așteptam, ci cele cu care reușim să conviețuim.

Să iubești din plin înseamnă să trăiești din plin.

Să iubești pentru totdeauna înseamnă să trăiești pentru totdeauna. Viața Veșnică e legată de Dragoste.

De ce vrem să trăim pentru totdeauna? Fiindcă vrem să petrecem încă o zi cu cel care e lângă noi. Fiindcă vrem să continuăm să fim cu cineva care merită dragostea noastră, și care să știe să ne iubească așa cum credem că merităm.

Pentru că a trăi înseamnă a iubi.

Până și iubirea pentru un animal de companie – un cățel, de exemplu – poate justifica viața unei ființe omenești. Dacă omul nu va mai avea această legătură de iubire cu viața, dispare și orice rațiune a lui de a trăi.

Să căutăm mai întâi Dragostea, și tot restul ne va fi dăruit.

În acești zece ani de căsnicie, m-am bucurat de toate plăcerile pe care le poate avea o femeie, și am suferit lucruri pe care nu le meritam. Chiar și așa, privindu-mi trecutul, rămân doar puține momente – în general foarte scurte – în care am putut trăi o biată imitație a ceea ce îmi închipui că este Dragostea Adevărată: când mi-am văzut copiii născându-se, când mi-am ținut soțul de mână privind Alpii sau imensul jet de apă al lacului Leman. Dar aceste puține momente sunt ceea ce-mi justifică existența, fiindcă ele îmi dau forța să merg înainte și-mi înveselesc zilele – oricât aș fi încercat eu să le întristez.

Mă duc la fereastră și privesc orașul de afară. Zăpada care ni se promisese nu a căzut. Chiar și așa, cred că este unul dintre revelioanele cele mai romantice pe care le-am avut, fiindcă eram gata să mor și Dragostea m-a reînviat. Dragostea, singurul lucru care va rămâne când însăși spița omenească se va stinge.

Dragostea. Ochii mi se umplu cu lacrimi de bucurie. Nu te poți sili să iubești, la fel cum nu poți sili pe altcineva. Tot ce poți face este să privești Dragostea, să te îndrăgostești de ea și s-o imiți.

Nu există altă cale de a reuși să iubești și nu e nici un mister în asta. Îi iubim pe ceilalți, ne iubim pe noi înșine, îi iubim pe dușmanii noștri, și astfel niciodată nu va lipsi nimic în viețile noastre. Pot să dau drumul la televizor și să văd ce se întâmplă pe lume, pentru că, atâta vreme cât în fiecare din acele tragedii există puțină iubire, mergem spre mântuire. Fiindcă Dragostea aduce mai multă Dragoste.

Cine știe să iubească iubește Adevărul, se bucură de Adevăr, nu se teme, fiindcă mai devreme sau mai târziu el izbăvește tot. El caută Adevărul cu mintea curată, smerită, fără prejudecăți sau intoleranță – și va sfârși mulțumit de ce va găsi.

Poate că un cuvânt ca *sinceritate* nu explică pe deplin această trăsătură a Dragostei, dar nu reușesc să găsesc altul. Nu vorbesc de sinceritatea care îl umilește pe aproapele tău; Dragostea Adevărată nu înseamnă să-ți expui în fața celorlalți slăbiciunile, ci să nu te temi să le arăți când ai nevoie de ajutor și să te bucuri când lucrurile sunt mai bune decât credeau ceilalți.

Mă gândesc cu duioșie la Jacob și Marianne. Fără să vrea, ei m-au readus la soțul meu și la familia mea. Sper să fie fericiți în această ultimă noapte a anului. Sper că toate astea i-au apropiat și pe ei mai mult.

Oare încerc să-mi justific adulterul? Nu. Am căutat Adevărul și l-am găsit. Și sper că li se va întâmpla la fel tuturor celor care au avut o experiență ca a mea.

Să știi să iubești mai bine.

Acesta trebuie să fie țelul nostru pe lume: să învățăm să iubim.

Viața ne oferă mii de ocazii să învățăm. Fiecare bărbat și fiecare femeie, în fiecare zi din viețile lor, au întotdeauna o bună ocazie să se dăruiască Dragostei. Viața nu e o nesfârșită zi de odihnă, ci o necontenită ucenicie.

Iar cea mai importantă lecție este să înveți să iubești.

Să iubești mereu mai bine. Fiindcă vor dispărea limbile, profețiile, țările, solida Confederație Elvețiană, Geneva și strada unde locuiesc, stâlpii de curent, casa în care sunt acum, mobilele din cameră... și trupul meu va dispărea de asemenea.

Dar un lucru va rămâne pentru totdeauna însemnat în sufletul Universului: dragostea mea. În pofida greșelilor, a hotărârilor care i-au făcut pe ceilalți să sufere, a momentelor când credeam că ea nu există.